dtv

»Was fällt Ihnen eigentlich ein, Eberhofer, ha? Diese arme Witwe praktisch am offenen Grab nach einer Geliebten des Verstorbenen zu fragen? Haben Sie eigentlich noch alle Latten am Zaun?«, fragt der Bürgermeister – zugegeben – etwas aufgebracht. Gut, der Zeitpunkt für die Frage war vielleicht nicht der beste. Aber der Tote in der Badewanne von diesem Luxus-Spa-Hotel ist ja auch nicht der einzige Stress für den Eberhofer. Da ploppt auf einmal diese depperte Idee von der Oma mit der Doppelhaushälfte hoch, in der ausgerechnet Leopold, die alte Schleimsau, eine Rolle spielt; der Birkenberger rollt im hellblauen Lada zu den Esoteriktagen in Niederkaltenkirchen vor – und weit und breit kein verdammter Tatverdächtiger in Sicht. Da kann man schon mal danebenlangen beim Verhör mit der Witwe. Und ob der Birkenberger in seinem momentanen »Lebe – liebe – lache!«-Zustand dem Franz eine große Hilfe bei den Ermittlungen sein wird?

Rita Falk, geboren 1964 in Oberammergau, lebt noch immer in ihrer bayerischen Heimat, ist Mutter von drei erwachsenen Kindern und hat in weiser Voraussicht damals einen Polizeibeamten geheiratet. Mit ihren Provinzkrimis um den Dorfpolizisten Franz Eberhofer und den Romanen ›Hannes‹ und ›Funkenflieger‹ hat sie sich in die Herzen ihrer Leserinnen und Leser geschrieben – weit über die Grenzen Bayerns hinaus.
Mehr unter www.rita-falk.de

Rita Falk

Weißwurst-connection

Ein Provinzkrimi

dtv

Neben der Serie um Franz Eberhofer sind von
Rita Falk bei dtv außerdem erschienen:
Hannes (21463)
Funkenflieger (21613)
Knödel-Blues (21653)
Arnika und Bohnerwachs (21674)

Mit Glossar und den
Originalrezepten von der Oma

FSC
www.fsc.org
MIX
Papier aus verantwortungsvollen Quellen
FSC® C019821

Ungekürzte Ausgabe 2017
3. Auflage 2019

Umschlaggestaltung: dtv unter Verwendung von
Fotos von gettyimages
Satz: Greiner & Reichel, Köln
Druck und Bindung: Druckerei C.H.Beck, Nördlingen
Gedruckt auf säurefreiem, chlorfrei gebleichtem Papier
Printed in Germany · ISBN 978-3-423-21702-6

Kapitel 1

»Schau, schau, der Eberhofer, so früh schon raus aus den Federn?«, fragt der Simmerl recht freundlich und wischt sich seine Wurstfinger an der Schürze ab.

»Schaut ganz danach aus«, sag ich und sondiere derweil schon mal die aktuellen Angebote. Ich bin der einzige Kunde hier, was aber um diese Uhrzeit auch wirklich kein Wunder ist.

»Aber wennst mich fragst, dann wärst besser noch ein bisserl liegen geblieben«, sagt er weiter, und jetzt muss ich ihn notgedrungen einmal kurz anschaun. »Ja, wirklich, müd schaust aus heut, Franz. Hast nicht gut geschlafen, oder was?«

»Ich hab überhaupt gar nicht geschlafen«, murmele ich mehr so vor mich hin, muss dabei aber grinsen.

»Ach, sag bloß, geht's dir etwa auch so?«, fragt der Simmerl, während er ein Riesentrumm Gelbwurst durch seinen Schneider jagt. »Ich weiß nicht, aber mit jedem verflixten Jahr, wo ich älter werd, da schlaf ich schlechter und schlechter. Und dann steh ich ja oft schon um halb vier auf und bin den ganzen Tag lang wie gerädert. Hm. Aber ich kann mich erinnern, die Inge Meysel, die hat ja seinerzeit, also schon vor etlichen Jahren, da hat die schon in einem Interview erzählt, dass sie nur noch höchstens drei oder vier Stunden schlafen kann jede Nacht.«

»Soso.«

Der Simmerl. Die Einfalt in Person. Echt. Wobei man jetzt zu seiner Ehrrettung vielleicht schon sagen muss, dass, wenn man mit der Gisela verheiratet ist, dann wünscht man sich wahrscheinlich des Nächtens sowieso nix sehnlicher wie einen todesähnlichen Schlaf oder so. Einfach, weil sie sich so ganz allmählich von einem lustigen Möpschen in ein hochexplosives Ölfass zu verwandeln droht. Woran das liegt, kann ich noch nicht einmal ahnen. Fakt aber ist, dass es so ist.

Und wie auf Kommando wird jetzt die schwere Tür zum Schlachthaus aufgerissen, und der Schädel der werten Metzgersgattin erscheint höchstpersönlich dort im Türrahmen. Der hochrote Schädel, muss man ihn wohl der Genauigkeit halber nennen.

»Ja, Herrschaft, was ist jetzt, Simmerl? Wo bleibt denn die depperte Gelbwurst, 'zefix? Ich hab nicht den ganzen Tag Zeit«, schreit sie und würdigt mich dabei keines einzigen Blickes. »Oder glaubst, das scheiß Büfett, das macht sich von selber, oder was?«

»Ist schon im Anmarsch«, knurrt der Simmerl retour, dreht sich ab und drückt einen fetten Beutel in ihre ebensolchen Arme. Sie schnauft ihn kurz an, dass man fast glaubt, dicken Dampf aus ihren Nasenlöchern qualmen zu sehen, und schon ist sie wieder verschwunden.

»Ja, immer wieder ein Sonnenschein, deine Gisela«, sag ich und widme mich lieber wieder der feinen Vitrine.

»Frag nicht. Und irgendwie wird es jeden Tag schlimmer, ob'st das glaubst oder nicht. Wahrscheinlich auch so eine unerfreuliche Begleiterscheinung des Alters oder so. Jedenfalls verschwindet ihre gute Laune praktisch im Gleichschritt mit ihrer Anziehungskraft. Ja, gut, ein Model, das war sie ja eigentlich nie, meine Gisela. Aber wie sie sich jetzt gehen lässt, seit unser Max ausgezogen ist …«

»Apropos Max«, sag ich und beweg mich dabei ein paar

Schritte weg vom Tresen, in die linke Ecke neben dem Schaufenster. Also quasi genau dorthin, wo seit geraumer Zeit eine sogenannte »Fresh-and-Healthy-Bar« entstehen soll. Immerhin: das dazugehörige Schild hängt schon mal drüber, wenn auch die restliche Einrichtung ganz offensichtlich noch im Styropor und Schneewittchenschlaf dümpelt.

»Ja, diese scheiß Frische-Bar vom Max«, brummt der Simmerl und streift sich über den fast blanken Schädel. »Es ist zum Kotzen, echt. Du kriegst in diesem verdammten Kaff keinen einzigen Handwerker mehr. Alle sind seit Wochen nur am Hotelbau drüben. Der Max, der kriegt schon die Krätze, weil nix vorwärtsgeht hier. Und die Stimmung von der Gisela ... na ja, du siehst es ja selber.«

»Verstehe. Aber Fresh-and-Healthy, ich mein, ist das nicht ein bisserl arg dick aufgetragen, Simmerl? Ich mein, hier bei uns am Land. Hätt's da nicht auch was Bayrisches getan? Oder wenigstens was Deutsches?«

»Ja, glaubst, das ist auf meinem Mist gewachsen, oder was. Glaubst, ich bin deppert. Ich kann das ja noch nicht einmal aussprechen, ohne dass ich mir die Zunge brech.«

»Ach so.«

»Ja, ach so, Herr Gscheitmeier. Weißt du was, Franz ...«, sagt er, kommt ein ganzes Stück näher an mich ran, wirft einen kurzen Blick in Richtung Schlachthaustür und schlägt dann einen kaum vernehmbaren Flüsterton an. »Weißt du was, Franz ... ich, ich hab hier herinnen überhaupt nix mehr zu melden, kapiert? Der Max, der wohnt jetzt mit seiner Schnecke in einer schicken Wohnung drüben im Neubaugebiet und wartet auf die Fertigstellung von seinem Fresh-und-Keine-Ahnung-Scheißdreck, den ich zwar nicht haben will, aber sehr wohl bezahlen darf. Und die Gisela, die schmollt, weil ihr Kronjuwel jetzt lieber pimpert, statt an ihrer Mutterbrust zu verweilen, wartet aber ebenfalls auf den Fresh-und-'zefix-

Scheißdreck und macht mir derweil das Leben zur Hölle. So, und jetzt bist du dran. Hast du da irgendwas hinzuzufügen? Oder hast du vielleicht einen genialen Verhaltenstipp für mich und kannst mir wenigstens deine Knarre ausleihen? Ich schwör's, du kriegst sie zurück. Ich brauch nur einen einzigen Schuss. Oder zwei.«

»Schwör's!«, sag ich noch so, und schon schnalzen seine drei Schwurfinger direkt vor meine Nase.

Hm. Arme Sau, unser Simmerl, muss man da schon fast sagen, gell. Da kann man dann freilich durchaus Verständnis aufbringen, wenn er sich nichts sehnlicher wünscht als einen langen und sehr tiefen Schlaf, ganz klar. Ob für sich selber oder eher die bucklige Verwandtschaft, das mag jetzt mal dahingestellt sein.

Da kann ich ja direkt nur von Glück reden, dass bei mir die Sache anders ausschaut. Ganz anders, könnte man vielleicht sogar sagen. Denn wenn ich so nachdenk, haben meine Susi und ich endlich wieder ein richtig hammermäßiges Liebesleben. Seit der Geburt von unserem kleinen Paul. Um ganz genau zu sein, eher seit dem Ende dieser nervtötenden Wochenbettzickereien. Und das, obwohl die Susi und ich bereits durch alle erdenklichen Höhen und Tiefen einer Beziehung gegangen sind. Richtig hammermäßig, wirklich. So wie in unserer allerersten gemeinsamen Zeit beispielsweise. Ja, ganz genauso. Und da ist ja an Schlaf erst gar nicht mehr zu denken. Und so kann es dann schon einmal vorkommen, dass man am Samstagmorgen in einer Metzgerei steht und nicht grad ausschaut wie ein Adonis oder etwa wie ganz frisch raus aus der Schönheitsfarm, gell. Aber lassen wir das.

»Sag einmal, Franz«, reißt mich der Simmerl plötzlich aus meinen Überlegungen heraus. »Du und die Susi, ihr habt doch nicht etwa die ganze Nacht lang …?«

Vermutlich hat er grad irgendwie meine Gedanken erraten,

wer weiß. Jedenfalls steht er jetzt mit verschränkten Armen so vor mir und grinst mich breit an. Ich zuck nur kurz mit den Schultern und widme mich nun stattdessen lieber erneut und mit äußerster Konzentration meinen möglichen Frühstücksvarianten.

»Das glaub ich jetzt nicht«, flüstert er wieder, wie ich finde, ein bisschen verklemmt, und kichert dabei wie ein Schulbub. »Nein, das kann ich nicht glauben!«

Ja, ob der depperte Metzger das nun glauben mag oder auch nicht, ist mir relativ wurst. Es ist einfach so, und ich finde, es gibt durchaus schlimmere Nächte als die vergangene.

Gott sei Dank aber muss ich mir darüber keine weiteren Gedanken machen, denn just in diesem Moment und unter dem Gebimmel der Simmerl'schen Türglocke geht die Ladentür auf und unser dorfeigener Gas-Wasser-Heizungspfuscher stößt in unsere lauschige Mitte. Heut jedoch erscheint er nicht wie üblich etwa im schmierigen Blaumann oder in irgendeiner seiner absonderlichen Jogginghosen. Nein, heut eher sportlich-elegant, im schneeweißen Hemd und in Jeans sowie einem sehr feinen dunkelblauen Anorak und ebensolchen Sneakers. Da schau einer an, der Flötzinger kann tatsächlich mal aussehen wie ein ganz normaler Mensch. Und schon einige Augenblicke später, gleich nachdem ich nun endlich meine Bestellung kundgetan hab, da erfahren wir auch den Grund für sein ungewöhnliches Outfit. Gleich, erzählt er uns mordswichtigerweise, muss er nämlich noch einmal rüber zu unserem nigelnagelneuen Schickimicki-Hotel, dem Heimatwinkel, wo er die letzten Monate für die gesamte Installation aller erdenklichen Schüsseln und Wannen verantwortlich war. Ja, auch wir in Niederkaltenkirchen leben nicht mehr hinter dem Mond, sondern haben jetzt ein Spa-Hotel vom Allerfeinsten. Ganz egal, ob wir's nun haben wollten oder eher nicht. Jetzt steht es jedenfalls hier. Samt

Lounge, Wellnessbereich, hochmodernem Gym und einem 1a-Kosmetikstudio. Vom Feinschmeckertempel mit offenen Kaminen und diversen Konferenzräumen der edelsten Sorte mag ich gar nicht erst reden. Da soll noch mal einer behaupten, wir leben in der Provinz. Lächerlich.

Aber wurst.

Jedenfalls hat der Flötzinger eben heute die finale Abnahme vor Ort, ehe dann am nächsten Freitag die hochoffizielle Einweihungsfeier dort stattfinden soll.

»Aber wieso musst du jetzt ausgerechnet am Samstag da hin?«, will der Simmerl wissen, grad, wie er meine sorgfältige Auswahl einzutüten beginnt.

»Ja, glaubst du nicht, dass mich das nervt«, stöhnt der Flötzinger – und für meinen Begriff ein bisschen arg theatralisch. »Aber weil eben diese blöde Eröffnung jetzt vor der Tür steht, da wollen die vom Hotel halt unbedingt heute die Abnahme machen, damit ich im Notfall nächste Woche noch mal nachbessern kann, was absolut lächerlich ist. Doch wie heißt es so schön, wer zahlt, schafft an. Und zwar alles.«

Jetzt nicken wir alle drei.

»Ja, Scheiße«, wettert er weiter. »Es ist einfach nur ein Stressfaktor, den wo's gar nicht bräuchte, grad am Wochenende. Meine Alte, die ist ja eh schon auf Hundert.«

»Wem sagst du das, Flötzinger«, kann ich den Simmerl grad noch vernehmen, dann verlass ich aber auch schon diese gestresste Gesellschaft hier, schmeiß mich völlig entspannt in den Streifenwagen und mach mich auch ziemlich relaxed – oder vielleicht auch nur müde – auf den Heimweg. Die Fahrt ist nicht lang, und trotzdem nick ich einmal kurz weg. Und da ist es direkt ein Glück, dass vor mir der Hunterer-Bauer mit seinem Traktor die Straße entlangbrummt und mich somit gut ausbremsen kann, wo ich ihm drauffahr.

Wie ich kurz drauf in meinem renovierten Saustall ankomm, da seh ich es gleich. Die Susi, die ist mittlerweile auch eingeschlafen. Sie liegt dort auf meinem alten Kanapee, hat den Mund ganz leicht offen, ihre hübschen Äuglein jedoch dafür umso fester geschlossen. Aber wen wundert's, nach all diesen aufregenden Stunden. Kein Schwein. Und so schau ich sie nur noch ein kleines Weilchen an, kram dann eine Wolldecke hervor und wickle sie bis zur Nasenspitze rauf behutsam darin ein. Sie schnarcht ganz leise. Ich könnte sie fressen.

Danach schnapp ich mir den Ludwig, und wir drehen unsere Runde. Und wir brauchen eins dreiundzwanzig dafür. Einfach, weil er seit Kurzem ein neues Hobby entdeckt hat. Nämlich Stöckchen werfen. Ich werfe, und er holt es. Ist nix Besonderes bei einem Hund? Wohl wahr. Hat er aber früher niemals gemacht. Hat da einfach keinen Spaß dran gefunden. Jetzt schon. Ja, nicht jeder lässt im Alter nach.

Was man auch recht gut am Papa sehen kann. Weil, wenn man sich vorstellt, dass der seit dem Tod von meiner Mama, also gefühlte Lichtjahre lang, nur gelegentlichen Depressionen, seinen Joints und den Beatles gefrönt hat, dann muss man sich schon etwas wundern. Neuerdings frönt er ganz anderen Dingen. Spanien zum Beispiel. Dort weilt er nun gewissermaßen schon seit geraumer Zeit an der Seite einer äußerst attraktiven und obendrein noch sehr netten Frau. Dieser Frau Grimm nämlich. Seine neue Herzdame. Ich persönlich vergönn es ihm wirklich und bin froh und dankbar, dass er mich nicht mehr im Drogenwahn mit seinem Gejaule auf Höllenlautstärke dazu nötigt, auf seinen Plattenspieler zu schießen. Ganz klar. Wer deutlich mehr Probleme damit hat, ist der Leopold. Die alte Schleimsau praktisch. Der versucht nämlich ständig, ihm diese ganze Sache mit Spanien und der Frau Grimm einfach irgendwie madig zu reden. Von wegen »in deinem Alter« oder »Du kennst doch die Frau gar nicht richtig« oder auch »Pass bloß auf dich auf, Papa, dort in der Ferne. In der heutigen Zeit ist es doch wirklich so was von gefährlich, wohin man auch schaut …« Und das aus dem Mund vom Leopold, der sein ganzes Liebesglück, also seine süße Gattin, die Panida, ausgerechnet in Thailand aufgegabelt hat!

Wenn du mich fragst, dann ist er schlicht und ergreifend eifersüchtig auf diese Frau Grimm. Weil, den Papa, den hat er sich zuvor noch niemals teilen müssen. Weder mit mir noch mit sonst jemandem auf diesem Planeten. Nein, jedes einzige Mal, wo der Leopold seinen Arsch hier bei uns zur Türe reingeschoben hat, da hat er den Papa quasi vollends vereinnahmt und konnte ihn von oben bis unten und von hinten bis vorne ungehindert vollschleimen, solang er nur wollte. Ja, gut, damit ist es nun erst einmal aus und vorbei, gell. Der Papa, der hockt jetzt nämlich mit seiner Flamme komplett gechillt irgendwo in Spanien in einer gemütlichen Finca, lässt sich die Sonne auf den Arsch scheinen und genießt seinen Lebensabend in vollen Zügen. Gratuliere, könnte man da direkt schreien. Und sagen wir einmal so, außer dem Leopold freut sich natürlich auch jeder andere darüber. Sogar die Oma freut sich. Zum einen wohl, weil sie es schön findet, dass ihr einziger Sohn nach all den vielen Jahren des Trübsinns und der Trauer nun doch noch einmal froh und glücklich sein darf. Zum anderen aber auch, weil sie, seitdem der kleine Paul auf der Welt ist, eh weder Lust noch Zeit hat, irgendjemand anderen zu verhätscheln oder zu umsorgen. Selbst Fußpflegetermine, ein Treffen mit den Landfrauen oder ihre heißgeliebten Aerobic-Stunden lässt sie dafür schonungslos ausfallen. Der Paul kam, sah und siegte … Eine ganz und gar glasklare Sache.

Und jetzt … jetzt hat er auch bald schon Geburtstag, der kleine Mann. Seinen allerersten, um genau zu sein. Ja, beinah ein Jahr ist es jetzt her, dass wir ihn haben. Und wenn ich ehrlich bin, kann ich mich an ein Leben zuvor kaum noch erinnern. Ja, gut, das mit den Windeln hätt's vielleicht gar nicht gebraucht. Auch die Blähungen nicht. Von meinen vollgekotzten T-Shirts oder den Nächten, wo er nur geschrien und gezahnt hat, mag ich gar nicht erst reden. Aber sonst war echt alles bingo, ich schwör's.

Wie wir schließlich wieder zurück sind, der Ludwig und ich, da schläft die Susi noch immer wie ein Murmeltier, und auch ihre Lippen sind immer noch offen. Und grad wie ich beschließ, frisches Kaffeewasser aufzusetzen, um sie dann bald zu wecken, da geht die Tür auf, und die Oma kommt rein. Sie hat den Paul auf dem Arm, und der weint.

»Guten Morgen, Bub«, schreit sie mich an, was nervt, aber schlicht und ergreifend ihrer Schwerhörigkeit geschuldet ist. »Ich hab dich grad heimkommen sehen. Jetzt kümmerst dich mal recht schön selber um deinen kleinen Scheißer hier, weil ich heut mit meinen Landfrauen nach Landshut reinfahr.«

»Aha«, sag ich, weil mir weiter nix einfällt, und nehm ihr erst mal das Paulchen ab. Der hört auch prompt auf zu weinen und klatscht mir stattdessen seine klebrigen Hände auf die Wangen. Ein paar echt fette Tränen kleben noch auf seinen roten Backen, und so zieh ich mal den Ärmel meines Shirts weit nach vorne und wische sie fort.

»Ja«, tönt die Oma dann weiter, hat sich aber bereits wieder zum Gehen abgewandt. »Der C&A, der hat nämlich heut fuchzehn Prozent, und zwar auf alles. Also auf das gesamte Sortiment, verstehst. Soll ich irgendwas mitbringen? Brauchst irgendwas, Bub?«

»Socken und Unterhosen wären nicht schlecht«, versuch ich ihr noch zu vermitteln. Sie nickt, und dann ist sie auch schon wieder draußen.

»Paulchen«, brummt die Susi nun schlaftrunken aus ihrer Decke heraus und streckt mir auch schon ihre Arme entgegen. Gut, so wie die Oma grad eben gebrüllt hat, ist zu befürchten, dass die gesamte Friedhofsbevölkerung jetzt wieder quietschlebendig ist. Aber wurst. So geh ich mal zum Kanapee rüber, hock mich eng an die Susi und überreich ihr den Sohnemann. Und bis ich schau, da lacht er voller Vergnügen, und ich muss mich wieder mal fragen, wie sie das nur macht. Das Kaffeewasser kocht.

»Frühstück, Prinzessin?«, frag ich und steh auf.

Kapitel 2

Eine gute Woche später, grad wie ich so gemütlich auf dem Weg in die Badewanne bin, da klopft es kurz an der Tür, und die Oma stampft in meinen heiligen Saustall. Saust durch den Raum hindurch und schnurgerad aufs Badezimmer zu. Dort steht sie dann im Türrahmen und schnauft wie ein Walross. Und ich … ich hock auf dem Klodeckel, mordsbeschäftigt, mich meiner Socken zu entledigen, und ansonsten barfuß bis zum Hals. Doch gleich nachdem ich diese Situation hier realisiert hab, schnapp ich mir das Handtuch vom Haken und schmeiß es mir drüber.

»Geh, mach doch nicht so ein Gestell, Franz«, keucht die Oma. »Ich weiß doch ganz genau, wie du nackert ausschaust. Immerhin hab ich dir ja jahrelang deinen kleinen Popes geputzt.«

»Das mag schon sein, liebe Oma«, versuch ich mit Händen und Füßen und reichlich Geschrei mich verständlich zu machen. »Aber jetzt bin ich schon groß und wär gern allein, wenn ich bade.«

»Du kannst jetzt nicht baden.«

»Weil?«

»Weil bei uns drüben einer ist, der wo mit dir reden muss. Und zwar ganz unheimlich dringend, hat er gesagt.«

»Wer denn?«

»Ja, keine Ahnung. Hab ich noch niemals gesehen, diesen

Kerl. Aber schneidig ist er. Und es muss was Wichtiges sein. Also jetzt komm schon, zieh dir was an und beweg deinen Hintern.«

Herrschaftszeiten noch einmal! Es ist Sonntagabend, halb acht. Ich wollte einfach nur gemütlich baden, ein gepflegtes Bier aufmachen und den dämlichen ›Tatort‹ anschaun. Ist denn das zu viel verlangt? Nein, stattdessen zieh ich mir jetzt also was drüber und beweg meinen Hintern in Richtung Wohnhaus. 'zefix! Bevor ich reingeh, muss ich noch schnell einen kurzen Blick durchs Küchenfenster werfen. Schließlich will man ja wissen, was auf einen zukommt.

Drinnen hockt ein blasser Mann so um die fuchzig in einem dunklen Wollmantel, mit nur einer seiner Arschbacken dort auf unserer Eckbank. Er wirkt ein wenig verklemmt und nestelt nervös an seiner Schirmmütze herum, während seine wachen Augen das Regal abtasten, wo der Papa seinen Beatles-Altar stationiert hat. Mit sämtlichen Platten, Bildern und Autogrammen drin, wo man sich überhaupt nur vorstellen kann. Früher war das blöde Teil ja im Wohnzimmer drüben, wo es mir Gott sei Dank die meiste Zeit über erspart blieb. Seit die Oma aber ihren neuen Crosstrainer dort stehen hat, musste der depperte Schrein weichen und versaut mir seitdem fast jede meiner Mahlzeiten. Der Crosstrainer war übrigens ein reduziertes Ausstellungsstück vom REAL, und wir haben ihn nur mit Ach und Krach und offenen Fenstern in meinen Streifenwagen reingebracht. Die Oma war bisher noch kein einziges Mal drauf. Einfach, weil bei dem winzigen Weiberl die Arme und Haxen viel zu kurz sind für dieses Mörderteil. Mittlerweile fungiert es mehr als Kleiderständer. Aber wurst. Zurück zu unserem Gast. Jedenfalls steht ein dampfendes Haferl Kaffee vor ihm auf dem Tisch, und die Oma bietet ihm soeben noch etwas vom Apfelkuchen an, doch er schüttelt den Kopf.

»Nein, vielen Dank«, schreit er sie an. Wenn der wüsste, was er da grad verpasst.

»Herr Eberhofer? Kommissar Eberhofer?«, fragt er, wie ich zur Küchentür reinkomm, und erhebt sich auch prompt. Ich nicke, hol mir ein Stück Kuchen und setze mich dann ihm gegenüber.

»Guter Musikgeschmack«, sagt mein Visavis, und sein Blick landet erneut auf diesem blöden Regal hinter mir. »Sehr gut sogar, ich liebe die Beatles.«

»Wirklich?«

»Ja, eine tatsächlich ganz wunderbare Musik«, nickt er mir über den Tisch zu. »So was gibt's ja heute gar nicht mehr. Alles nur noch Bum-Bum-Bum. Ist es Ihrer? Also, ich meine, ist das Ihr Musikgeschmack?«

»Sagen wir so, es liegt in der Familie.«

»Überlegen Sie doch nur mal, Herr Kommissar, bald ein jeder ihrer Songs war wochenlang auf Platz eins sämtlicher Hitparaden. Wer schafft denn das heute noch?«

»Ja, gut, die Konkurrenz war damals ja auch noch eher übersichtlich, gell. Aber jetzt kommen wir vielleicht allmählich mal raus aus den Charts und direkt zum Punkt«, sag ich mit einem mehr als deutlichen Blick auf die Wanduhr.

»Ach, entschuldigen Sie vielmals, Herr Kommissar«, nuschelt er nun ein wenig pikiert und zerrt erneut an seiner Mütze. »Aber bei den Beatles, müssen Sie wissen, da vergesse ich praktisch alles. Ja, dann vergess ich die Lebenden. Und manchmal auch die Toten.«

Aber genau aus diesem Grund sei er überhaupt hier. Wegen der Toten. Na gut, wir wollen's mal nicht übertreiben, es ist nur einer. Ein Toter, um genau zu sein. Aber tot ist tot, da kommt's nicht so sehr an auf Plural oder Singular. Ja, nein, für die Betroffenen sicherlich schon, aber für mich eher nicht. Weil für mich als routinierten Polizeibeamten der

Stress ziemlich gleich ist, egal ob vier Leichen im Keller liegen oder nur eine. Aber jetzt bin ich abgeschweift.

Also, es ist nur eine Leiche. Und die liegt auch nicht im Keller, sondern in einer dieser zahlreichen Badewannen, die der Flötzinger in den letzten Wochen und Monaten und im Schweiße seines Antlitzes in unserem nagelneuen Hotel installiert hat. So jedenfalls erzählt es mein ungebetener Gast, der Herr Nüters, der sich im Übrigen auch noch als eine Art Mädchen für alles oder Laufbursche des Hotels vorstellig macht.

»Eine Leiche in der Badewanne«, überleg ich mehr so vor mich hin. »Und das zwei Tage nach der Eröffnung. Das nenn ich mal ein Ding.«

»Aber genau das ist ja der Horror, Herr Kommissar. Die Frau Grenzbach, die ist ja schon direkt am Durchdrehen. Sie will, dass alles ganz diskret über die Bühne geht. Ganz diskret, verstehen Sie«, wimmert der Nüters nun beinah, und ich befürchte grad ernsthaft, dass seine arme Mütze noch in den nächsten Minuten zweigeteilt wird.

»Wer ist die Frau Grenzbach?«

»Die Hotelière. Also, die Frau Grenzbach ist die Hotelière vom Heimatwinkel, müssen Sie wissen, gell.«

»Eine Frau? Echt? Es gibt ein weibliches Wort für Hotelier? Hm, hab ich gar nicht gewusst.«

»Doch, doch, gibt es tatsächlich. Und die Frau Grenzbach, das ist zudem noch eine ganz und gar wunderbare Hotelière. Und sie möchte, dass diese furchtbare Geschichte höchst …«

»… diskret über die Bühne geht. Hab Sie schon verstanden, Herr Nüters. Also dann, auf geht's. Packen wir's«, sag ich, schnapp mir meine Jacke, und so wandern wir Seite an Seite dem Ausgang entgegen. Kaum im Hof angekommen, da reißt die Oma noch mal schnell das Fenster auf und will wissen, wo ich denn jetzt noch hinwill.

»Ich geh nur noch schnell auf ein Bier mit meinem aktuellen Busenfreund hier«, sag und deut ich und merk auch prompt, dass der Nüters gleich ganz erleichtert durchschnauft. Ja, Diskretion ist mir quasi angeboren.

Ein bisschen bockig wird jetzt von drinnen das Fenster zugeknallt, und die Vorhänge werden zugezogen. Es ist zum Kotzen, ich kann nicht gut lügen. Es ist echt eine Qual. Zumindest, was die Oma betrifft. Da hab ich nämlich immer ein dermaßen schlechtes Gewissen dabei. Das war schon als Kind so. Und so ist es bis heute. Und ich weiß ganz genau, dass sie es jedes verdammte Mal merkt, wenn ich sie anlüg. So wie jetzt grade halt. Aber es hilft alles nix.

Wir fahren freilich mit dem Wagen von meinem neuen Kumpel, weil es ja relativ wenig Sinn macht, bei einer diskreten möglichen Tatortbegehung mit dem Streifenwagen anzurollen. Selbst ohne Blaulicht und Sirene kommt das nicht gut, und jeder Passant schaut erst einmal auf. Wobei ich dann aber doch sagen muss, dass ich ansonsten alles mit dem Streifenwagen mache. Ich hab ja auch gar kein anderes Auto. Also Schnäppchenjagen mit der Oma beispielsweise: Streifenwagen. Kinobesuche mit den Kumpels: Streifenwagen. Hämorrhoidencreme für den Papa besorgen: Bingo! Streifenwagen.

Aber wie wir wissen: Ausnahmen bestätigen die Regel. Drum eben heute Opel Corsa in Rot und aus. Ich hab meinen Sicherheitsgurt noch gar nicht angelegt, da tönen aus den Lautsprechern heraus schon die Beatles. Nicht sehr laut, das nicht, aber trotzdem halt nervig bis zum Dorthinaus.

»Ist das eine CD, oder was?«, frag ich meinen Chauffeur deswegen gleich mal.

»Ja«, lächelt er mich kurz an. »Genau genommen ist es die limitierte Deluxe Edition. Mein ganzer Stolz.«

»Aha«, sag ich und beug mich nach vorne. Schalt auf Radio

um und suche den Sender. Bayern eins, würd ich mal sagen. Das wird ihm gefallen, dem Herrn Nüters.

»Was machens denn da, Herr Kommissar?«

»Mei, einfach ein bisserl Abwechslung reinbringen in diese alte Kiste. Man kann doch nicht immer nur den gleichen Scheiß hören. Da, schauns, der Peter Maffay, ist das nicht schön?«

Gleich nach dem Maffay aber laufen die Beatles. ›Let it be‹.

»Da kann ich aber jetzt nichts dafür«, sagt mein Nachbar, und es ist ihm direkt etwas peinlich.

Wie wir schließlich am Hotel und bei der Frau Grenzbach (in einem übrigens sehr schneidigen Dirndl) eintreffen, da darf ich nach einer äußerst knappen Begrüßung noch nicht einmal zum Haupteingang rein. Nein, stattdessen Anlieferzone, Kühlhaus, rasch durch die dampfende Küche und mit einem hastigen Schritt durch den Empfang hindurch und die Treppe empor. Dort schiebt man mich dann aufgeregt tuschelnd durch die Zimmertür von der Einhundertdrei und schließt diese dann ausgesprochen lautlos. Diskret eben. Es liegt ein leichter Fäulnisgeruch in der Luft, den ich nur zu gut kenn und auf den ich immer wieder gern verzichten könnt. Und vermutlich ist es allein dieser brandneuen Klimaanlage zu verdanken, dass nicht bereits das ganze Haus bis zum Himmel stinkt.

»Gott sei Dank, dass Sie da sind, Herr Eberhofer«, flüstert dann diese Frau, die sich grade als Hotelière Grenzbach vorgestellt hat, noch immer, obwohl längst kein ungeliebter Zuhörer mehr zu befürchten sein kann. Und so stehen wir nun also erst mal zu dritt in diesem winzig schmalen Gang, eine Tür geradeaus direkt vor uns, eine andere zu unserer Rechten, aus der der Gestank auch kommt. Auf diese blicke ich dann kurz, der Nüters nickt kaum merklich, und so tret ich halt ein. Feinster hellgrauer Marmor bis ganz rauf zur Decke.

Der Spiegel über dem edlen Waschtisch ebenfalls raumhoch und beidseitig flankiert von jeweils einem schmalen Lichtband. Alles sehr elegant und nobel hier. Alles vom Feinsten, einschließlich der Verarbeitung, was ich unserem Flötzinger so gar nicht zugetraut hätte. So gar nicht in dieses geschmackvolle Ambiente passend ist jedoch dieser Leichnam, der in einer erstklassigen Wanne dümpelt. Kein schöner Anblick. Wirklich. Der Kopf liegt schwer auf der Brust, Mund und Nase knapp unter Wasser. Beide Arme links und rechts neben dem leblosen und auch schon recht aufgedunsenen Körper, quasi im Wasser schwebend. Ebenfalls im Wasser schwebend: der Schniedl. Ziemlich mittig in diesem ganzen Szenario lugt er hervor wie ein Schnorchel.

»Also gut«, sag ich und beug mich über den Toten. »Wann haben Sie ihn denn zuletzt lebend gesehen?«

»Das war vorgestern, Herr Kommissar«, entgegnet der Nüters prompt. »Bei unserer Eröffnungsfeier.«

»Vorgestern? Und wo war er dann gestern den ganzen lieben langen Tag?«

»Keine Ahnung«, sagt er weiter, und die Frau Grenzbach zuckt mit den Schultern. »Aber es war doch das Schild an seiner Tür. ›Bitte nicht stören‹, verstehen Sie. Na ja, und dann stören wir eben auch nicht.«

»Aha. Aber wie lang liegt er denn da schon so?«, frag ich, in Anbetracht der unglaublich aufgeblähten Glieder. Den Händen und Füßen hier könnte man mit der bloßen Hand die Haut abziehen, grad so als wären es Handschuh und Socken. Meine beiden Begleiter wechseln einen kurzen Blick, und jetzt zuckt der Nüters mit den Schultern.

»Mein Gott, Herr Kommissar«, übernimmt nun die Frau Grenzbach den Part der Antwort. »Eines unserer Zimmermädchen hat sich halt heut Morgen gewundert, dass dieses Schild immer noch draußen hängt, und hat ihn … hat ihn dann eben so aufgefunden. Dabei hat sie einen Nervenzusammenbruch erlitten, die Ärmste, und ich hab sie heimschicken müssen. Aber um welche Uhrzeit der … der Herr Degen, Gott hab ihn selig, in die Wanne gestiegen ist …«

»Ja, klar«, kann ich hier getrost unterbrechen. »Sie waren ja nicht dabei, nehm ich mal an.«

»Nein, meine Güte!«, kichert sie kurz.

»Eben. Aber ich kann Ihnen versichern, Gnädigste, er liegt schon eine ganze Weile im Wasser, unser Herr Degen«, sag ich und fang nun damit an, ein paar Fotos zu machen. »Um wie viel Uhr ist denn das Zimmermädchen hier gewesen?«

»Mein Gott, so etwa gegen … ja, vielleicht gegen zehn muss das gewesen sein«, antwortet sie, sucht aber erneut die Zustimmung von ihrem werten Herrn Nüters, welcher prompt nickt.

»Also, damit ich das recht verstehe, meine Herrschaften. Sie finden um zehn Uhr vormittags einen toten Gast in einer Ihrer Hotelbadewannen und kommen abends um acht auf die Idee, die Polizei zu holen?«, frag ich noch so, aber schon kommt eine plausible Erklärung. Zumindest für meine beiden Zimmergenossen hier erscheint sie mehr als plausibel. Diskretion! Man wollte schlicht und ergreifend die Dunkelheit der Nacht abwarten.

»Wissen Sie, Herr Kommissar«, versucht nun der Nüters mir die Situation irgendwie verständlich zu machen. Dabei schwitzt er ein bisschen und spricht auch sehr stockend. »Das … das war nämlich meine Idee. Die Frau Grenzbach … mein Gott, die kann eigentlich gar nichts dafür. Aber sie war doch so fertig. Mensch, das Hotel grad neu eröffnet. Und dann das.«

»Ich will ganz ehrlich sein, Herr Kommissar«, übernimmt nun die Frau Grenzbach wieder das Wort und wird noch ein bisschen durchsichtiger, als sie es bis eben schon war. »Mein

Mann … ach, ich muss schon sagen, dieser Wahnsinnige … der hat sich dieses Projekt hier noch unbedingt eingebildet. Und das, obwohl er haargenau wusste, wie es um seine Gesundheit bestellt war. Und ja, dann musste wohl kommen, was dann auch kam. Mitten in den Bauarbeiten ist er nämlich verstorben. Herzinfarkt. Weil natürlich wie bei wohl jedem Projekt dieser Größe diverse Schwierigkeiten nicht ausgeblieben sind. Mit den Handwerkern, mit den Behörden. Tja, und jetzt steh ich da mit einem ganzen Haufen Schulden und zwei Kindern in der Ausbildung.«

Nun schaut sie mir direkt in die Augen und hat mich somit schon beinah geknackt. Wobei ich eh sagen muss, Frauen im Dirndl wickeln mich sowieso jedes Mal um den Finger. Jedes einzige Mal, ich schwör's.

»Vielleicht verstehen Sie uns jetzt, Herr Kommissar«, reißt mich der Nüters aus meinen Gedanken. »Denn wenn die Presse davon Wind kriegt, ja … dann … dann können wir hier zusperren. Hundertprozentig. Na ja, und allein deshalb hatte ich eben diese etwas absurde Idee, einfach auf die Nacht zu warten. Sie müssen wissen, ich hab ja viele Jahre als Pfleger in einem Krankenhaus gearbeitet, und da haben wir unsere Bestatter auch immer erst …«

»Versteh schon«, sag ich, weil ich es wirklich irgendwie tu. »Aber hat denn wenigstens jemand überprüft, ob er auch tatsächlich tot war, der Degen?«

»Ja, ja, freilich, Herr Kommissar«, kommt jetzt erneut der Nüters zum Einsatz. »Das hab ich natürlich als Erstes gemacht. Wie gesagt, ich war lange im Krankenhaus tätig. Siebzehn Jahre lang, um genau zu sein.«

Siebzehn Jahre lang. Gut, da müsste man eigentlich schon in der Lage sein, einen Toten von einem Lebenden zu unterscheiden, denk ich noch. Und so kremple ich mal meine Ärmel nach hinten, überwinde mich kurz und greife ins Wasser.

Mach die Armbanduhr ab, die das Opfer ums Handgelenk trägt, und dann reißt es mich auch schon.

»Großer Gott!«, schrei ich gleich ganz bestürzt, während ich diesen leblosen Arm sofort wieder ins Wasser zurückplumpsen lass, was wohl die arme Frau Grenzbach zu Tode erschreckt. Jedenfalls hält sie sich die Hände vors Gesicht und starrt mich durch ihre gespreizten Finger hindurch ganz panisch an. Und nun erst bemerk ich erst, dass sie Handschuhe trägt. Also praktisch solche Einmalteile, wie sie die Spusi auch immer benutzt. Und ich es im Grunde wohl auch tun sollte.

»Lebt … lebt er denn doch noch, oder was ist los?«, fragt sie sehr leise und verängstigt, noch immer durch ihre Finger hindurch. Und jetzt muss ich direkt einen Moment lang überlegen, vermute aber relativ schnell, sie bezieht diese alberne Frage auf meinen kleinen Aufschrei von grade.

»Nein, nein, natürlich nicht«, lach ich kurz auf, kann sie damit aber wenigstens ein bisschen beruhigen. »Der ist so tot wie das ausgestopfte Wildschwein bei uns im Rathaus. Aber meine Armbanduhr hier, schauens her. Die ist nicht wasserdicht, verstehens. Ja, dieses gute, alte Ding.«

»Sie … Sie haben uns soeben zu Tode erschreckt, Herr Kommissar«, nuschelt der Nüters und ist jetzt noch blasser als zuvor. »Die Situation hier ist alles andere als heiter. Können … können Sie nicht einfach anfangen, Ihre Arbeit zu machen?«

»Sie sind ja vielleicht lustig, Nüters. Normalerweise, da müsste ich hier nämlich das volle Programm durchlaufen lassen. Mit Spusi, Gerichtsmedizin und Bestattung. Und die würden dann mit einem Mordssarg durch Ihr Treppenhaus latschen, verstehens. Ganz egal, wie viele Gäste davon etwas mitkriegen oder nicht. Aber das wollen Sie ja nicht. Ihnen wär es wohl am liebsten, ich würde den Degen hier in Stücke hacken und in Koffern rausschaffen. Aber so läuft das hier nicht, meine Herrschaften. Ob Sie das nun glauben oder auch nicht, 'zefix!«

Huihuihui, jetzt bin ich direkt in Rage.

Aber es ist ja auch wahr. So ein Scheißstress. Und das am Sonntagabend. Ich werf noch einen kurzen Blick auf die Armbanduhr vom Degen, die allerdings schon wasserdicht sein dürfte, immerhin läuft sie noch eins a. Schade, hätte einen ziemlich fixen Todeszeitpunkt hergeben können. Aber es hilft nix. So pack ich sie halt in einen Plastikbeutel und versenke dann beides in meiner Jackentasche.

»Können wir nicht …«, fragt die Frau Grenzbach jetzt beinahe schüchtern. »Ja, sagen wir mal, können wir vielleicht so was wie das kleine Gedeck auffahren, Herr Eberhofer?«

Kleines Gedeck, wie stellt sie sich das vor? Ich hock mich jetzt mal auf den Klodeckel und versuch einfach nur schnell irgendwie meine Gehirnzellen zu sortieren. Weil eigentlich bin ich ja schon längst im Feierabendmodus, gell. Fernbedienung, Wolldecke, Ludwig und eine Halbe oder zwei. So schaut's aus.

Stattdessen aber sitz ich jetzt hier in einem zwar traumhaften, jedoch wildfremden Bad an der Seite zweier Nervenkranker und einer männlichen Leiche und soll diese nun wohl so diskret wie möglich und so vorschriftsmäßig wie nötig entsorgen. Na, bravo!

So zieh ich also mal mein Telefon hervor. Und meine beiden Belagerer tauschen wieder mal Blicke, der Nüters nestelt an seiner Mütze herum, und es dauert schier ewig, bis mein Gesprächspartner abhebt. Dass er zu Hause ist, das weiß ich sehr wohl, einfach weil auch er den ›Tatort‹ schaut. Und zwar an jedem einzelnen verdammten Sonntag. Das weiß übrigens auch das ganze restliche Dorf.

»Ja!«, knurrt mir der Doktor Brunnermeier entsprechend unfreundlich in den Hörer, was ich allerdings nur zu gut verstehen kann. Wenn man nämlich grad so relaxed auf dem Sofa rumhängt und mitten in der Aufklärung eines Kriminalfalls von einem lästigen Anrufer tyrannisiert wird, dann ist das schon mehr als ärgerlich. Aber ich lass mir den Schneid gar nicht erst abkaufen, sondern informier unseren pensionierten Dorfarzt rasch und in wirklich allen Details über die aktuellen Geschehnisse hier. Gut, Begeisterung hört sich am Ende der Leitung ganz anders an, dennoch tut er sein zeitnahes Kommen kund, was zumindest ein wenig Erleichterung auslöst. Sowohl bei mir selber als auch bei meinen beiden Leidensgenossen hier.

»Ist es möglich«, fragt dann die Frau Grenzbach, und obwohl die Anspannung ein bisschen aus ihrem Gesicht gewichen ist, wirkt sie dennoch sehr müde und scheu, »dass der Herr Nüters und ich … also, dass wir nach unten gehen und wenigstens so tun, als ob alles normal wär? Ich meine, die Gäste werden sich wahrscheinlich schon wundern, dass keiner von uns beiden …«

»Ja, klar«, nicke ich und steh auf. »Wir können prima alle miteinander runtergehen, und ich warte dann halt dort auf den Brunnermeier.«

So machen wir es auch. Und während sich meine zwei Komplizen ihren alltäglichen Aufgaben widmen, setz ich mich derweil auf ein leeres Tragerl vorm Kühlraum und schau durch die Glastür nach draußen, in der Hoffnung, dass der Herr Doktor möglichst hurtig hier aufschlägt.

Und tatsächlich kommt er noch schneller, als ich es für denkbar gehalten hätte. Was auch daran zu erkennen ist, dass ich unter seinem Pulli und der ausgeleierten Hose seinen rotweiß gestreiften Schlafanzug hervorblitzen sehe. Ich muss grinsen, schüttle ihm aber artig die Hand.

»Wie ist das werte Befinden?«, fragt er, und freilich weiß ich gleich, dass die Frage rein gesundheitlich orientiert ist.

»Mir geht's prima. Aber dem Typ in der Wanne da oben, dem ist wohl nicht mehr zu helfen«, sag ich. Er nickt kurz, und schon eilen wir beide – quasi unsichtbar für jeden Dritten – dem Zimmer Einhundertdrei entgegen. Und während dann der Brunnermeier sehr dienstbeflissen seiner Aufgabe nachkommt, hock ich wieder auf dem Klodeckel und ess ein paar Schnittchen, die mir die Frau Grenzbach netterweise grad durch die Tür zugeschoben hat.

»Grundgütiger, der liegt aber schon ein ganzes Weilchen, so wie der aufquillt«, stellt der Doktor gleich fest, kaum, dass er einen Blick auf den Toten hier wirft.

»Meine Worte.«

»Wenn das hier ein Mord ist, Eberhofer«, brummt er anschließend aus seiner Wanne heraus, »dann bröseln Sie grade den Tatort voll.«

»Wenn das hier ein Tatort ist, dann untersuchen Sie grade ein Mordopfer, Brunnermeier. Und das ohne Handschuh und Mundschutz.«

»Da haben Sie recht«, antwortet er und beginnt in seinem Koffer zu kramen. »Eigentlich kann ich mir eh nicht recht vorstellen, dass es ein Mord war. Ich glaub, der hat einfach an der Hotelbar ein paar Drinks zu viel gehabt, und dann ist er halt in der Wanne eingeschlafen. Ist mir auch schon passiert.«

»Ja, aber wenn Sie in der Wanne einschlafen, Brunnermeier, legen Sie dann den Kopf nach hinten an den Wannenrand oder eher nach vorne auf Ihre Brust?«

Jetzt hält er inne und nimmt den Oberkörper von unserem toten Herrn Degen ganz genau in Augenschein. Dessen Kopf liegt schwer auf seiner Brust, Nase und Mund sind knapp unter Wasser. Wenn du mich fragst, schläft man so nicht ein. Noch nicht einmal, wenn man besoffen ist. Höchstens vielleicht, wenn man ohnmächtig wird. Ja, je länger ich drüber nachdenk, desto klarer wird es mir: Wir haben wohl wieder mal einen Mordfall mitten bei uns in Niederkaltenkirchen. Na, bravo!

Die Schnittchen sind der Hammer. Sonnenblumenbrot, saftiger Schwarzwälder Schinken, etwas Meerrettich sowie mittelscharfer Senf und Dillgürkchen, ganz fein gehobelt. Ein Traum.

»Also?«, frag ich jetzt nach, weil mir der Brunnermeier den Toten allmählich echt allzu lang fixiert. Doch er zuckt nur mit den Schultern.

»Da kann schon was dran sein, aber ich mach hier nur die Totenschau, Eberhofer«, antwortet er und widmet sich dann wieder der Leiche. »Ob es ein Mord war oder eher nicht, das ist letztlich Ihre Aufgabe, nicht meine. Im Grunde genommen ist es ja noch nicht einmal meine Aufgabe, das zu tun, was ich hier grad tu. Weil ich nämlich verdammt noch mal schon seit gefühlten hundert Jahren im Ruhestand bin.«

»Gibt aber noch immer keinen Nachfolger hier bei uns in Niederkaltenkirchen.«

»Ja, weil halt einfach keiner hierher will, in dieses geschissene Kaff. Zumindest keiner, der noch mehr als drei funktionierende Gehirnzellen hat.«

Da sieht man mal wieder, was so ein Sonntagabend-Entzug aus einem völlig friedfertigen Menschen macht. Allerhand. Wirklich.

Kapitel 3

Wenn man, so wie in diesem Fall, aus Diskretionsgründen heraus, ja, sagen wir mal, nicht den schnurgeraden Dienstweg einhalten kann, dann ist es schon gut, seine Kontakte zu haben. Und ich hab meine Kontakte, keine Frage. Einer davon, und sicher nicht der unwichtigste, ist mein erstklassiger Kontakt zum werten Richter Moratschek. Und dort … dort muss ich jetzt hin. Weil, wenn mir jetzt einer hilfreich sein kann, dann er.

Ich fahr mit dem Corsa, weil erstens mein Streifenwagen bei uns am Hof rumsteht und ich den erst holen müsste. Zweitens aber der Herr Nüters so freundlich ist, mir sowohl seinen Autoschlüssel als auch die dazugehörige alte Kiste, ohne zu zögern, einfach anzuvertrauen. So steig ich also ein, schieb den Sitz weiter nach hinten und such erst mal einen passenden Sender. Gut, es dauert vielleicht ein bisschen, aber schließlich werd ich doch fündig. Und dann düs ich auch schon los. Mit Metallica auf Höllenlautstärke, dass mir die Boxen vibrieren.

Wie zu befürchten war, ist das Wohnhaus der Moratscheks bereits stockmauernfinster. Was aber auch anders herum sehr wohl verständlich ist, wenn man weiß, dass es mittlerweile schon auf elf zugeht, der gute Mann nicht mehr der Jüngste ist und er morgen früh wieder hochkonzentriert sein richterliches Hämmerchen schwingen muss. Da kann man dann schon nachvollziehen, dass er bereits samt Gattin in den Federn weilt, gell.

Sage und schreibe sieben Mal muss ich läuten, ehe in der oberen Etage irgendwann ein Licht angeht. Und dann dauert es nochmals ein Weilchen, bis endlich die Haustür aufgeht und die verpennte Frau Moratschek im Türrahmen steht.

»Um Gottes willen, Eberhofer«, gähnt sie mich an. »Ist denn was passiert?«

»So isses, Gnädigste. Und so leid's mir auch tut, aber ich brauch Ihre bessere Hälfte, und zwar ziemlich dringend.«

»Ja, ja, jetzt kommens doch erst einmal rein«, sagt sie weiter, und so tret ich halt ein. Wir gehen ein paar Schritte durch die Diele hindurch Richtung Wohnzimmer. Am Treppenabsatz bleibt sie kurz stehen.

»Hasi«, ruft sie nach oben. »Der Kommissar Eberhofer ist da. Es ist was Dringendes, hat er gesagt. Geh, kommst einmal runter?«

»Kreuzkruzifix«, tönt es nun auch prompt von oben, begleitet von einem dumpfen Gestampfe und dem Knarzen der Dielenbretter, aber auch dem charmantesten Lächeln, das der armen Frau Moratschek zu dieser fortgeschrittenen Stunde wohl möglich ist. Und ich … ich geh mal rüber zum Esstisch und will mich grad setzen.

»Gebens bitte schön Obacht, Herr Kommissar, der Stuhl, der wackelt«, macht sie mich jetzt aufmerksam, und ja, sie hat recht. Dieser Stuhl wackelt, und zwar ganz gehörig. Und auch der nächste. So hock ich mich lieber aufs Sofa rüber.

»Mögens vielleicht einen Kaffee?«, will sie nun wissen und zurrt den Gürtel ihres Morgenmantels ein bisschen straffer. Ich nicke.

»Gern«, sag ich, weil so ein Koffeinschub in Anbetracht des zu erwartenden Arbeitspensums dieser Nacht sicherlich noch notwendig und nützlich sein kann. Und so verschwindet sie auch schon in der Küche, und statt ihrer erscheint nun der Hausherr persönlich exakt in meinem Sichtfeld. Er trägt Feinrippunterwäsche und wirkt nicht annähernd so souverän, wie er es in seiner Robe sonst tut. Seine Augen sind rot und zusammengekniffen, und seine Lippen bewegen sich wortlos. Irgendwie keine besonders entspannte Körpersprache, wie ich finde.

»Ich warne Sie, Eberhofer«, sagt er, während er in den Sessel gegenüber plumpst. »Wenn sich in diesem Augenblick nicht irgendwo ein Kindergarten, ein Alten- oder Asylantenheim oder sonst was in der Art in den Händen von irgendwelchen teuflisch-skrupellosen Terroristen befindet und Sie deswegen unbedingt meinen messerscharfen Verstand und meine jahrelange Erfahrung mit allerhand Psychopathen benötigen, dann hat für Sie durch diesen Besuch, rein dienstlich gesehen, hier und jetzt Ihr letztes Stündlein geschlagen, so wahr ich hier hocke.«

Hui!

Die Frau Moratschek kommt mit dem Kaffee zurück.

»Er meint das nicht so«, sagt sie und stellt das Haferl vor mir ab. »Gell, Hasi, du meinst das nicht so.«

Seine Augen funkeln. Und ich befürchte ganz stark, Hasi meint das sehr wohl so.

Gut, es hilft alles nix, kommen wir lieber zu den Fakten. Den unerfreulichen Fakten, um genau zu sein. Ich nehm einen Schluck Kaffee, schnauf einmal tief durch und fass mir ein Herz.

»Liebe Frau Moratschek«, sag ich, und irgendwie ist mir das jetzt fast unangenehm. »Verstehens mich bitte nicht falsch, aber es handelt sich um eine … ja, wie soll ich sagen …«

»Sie möchten gern unter vier Augen reden?«, unterbricht mich das kluge Mädchen aber prompt, und ich nicke erleichtert.

»Aber Ihr Kaffee, der ist spitze«, ruf ich ihr noch im Rausgehen nach. Doch sie winkt nur ab.

»Also, Eberhofer«, sagt nun der Richter wieder und beugt sich bedrohlich weit zu mir nach vorne. »Kindergarten?«

»Nein, Herr M…«

»Altenheim?«

»Bitte!«

»Nix, bitte. Also, ist es ein Asylantenheim?«

»Herr Moratschek!«, muss ich ihn nun leider anschrein, dass er von ganz allein in seinem Sessel wieder nach hinten fällt. Und jetzt schweigt er auch endlich. Na also. Geht doch.

Keine halbe Stunde später ist er über alle, wirklich alle Einzelheiten und Geschehnisse der letzten Stunden auf dem Laufenden, hat meinen ganzen Kaffee ausgetrunken und reibt sich nun lange, mit allen zwei Händen und durchaus recht grob über sein ganzes Gesicht. Grad so, als könnte er sich sowohl die Müdigkeit als auch die anstehenden Probleme einfach irgendwie wegrubbeln.

»Eberhofer, 'zefix«, sagt er schließlich und steht auf. »Sie können doch nicht einfach ein mögliches Mordopfer in Ihren Kofferraum packen und höchstselbst in die Gerichtsmedizin nach München reinfahren. Selbst zur nachtschlafenden Zeit nicht. Irgendwie müssen doch auch Sie mal den offiziellen Dienstweg einhalten. Zumindest ein bisschen.«

»Moratschek«, sag ich. »Wenn diese Geschichte hier öffentlich wird, dann haben die dort im Hotel echte Probleme, verstehens. Es passiert doch auch gar nix. Der Tote ist ja schon tot. Außerdem will ich auch nichts und niemanden in den Kofferraum packen. Jedenfalls nicht, wenn's eine andere Lösung gibt, und deswegen bin ich ja schließlich bei Ihnen.«

»Vielleicht ist er ja wirklich nur ganz profan abgesoffen dort in seiner depperten Badewanne, wer weiß. Einfach nur stockbetrunken eingeschlafen und dann halt ersoffen, wer kann das schon wissen.«

»Gut, einmal angenommen, Herr Richter«, sag ich und steh nun ebenfalls auf. Schieb dann seinen Sessel ein wenig mittig und deute darauf. »Also, auf geht's. Sie liegen in der Badewanne und sind todmüde.«

Er blickt erst auf den Sessel, danach zu mir, schüttelt kurz den Kopf und nimmt dann zögerlich Platz. »Machens die Augen zu, Moratschek«, sag ich weiter. Zunächst verdreht er dieselbigen, macht sie dann aber doch ganz artig zu. Dann lehnt er sich behaglich nach hinten und atmet einige Male richtig tief durch. Und zwar so tief, dass ich schon beinah befürchte, er wär mir echt weggenippt.

»Sehen Sie«, sag ich, wie er seine Glubscher wieder öffnet. »Man schläft nach hinten ein, nicht nach vorne.«

»Ja, verdammt, von mir aus«, knurrt er mürrisch und erhebt sich wieder. »Und ... was erwartens jetzt von mir?«

»Ich brauch Ihre Hilfe, Moratschek. Sie müssen mir irgendwie den Rücken freihalten. Wenigstens bis der Tote beim Günter in der Münchner Gerichtsmedizin auf dem Tisch liegt. Dieser Transport, ja, der muss völlig unbemerkt über die Bühne gehen, verstehens. Keine Pressemitteilung. Kein Aktenzeichen. Das ist alles.«

»Das ist alles! Das ist alles, Sie Spinner. Das müsste ja noch heute Nacht passieren«, brummt er und latscht nervös durch den Raum auf und ab.

»Idealerweise schon.«

»Meine Güte, Eberhofer, Sie sind wie ein eitriges Wimmerl an meinem Arsch, 'zefix!«

»Hab ich Sie schon jemals enttäuscht, Hasi?«, frag ich, und er verdreht erneut kurz seine Augen. Dann aber geht er rüber zum Schreibtisch, nimmt noch eine Nase voll Schnupftabak und greift schließlich beherzt nach seinem Telefonhörer.

Im Grunde hab ich's ja längst schon gewusst. Sonst wär ich ja auch gar nicht erst hier aufgeschlagen, gell. Nein, auf den werten Richter, da ist Verlass. Da kann einer sagen, was immer er will. Es ist einfach so.

»Gut, der Leander, der weiß Bescheid. Er schätzt, er braucht knapp eine Stunde«, sagt er, gleich nachdem er sein Telefonat beendet hat. Welches ich freilich mithören durfte und bei dem er grad seinem Gesprächspartner in seiner mir so wohlbekannten dienstlichen Art und äußerst seriös unmissverständliche Anweisungen durchgegeben hat. »Landstraße Richtung Frontenhausen, erste Abzweigung links. Da ist ein kleiner Pendlerparkplatz.«

»Ja, den kenn ich.«

»Gut. Herrschaftszeiten. Wenn da irgendwas rauskommt, Eberhofer, dann sind wir wohl beide unseren Job los.«

»Ich dank Ihnen schön, Moratschek«, sag ich noch so beim Rausgehen.

»Ja, ich weiß.«

Also, wenn ich so nachdenk, dann waren wir uns im Grunde nicht immer ganz einig, der Moratschek und ich. Das eine oder andere Mal, da hat er mir ja meinen Mordfall sogar noch nicht mal abgekauft. Nein, ich verrenn mich da in etwas, hat er gesagt. Das war ein Unfall und aus. Lassens die Angelegenheit gefälligst auf sich beruhen und regelns lieber den Verkehr, Eberhofer, hat er gesagt. Oder gehens einfach den Schülerlotsen spielen. Hat er aber nicht gemacht, der Eberhofer, gell. Nein, da ist er hartnäckig. Weil, wenn's irgendwo nach Mord und Totschlag stinkt, dann merk ich das zuerst, gar keine Frage. Und hinterher, da hat er dann immer geschaut, unser werter Herr Richter. Und hat mir auf die Schultern gehaun. Gut, dem Birkenberger, dem auch. Weil der ja immer mit von der Partie ist, wenn bei uns irgendwo das Verbrechen lauert. Aber gut. Und das wird dann wohl auch der Grund dafür sein, warum mir der Moratschek grad heute so den Rücken freihält. Weil er mittlerweile halt ganz genau weiß, wenn ich irgendwo Lunte riech, dann hängt da vermutlich eben auch ein Sprengsatz dran. Ganz klar.

Ja, der Birkenberger Rudi, mein alter Komplize. Wir zwei, das ist schlicht und ergreifend ein Dreamteam quasi. Erst letzte Woche, da hat er noch angerufen bei mir, der Rudi. Was denn so los ist dort bei uns in Niederkaltenkirchen, hat er wissen wollen. Nix, hab ich gesagt. Kein Verbrechen, kein ungewöhnlicher Todesfall nicht, hat er gefragt. Nein, weder noch, hab ich gesagt. Und, dass das schon gut ist, so wie es grad ist. Weil's dann doch manchmal schon ein echter Stress ist bei der Polizei. Das kann man wirklich kaum glauben. Und wenn's einmal ein kleines bisschen ruhiger zugeht und nicht ständig jemand tot überm Zaun hängt, ist das schon prima. Ganz besonders, wo's mit der Susi grad so großartig läuft. Ja, hab ich gesagt, wenn da jetzt noch ein Mord daherkäm, dann würd ich wohl bald auf dem Zahnfleisch … Und so. Und was bitte schön haben wir jetzt? Den Dreck im Schachterl, könnte man sagen. Ja, herzlichen Dank auch. Der Birkenberger selber, der tut sich da deutlich leichter. Weil er ja nicht mehr Polizei ist. Privatdetektiv ist er jetzt stattdessen. Und da kann man sich natürlich seinen Stress selbst programmieren oder auch nicht. Weil, wenn der Rudi mal keinen Bock hat auf Arbeit, dann kann er einfach sagen, leider hab ich die zu observierende Person aus den Augen verloren. Ja, das geht gut. Wie man momentan schon glasklar erkennen kann, schaut die Sache bei mir anders aus.

Endlich im Hotel zurück, bitte ich meine zwei nervösen Mitwisser gleich zu einem konspirativen Treffen. Und weil es ja mittlerweile wirklich schon spät ist, ist die Mehrzahl der Gäste hier bereits in der Heia. Nur zwei wohl echt Durstige halten sich noch tapfer an der Hotelbar fest, die wir kurz passieren und wo ich einen Blick reinwerfen kann. Zwei Männer: vermutlich irgendwelche Vertreter, zumindest erwecken sie schon rein optisch diesen Eindruck bei mir. Der Barkeeper, in dunkler Kleidung und ebensolcher Schürze, trägt einen Pferdeschwanz sowie ein Tablett und ist grad im Begriff, einige Tische von benutzten Gläsern zu befreien. Schließlich betreten wir das Büro von der Frau Grenzbach, das genauso nobel und gemütlich ist wie alles hier im Haus und auch rein kulinarisch keinen Wunsch offenlässt. Es steht eine Platte mit Plätzchen am Tisch, genauso wie diverse Getränke. Ich mach mir mal ein Bier auf.

»Hier«, sagt der Nüters jetzt und drückt mir dabei ein Formular in die Hand. »Das hier ... also, das ist praktisch der vorläufige Totenschein. Der Herr Doktor Brunnermeier hat ihn mir zu treuen Händen übergeben. Todesursache unbekannt, sehen Sie?«

»Mhm. Danke«, sag ich und nehm einen Schluck direkt aus der Flasche.

»Was ist jetzt Ihr Plan, Herr Kommissar?«, will die Hausherrin nun auch gleich wissen und nippt kurz an ihrem Wasserglas. »Hat denn Ihr Richter weiterhelfen können? Sagen Sie bitte, gibt's irgendwelche Neuigkeiten?«

Beide Augenpaare starren mich erwartungsvoll an. Der Nüters zupft an einigen Fäden, die seine arme Schirmmütze mittlerweile aufweist.

»Ja, Neuigkeiten gibt es tatsächlich, meine Herrschaften. Aber glauben Sie nur nicht, dass die Sache jetzt einfacher wird.«

»Das hab ich beinah befürchtet«, stöhnt die Frau Grenzbach und blickt auf das feine Parkett. »Solange der Herr Degen dort oben tot in der Wanne liegt, da gibt's vermutlich ohnehin keinen Hauch von Entspannung.«

Ja, das seh ich genauso.

Was so viel heißt wie: dass wir jetzt erst mal auf dem schnellsten, aber auch sichersten Weg dafür sorgen müssen, dass wir ihn hier irgendwie rausbekommen. Einen nicht unwesentlichen Teil dieser unliebsamen Angelegenheit hat aber zum Glück unser Richter Moratschek bereits anleiern können. Den anderen und durchaus schwierigeren müssen wir drei Hübschen nun wohl selber stemmen. Es hilft alles nix.

»Gut«, sag ich aufmunternd und exe mein Bier. »Wo ist der Feueralarm?«

»Wozu brauchen Sie denn in Gottes Namen jetzt einen Feueralarm, Herr Kommissar?«, fragt die Frau Grenzbach nun sichtlich erschrocken und knallt gleich ihr Glas auf den Holztisch. »'tschuldigung.«

»Ganz einfach. Wenn wir den Toten völlig unbemerkt zum Hinterausgang hinausbringen wollen, dann ist das nur mit absoluter Sicherheit zu gewährleisten, wenn alle anderen, also echt jeder einzelne Gast, vor dem Haupteingang steht. So weit alles klar?«

Meine zwei Weggefährten wechseln einen raschen Blick und nicken dann zaghaft. Ich muss schon sagen, irgendwie hat das alles hier etwas sehr Verschwörerisches, und fast muss ich grinsen.

»Alles klar«, gibt mir der Nüters noch knapp zu verstehen.

»Also gut, Herrschaften. Dann brauchen wir ein Laken und einige Müllbeutel, möglichst groß.«

»Das ist kein Problem, Herr Kommissar«, wispert die Frau Grenzbach, und ihre Unterlippe zittert nun merklich.

»Was noch wichtig ist, Frau Grenzbach«, sag ich, schau ihr dabei eindringlich in die Augen, und sie nickt. »Sobald wir aus dem Zimmer raus sind, da muss es abgesperrt werden. Unbedingt. Es darf niemand rein, haben Sie mich verstanden?«

Ja, hat sie. Und nachdem wir dann auch den weiteren Ablauf noch einmal minutiös durchgesprochen haben, eilt der Herr Nüters kurz dienstbeflissen hinaus und kommt mit einer Rolle Müllbeutel und einem Laken zurück.

»Können wir?«, fragt er mich dann vom Türrahmen her, und seine Wangen sind nun plötzlich ganz rosig.

»Sie wissen Bescheid?«, vergewissere ich mich noch einmal bei unserer Mitstreiterin, die deutlich angespannt wirkt. Doch sie nickt. Mit jeder Menge roter Flecken im ganzen Gesicht und sehr glasigen Augen. Was aber wurst ist. Hauptsache, sie nickt.

Auf dem Weg nach oben ruf ich noch schnell bei der Freiwilligen Feuerwehr von Niederkaltenkirchen an und geb über unseren Probealarm Bescheid. Nicht, dass die am Ende noch tatsächlich hier anrücken. Und kaum, dass der Nüters und ich dann zur Zimmertür von der Einhundertdrei drin sind, da geht er auch schon los, unser Feueralarm. Artiges Mädchen, die Frau Grenzbach, wirklich!

Wie ich zum Bad hereinkomm, merk ich es gleich. Der Brunnermeier, der hat nicht nur das Badewasser ausgelassen. Nein, er hat sich sogar noch die Mühe gemacht, meine ganzen Brösel dort vom Marmor aufzusammeln. Er ist halt ein Profi durch und durch. Und ein echter Teamplayer ist er erst recht, gar keine Frage.

Den Toten mithilfe des Lakens aus der Wanne heraus- und in zwei riesige Müllbeutel hineinzuhieven, das ist der schiere Wahnsinn. Denn nicht nur, dass er schlaff ist wie ein ausgeleiertes Gummiband und aufgebläht wie ein Ballon, glitscht er uns auch bei jeder Bewegung aus den Händen. Und wie er schließlich und endlich ordnungsgemäß verpackt und transportbereit dort auf dem Teppich im Flur liegt, sind wir beide schweißgebadet und hecheln uns die Lunge aus dem Hals. Abgesehen davon, dass mir schon rein geruchstechnisch die

Schnittchen von vorhin permanent wieder hochkommen. Aber die Zeit drängt. Und so werf ich noch einen vorsichtigen Blick durch das Fenster hindurch, um die Lage da draußen zu checken. Sehr schön, was ich da unten sehe. Dort stehen nämlich jede Menge Leute in Nachtwäsche und reden aufgeregt durcheinander, während die Frau Grenzbach alle miteinander ganz aufmerksam durchzählt.

Sie sagt irgendwas Beruhigendes zu ihren Gästen und hebt dabei hinterm Rücken ihren Daumen so nach oben, was dann wiederum mein Zeichen ist.

Und keine drei Minuten später haben der Nüters und ich dann den Leichnam nach unten geschleppt, gezerrt und auch ein paarmal plumpsen lassen, bevor wir ihn in den hoteleigenen Transporter verfrachtet haben. Tür zu und gut ist es.

»Gott sei Dank«, stößt mein Komplize jetzt hervor und stemmt sich dabei gegen die Autotür, als würde er befürchten, der Degen wolle da gleich wieder raus.

»Wem sagen Sie das«, muss ich hier zustimmen und mir zugegebenermaßen ein paar Schweißtropfen von der Stirn wischen.

»Danke, vielen, vielen Dank, Herr Kommissar«, sagt er nun weiter, und zwar unglaublich ernst. Dann schüttelt er mir die Hand, wobei er seine Linke noch drauflegt.

»Schon gut. Und Sie gehen jetzt besser gleich mal zu all den anderen nach vorn und sagen genau das, was wir vorher vereinbart haben. Nämlich einfach, dass es ein vorschriftsmäßiger und routinemäßiger Probealarm war und dass dies immer so gemacht wird bei neuen Hotels. Und ich … ich wart hier derweil auf Sie, und dann fahren wir endlich diesen Degen fort. Alles klar?«

Er klopft mir nur noch schnell auf die Schultern, setzt seine lädierte Mütze auf, und schon eilt er von dannen.

Kapitel 4

So steh ich jetzt also dort in der Kälte vor diesem blöden Hotel, das im Grunde die allerwenigsten hier überhaupt haben wollten, inklusive meiner eigenen Person, und warte auf den Hausl von denen. Um anschließend in einer wahren Nacht-und-Nebel-Aktion gemeinsam mit ihm eine Leiche im Müllsack durch Niederkaltenkirchen hindurch und zur Landstraße nach Frontenhausen rüberzufahren. Und dort werd ich dann unsere mysteriöse Fracht dem Bestatter Leander ja schon beinah ordnungsgemäß übergeben, damit der sie hinterher zu meinem alten Spezl, dem Günter, in die Münchner Pathologie chauffiert. Na bravo. Wenn diese Aktion hier nicht haarsträubend ist, dann weiß ich's nimmer. Aber gut.

Oben in den Zimmern gehen hier und dort allmählich die Lichter aus, wogegen in anderen Fenstern auch einige angehen. Was vermutlich ein sicheres Zeichen dafür sein dürfte, dass die Gäste allmählich wieder zurück in ihren Räumen sind und somit wohl auch der Nüters nicht mehr allzu lange auf sich warten lassen wird. Ein Blick auf die Uhr verrät mir, es ist mittlerweile kurz vor halb zwei, was ich auch an meiner körperlichen Verfassung deutlich ausmachen kann. Ich bin wirklich todmüde, hungrig, und mir ist eiskalt. Und wenn er jetzt nicht sofort hier anbraust, dann kann er nämlich mit seiner depperten Leiche mutterseelenallein durch die Pampa kutschieren, und ich mach mich endlich vom Acker und hau mich stattdessen ins Bett. Ganz abgesehen davon, dass sich dieser Leander wohl zwischenzeitlich schon einen Wolf warten dürfte. Und grad öffne ich die Autotür und lege entschlossen meine Hand auf die Hupe, da eilt er mir schließlich schwer atmend entgegen.

»Sind Sie des Wahnsinns, Herr Kommissar?«, nuschelt er. Wahrscheinlich in Anbetracht meiner aktuellen Absichten.

»Noch nicht, Nüters«, sag ich und hock mich dabei schon mal auf den Fahrersitz. »Aber Sie können einen drauf lassen, ich bin auf dem besten Wege dorthin.«

Und nachdem auch er endlich seinen Allerwertesten positioniert hat, starte ich den Wagen und geb Gas. Vollgas, um genau zu sein. Auf der Fahrt aber erfahr ich dann wenigstens den Grund für seine immens lange Abwesenheit. Einige Gäste, sagt er, einige Gäste wären durch unseren fingierten Feueralarm anschließend nämlich so dermaßen aufgekratzt gewesen, dass sie die arme Frau Grenzbach vollkommen in Beschlag genommen und vollgetextet haben. Und weil die Ärmste ja in Anbetracht der maroden Vorkommnisse eh schon komplett durch den Wind war, da hat eben der gute Geist des Hauses, also seine Wenigkeit, einfach ein bisschen unter ihre schwachen Arme gegriffen. Und dafür Sorge getragen, dass die aufgeregte Meute letztlich so nach und nach ihre Zimmer aufsucht.

»Was war das nur für ein schrecklicher Abend, nicht wahr?«, sagt er abschließend und blickt durchs Seitenfenster hinaus und in die Dunkelheit hinein.

»Ja, und ich befürchte, mein Bester, er ist leider Gottes noch gar nicht vorbei.«

Wie wir dann endlich irgendwann an diesem Pendlerparkplatz ankommen, da könnt ich fast wetten, dem Leander ist die elendige Warterei auf die Eier gegangen. Und so hat er vermutlich einfach beschlossen, schlicht und ergreifend wieder abzudüsen. Verdenken kann man's ihm nicht, immerhin sind wir über eine halbe Stunde zu spät. Oder aber, er hat den Moratschek sowieso erst gar nicht ernst genommen und gedacht, es handelt sich bei dem absonderlichen Anruf von vorhin bloß um einen Scherz, einen recht morbiden, wer weiß. Wobei ich das eine genauso gut verstehen könnte wie das andere, was aber wurst ist. Fakt ist jedenfalls, dass ich ihn nirgendwo sehen kann. Der Parkplatz ist leer, alles um uns herum ist Dunkelheit, und so sehr ich meine Augen auch zusammenpresse und die Gegend absuche, ich seh nur eins: und zwar schwarz. Und grad wie mir meine dämliche Taschenlampe endlich in den Sinn kommt, genau da gehen ein paar Meter weiter zwei Scheinwerfer an und wieder aus. An und wieder aus. Das muss er wohl sein, drum geh ich mal hin.

»Eberhofer?«, ruft mir auch schon jemand entgegen und zieht im Anschluss an seiner Kippe.

»So ist es. Leander?«, frag ich überflüssigerweise nach und streck ihm meine Hand entgegen. Die seine ist kalt und klebrig. Passt aber auch irgendwie zu einem Bestatter. Und so drück ich ihm zunächst mal den vorläufigen Totenschein in sein pappiges Händchen, worauf er einen sehr raschen Blick wirft.

»Du bist verdammt spät dran, wollte grad wieder abhaun«, sagt er, während er das Dokument in der Brusttasche seines dunklen Anzugs versenkt und die Krawatte zurechtzupft.

»Ja, sorry. Aber …«

»Schon gut. Wo ist er?«, unterbricht er mich gleich und blickt mir über die Schulter hinweg zum Wagen rüber.

»Hinten auf der Ladefläche«, sag ich noch so, und schon wandert er los. Ich hinterher in seinem Windkanal sozusagen. Und der Nüters, der hockt weiter wie einbetoniert in seinem Beifahrerpolster, und man kann direkt spüren, dass er sich jetzt zu gerne in Luft auflösen würd. Wie gebannt starrt er auf das Handschuhfach, wagt keinen einzigen Blick zu uns nach draußen, und fast könnt ich schwören, er atmet noch nicht mal.

So mach ich halt mal die Ladetür auf, und da liegt er dann auch schon, unser toter Herr Degen.

»Hm«, sagt der Leander knapp, nimmt noch einen letzten ganz tiefen Zug und wirft seine Kippe dann ins kahle Gebüsch. Es ist eine echt pechschwarze Nacht, und außer von den Scheinwerfern her ist keine einzige Lichtquelle auszumachen. Und wohl aus diesem Grund wirkt diese winzig kleine Zigarettenglut hier jetzt tausendmal größer und heller, als ich es jemals zuvor gesehen hab. Wahnsinn, wirklich.

»Ich hol mal meine Kiste rüber«, reißt mich der Bestatter aus meinen Gedanken und ist schon auf dem Weg zu seinem Wagen. »Dann müssen wir ihn nicht so weit schleppen.«

Ja, wo er recht hat, hat er recht.

Ich geh derweil mal zu meiner Fahrertür und öffne sie kurz.

»Alles paletti da drinnen?«, frag ich hinein.

»Großer Gott, was machen wir hier nur?«, wimmert der Nüters, ohne mich jedoch anzusehen, und ich merk es gleich, er ist den Tränen nahe.

»Ja, das frag ich mich allerdings auch«, sag ich noch so und knall die Tür wieder zu. Der hat gut jammern. Hab ich ihm das hier eingebrockt, oder war es eher umgekehrt?

Ein paar Augenblicke später steht der Leichenwagen dann dort, wo er stehen soll. Nämlich direkt neben unserem Transporter. Beide Heckklappen sind mittlerweile geöffnet, und der Leander ist auch schon dabei, einen Plastiksarg aus der seinen zu zerren. Wahrlich vollkommen skurril, diese ganze Situation hier.

Mit äußerst geschickten Handgriffen und einer Routine,

bei der mir fast schwindelig wird, hat er unseren Leichnam aber ratzfatz eingesargt und anschließend in seinen Wagen verfrachtet. Danach macht er die Tür zu und kramt eine neue Zigarette aus seinem Jackett.

»Und der soll jetzt nach München in die Rechtsmedizin, oder was? So hat's jedenfalls der Moratschek gesagt. Ist das korrekt?«, fragt er, während sein Feuerzeug klackt.

»Vollkommen korrekt«, nick ich.

»Ist er ermordet worden?«

»Nicht ganz auszuschließen.«

»Gut«, sagt er weiter und wirft dabei einen Blick auf die Uhr. Eine Rolex. Soso. Natürlich keine echte. Das nicht. Eher so ein Billigimitat, wie man es an jedem drittklassigen Strand von irgendwelchen Bauchladen-Batzis kaufen kann. »Dann stell ich ihn noch ein paar Stunden kalt und hau mich derweil ein bisschen aufs Ohr. Weil vor achte ist ja dort eh keiner da.«

»Wie auch immer«, sag ich, klopf ihm noch kurz auf die Schulter und wende mich dann schon zum Gehen ab. »Also, merci, Leander. Und servus.«

»Du, Eberhofer«, stoppt er mich aber noch einmal und schlendert dabei auf mich zu. Wirft einen kurzen Blick auf unseren verwirrten Herrn Nüters, der noch immer das Cockpit studiert, mittlerweile aber seine Mütze abgenommen hat und sie über kurz oder lang in zwei Hälften zu reißen droht.

»Ja?«, frag ich.

»Dir eilt ja der Ruf eines Trüffelschweins voraus. Also grad, was so Mörder betrifft.«

»Wenn du das sagst.«

»Also? Sag schon, Eberhofer, denkst du, dass es ein Mord war?«

Ich zuck erst nur mit den Schultern, nicke dann aber schließlich doch kurz.

»Ist das da drinnen … also ist das dann womöglich der Mörder, oder was?«, flüstert er, während er den Nüters ganz exakt unter die Lupe zu nehmen scheint.

»Nein!«

»Echt nicht? Bist du sicher?«

Jetzt weiß ich gleich gar nicht, was ich sagen soll. Der Nüters, ein Mörder? Also echt. Wie kommt er da nur drauf? Ist doch nicht möglich, oder? Dieser hilfsbereite, freundliche und seriöse Mensch. Die Seele vom Heimatwinkel, so wie ich es empfinde. Gut, aber andererseits, warum eigentlich nicht, gell. Total ausschließen kann man es nicht, war ja schließlich keiner dabei. So stell ich mich jetzt einmal direkt neben unsern Bestatter hin und schau ebenfalls in den Wagen. Betrachte meinen Beifahrer nun ausgesprochen exakt und plötzlich mit ganz anderen Augen. Der Nüters, ein Mörder? Hm.

»Findest du, dass er ausschaut wie ein Mörder, oder wie kommst du da drauf?«, muss ich meinen Mitglotzer jetzt unbedingt fragen, wobei ich nun ebenfalls in den Flüstermodus verfallen bin.

»Auf alle Fälle«, sagt er, ohne auch nur einen einzigen Wimpernschlag überlegen zu müssen.

»Echt? Weil?«

»Ja, keine Ahnung. Einfach, weil mir halt so unscheinbare und seriöse Menschen immer irgendwie suspekt vorkommen. Unheimlich halt, weißt. In meiner Karriere als Bestatter, da hab ich ja alle unnatürlichen Todesfälle bis hin zur Aufklärung komplett mitverfolgt, verstehst. Ist wohl eine Art Berufskrankheit oder so.«

»Weiter«, sag ich, weil er mir momentan eine arg lange Pause einlegt.

Ratsch – jetzt ist sie dann endgültig entzwei, die arme Mütze vom Nüters. Einen Moment lang starrt er auf die beiden

Fetzen in seinen Händen und lässt sie anschließend links und rechts in den Manteltaschen verschwinden.

»Ja, ich weiß es auch nicht genau, Eberhofer. Aber ich schwör's dir, fast sämtliche Täter, die jemals meinen Weg gekreuzt haben, die waren beinah alle irgendwie genau so wie er, verstehst? Und das waren wirklich nicht wenige. Also alles mehr oder weniger so unscheinbare arme Hanswursten, die sich ihr ganzes Leben lang den Arsch aufgerissen haben für nix und wieder nix. Und mit denen dann einfach irgendwann mal der Gaul durchgegangen ist. Und dann ... Peng!«, sagt er weiter, und am Ende, also genau bei diesem Peng, da hört er plötzlich auf zu flüstern und wird stattdessen sehr laut. Macht obendrein die entsprechende Handbewegung, übrigens sehr gestenreich, und pustet sogar den Rauch von seinem Zeigefinger. Holla, die Waldfee.

Und grad wie ich noch so über seine Worte nachdenk, genau da drischt er jetzt auch noch mit voller Wucht auf unser Autodach drauf, dass ich mich vor lauter Schreck beinah auf den Boden schmeiß.

»Gut«, sagt er im Anschluss, grad als wär gar nix gewesen, und wendet sich ab. »Ich muss dann auch langsam mal los, Eberhofer. Und denk dran, immer schön vorsichtig sein bei so arg anständigen Menschen!«

So steigt er lachend in den Wagen, startet den Motor und düst kurz darauf Richtung Landstraße. Und ich schau ihm hinterher wie ein Kind seiner Mama, doch schon bei der nächsten Kurve verschwindet er aus meinem Sichtfeld. Und lässt mich hier nun mit all seinen abgründigen und düsteren Gedanken und einem möglichen Mörder in diesem stockmauernfinsteren Wald mutterseelenalleine und todmüde zurück. Ja, herzlichen Dank auch! Und mir ist wahrhaftig nicht gut, wie ich jetzt die Fahrertür öffne und einsteigen will. Besser wird es allerdings auch nicht, wie ich merk, dass der Nüters nicht mehr da drin ist. Ja, du heilige Scheiße! Wo ist der denn jetzt bloß hin?

Rein sicherheitshalber schon greif ich mal nach meiner Waffe und geh einige Schritte vom Wagen weg. Suche in meinem Rücken nach einer Deckung, was aber gar nicht möglich ist. Einfach, weil eben außer den beiden Lichtkegeln vom Wagen, die mich obendrein eher blenden, alles rund um mich herum nur rabenschwarz ist und keinerlei Orientierung zulässt. Soll ich jetzt nach ihm rufen oder doch lieber nicht? Wenn er tatsächlich ein Mörder ist und eventuell die Mutmaßungen vom Leander grad noch mitgehört hat, dann wird er mit höchster Wahrscheinlichkeit ohnehin gar nicht antworten. Sondern viel eher zusehn, dass er mir von hinterrücks eins überzieht. Meine Güte, werd ich jetzt paranoid, oder was?

Ich beweg mich sehr langsam, taste mich vorwärts. Millimeter für Millimeter. Das Laub raschelt unter jedem meiner Schritte, und aus dem nahen Wald heraus ertönen die unheimlichsten aller Geräusche. Es ist ein Knacksen, mal leiser von fern, mal laut und ganz nah. Das Singen und Säuseln und Heulen des Windes, der mir eiskalt ins Gesicht schlägt. Und der flehende Schrei eines Vogels, wieder und wieder und wieder. Und mich friert's, mir ist schlecht, und ja, verdammte Scheiße, ich hab eine riesige Angst, 'zefix. Wenn jetzt noch Norman Bates höchstpersönlich aus dem Waldboden wachsen würd, ich schwör's, meine Panik, die wär kein Deut größer. Dieses nervige Geknackse, es kommt nun blitzartig näher. Was zum Teufel ist das bloß?

»Eber…«, kann ich grad noch wie von Ferne vernehmen, da fällt ein Schuss. Und plötzlich dreht sich alles um mich herum. Die Büsche drehen sich und auch die Bäume. Und selbst der Himmel scheint irgendwie um mich herum zu kreisen. Und dann seh ich Bilder. Seltsame Bilder, auch richtig alte. Wie ich ganz klein bin, zum Beispiel, und mit der Oma Plätzchen backe. Oder auch wie ich beim Simmerl in der Metzgerei bin und zwei oder drei Leberkässemmeln bestell. Freilich mit Senf. Wie ich beim Wolfi am Tresen hock und mit meinen Burschen einige Halbe wegstemm. Und wie ich mit der Susi und unserm kleinen Paul auf dem Kanapee lieg und den Eros Ramazotti anhör. Dann aber taucht plötzlich der Birkenberger auf. Und der sagt irgendetwas zu mir, doch ich kann ihn nicht hören. Was zum Henker ist es nur, was er da ständig erzählt? Ich muss mich jetzt zusammenreißen, besser konzentrieren, auf seine Lippen achten. Er spricht ganz klar und deutlich. Und trotzdem kann ich ihn nicht hören. Verdammte Scheiße! Da … doch … plötzlich …

»Eberhofer, Eberhofer«, sagt er zu mir und schüttelt dabei den Kopf. Er klingt ziemlich vorwurfsvoll, was durchaus im Bereich des Möglichen liegt, wie man längst weiß, wenn man ihn kennt. Und obendrein hab ich den Eindruck, er würde auf einem … als würde er auf einem … Doch tatsächlich, er hockt auf einem Thron, so dämlich das auch klingen mag. Er sitzt auf einem Thron, hat einen Bart bis runter zum Boden und trägt ein schneeweißes Kleid in derselben Länge. Und ich sitze vor ihm wie ein kleiner Schulbub und schau zu ihm auf. »Du müsstest es doch ganz genau wissen, mein lieber Franz, nicht wahr. Dass du allein völlig aufgeschmissen bist. Oder hast du das etwa schon wieder vergessen, du Dummerchen? Ohne deinen Rudi, da kannst du gar keine Fälle aufklären. Du siehst ja selber, was dabei rauskommt, gell. Und jetzt bist du hier ganz verlassen und hast solche Angst, du kleiner Hosenscheißer. Und dein bester und treuster Kollege, der hockt mitten in München und observiert irgendwelche Idioten. Statt dass wir gemeinsam und Seite an Seite dieser dubiosen Geschichte auf den Grund gehen. Ich bin sehr enttäuscht, Franz, wirklich. Ja, das ist nicht schön. Nein, das ist gar nicht schön.«

»Du blödes Arschloch«, press ich hervor, wie ich endlich wieder in der Lage bin, einen Ton von mir zu geben, und ich glaub, ich sag's sogar einige Male. Allerdings scheint es keinen großen Eindruck zu hinterlassen, weil ich nämlich gar keine Antwort mehr krieg. Erst gefühlte Lichtjahre später, da spricht endlich wieder jemand mit mir. Aber nun ist es eine ganz andere Stimme. Ich muss mich erst mal kurz finden und weiß gar nicht mehr, wie mir grad geschieht. Merk dann aber wenigstens, dass ich mittlerweile vor keinem dämlichen Thron mehr hock. Stattdessen lieg ich ganz offensichtlich auf dem nasskalten Laub inmitten einer sternlosen Nacht, und jetzt ist es ausgerechnet der Herr Nüters, der sich da über mich beugt. Und er weint.

»Gott sei Dank, da sind Sie ja wieder, Herr Kommissar«, sagt er und wischt sich seine Tränen fort. »Sie haben mich ja wirklich zu Tode erschreckt!«

»Was … was ist denn passiert?«, frag ich noch etwas benommen und merke, dass mein Schädel brummt.

»Na ja, ich bin eben aus dem Wald rausgekommen, Sie müssen wissen … ähm, also mir war furchtbar schlecht, und da hab ich mich halt übergeben müssen. Diese ganze Aufregung hier …«, versucht er zu erklären und wischt sich mit dem Jackenärmel über die Stirn. »Jedenfalls genau wie ich aus dem Wald rausgekommen bin und auf Sie zugehen wollte, da haben Sie plötzlich einen Schuss abgegeben, und dann sind Sie nach hinten gegen diesen Baumstamm geprallt.«

Erst so nach und nach kommen meine Erinnerungen ganz vage zurück. Aber auch meine Angst. Und allein deshalb schon bin ich dann so dermaßen schnell auf meinen Haxen, dass er überhaupt gar nicht schauen kann.

»Wo ist meine Knarre?«, schrei ich ihn an, doch er zuckt

nur mit den Schultern. Scheiße. Einen kurzen Moment noch bin ich unschlüssig und auch leicht verwirrt. Dann aber, es hilft ja alles nix, suchen wir beide im Schein meiner Taschenlampe den verflixten Waldboden hier ab.

»Meine Güte, Herr Kommissar, ich hab mich doch nicht um Ihre Knarre gekümmert«, sagt der Nüters dabei und wirkt durchaus betroffen. »Großer Gott, Sie haben plötzlich einen Schuss abgegeben, und dann sind Sie auf den Boden geknallt. Da hab ich doch einen Riesenschreck abgekriegt und mich erst einmal um Sie gekümmert. Was hätten Sie denn getan?«

»Ja, ja, schon gut«, sag ich, und just in diesem Moment find ich auch schließlich meine elendige Knarre.

»Jetzt kommen Sie schon, Herr Kommissar«, sagt der Nüters nun wieder, kommt aus der Hocke hoch, streicht sich kurz die Hose glatt und macht sich schließlich auf den Weg Richtung Wagen. »Machen wir endlich ein Ende hier.«

Wie meint er das jetzt? Das mit dem Ende. Was hat er denn vor? Er steht nun vor der Beifahrertür und schaut mich abwartend an. Und ich … ich steh wie ein Depp neben einer haushohen Tanne und weiß nicht, was ich tun soll.

»Na, was ist?«, fragt er weiter und lächelt ein bisschen verbindlich. »Wollen Sie hier übernachten, oder was? Ich denke, diese Nacht, die war doch schon scheußlich genug. Lassen Sie uns doch jetzt einfach endlich nach Hause fahren.«

Ach so. Na gut.

Und so steig ich letztendlich in diesen blöden Transporter, schnauf ein paarmal tief durch und fahr mich also nach Hause. Dort steig ich aus, danke dem lieben Gott, dass ich noch unversehrt und am Leben bin, und wünsch dem Nüters mehr halbherzig eine gute Nacht. Und der quält sich ein Lächeln ab, startet den Wagen erneut und macht sich auf den Weg zum Heimatwinkel.

Kapitel 5

Eins muss ich meiner Müdigkeit lassen, Kondition hat sie. Wie man sich jetzt nämlich unschwer vorstellen kann, bin ich eben erstens müde bis zum Umfallen, zweitens aber knurrt mir mein Magen wie selten zuvor. Was zur Folge hat, dass ich also noch einen ganz kurzen Zwischenstopp in der Küche einlegen muss, ehe ich dann in meinem Saustall drüben endlich ins Koma fallen darf. Und grad wie ich die Kühlschranktür öffne, um mir ein Glas hausgemachter Leberwurst vom Simmerl und eine kühle Blondine zu holen, da latscht die Oma herein. Sie trägt einen Morgenmantel mit Hello Kitty drauf (ein Schnäppchen aus der Kinderabteilung von C & A, wo sie kürzlich für den Paul shoppen war), und außerdem schmücken unzählige Lockenwickler ihr zierliches Haupt. Und ich frag mich grad ein weiteres Mal, wie sie das eigentlich macht. Ehrlich. Sie ist nämlich mindestens genauso taub, wie ein Maulwurf blind ist, und trotzdem muss sie es wohl wieder irgendwie gespürt haben, dass ich heimgekommen bin. Genauso ist es übrigens auch, wenn unser Paul bei ihr über Nacht bleibt. Wenn der nämlich nur den leisesten Muckser macht, dann steht sie auch schon in Habachtstellung dort vor seinem Bettstadl und kümmert sich prompt. In den meisten Fällen jedoch, da könnte ein Düsenjet bei uns im Garten landen, und sie würde noch nicht mal mit der Wimper zucken. Und jetzt, wie sie so vor mir steht, dieses winzige Weib mit ihren verpennten Äuglein, roten Wangen und diesem echt fiesen Mäntelchen an, da könnt ich sie trotz aller Müdigkeit echt vom Fleck weg abknutschen. Was sich aber auch im selben Moment ändert, wie sie ihren Mund aufmacht.

»Ja, sag einmal bitte schön, wo hast dich denn jetzt die ganze Nacht lang rumgetrieben«, will sie gleich wissen und plumpst dabei auf die Eckbank nieder. »Wo seid ihr denn eigentlich gewesen, du und dein brandneuer Kumpane, ha? Übrigens ein ziemlich lichtscheuer Hallodri, wennst mich fragst.«

War sie nicht gestern Abend noch der Meinung, dass er ein eher schneidiger Kerl ist, der Nüters? Daran sieht man mal wieder relativ deutlich, wie schnell die Mädels ihre Meinung ändern, gell. Ich säg mir derweil zwei Scheiben Bauernbrot runter, schnapp mir mein Bier und gesell mich dann zu ihr.

»Oma«, sag ich und versuch jetzt gar nicht erst mit Händen und Füßen mitzuerklären. Weil ich dazu schlicht und ergreifend zu erschöpft bin, sie vermutlich eh hört, was sie hören will, und ich im Grunde ja sowieso nix erzählen darf, was unseren aktuellen Fall hier betrifft. Außerdem bin ich eh grad tierisch beschäftigt, die Leberwurst fingerdick auf dem Brot zu verteilen.

»Oma, ich bin nicht etwa mit einem lichtscheuen Hallodri in irgendwelchen Kneipen versumpft, oder was immer du dir ausdenkst. Sondern wenn du's genau wissen willst, dann war ich eher dienstlich unterwegs, verstehst?«

»Was?«, schreit sie mich an.

Jetzt muss ich grinsen.

Und sie grinst auch.

Ich beiß in das Wurstbrot. Lieber Heiland!

»Du, Franz«, sagt sie dann weiter und beugt sich ganz weit über den Tisch hinweg. Also zumindest, was ihre körperlichen Möglichkeiten überhaupt so zulassen, gell.

»Ja«, sag ich und nicke.

»Hat das vielleicht was mit dieser Leich zu tun?«

»Mit welcher Leich?«, frag ich und muss husten.

»Ja, die im Heimatwinkel drüben halt. Jetzt sag schon?«

Der Hustenanfall kommt mir nun wie gerufen, weil ich grad eh nicht recht weiß, was ich antworten soll. Woher, zum Geier, kann sie davon wissen? Und, sagen wir einmal so, wenn die Oma davon schon erfahren hat, wer zum Teufel dann noch? Allerdings, muss ich hier kurz erklären, ich kenn das ja eigentlich schon. Weil bei uns in Niederkaltenkirchen, da gibt's praktisch keine Geheimnisse nicht. Da weiß gewissermaßen jeder alles, und zwar von jedem Einzelnen hier.

Jetzt erhebt sie sich und haut mir ein paarmal ganz ordentlich auf meinen Rücken. Und ja, gleich geht's mir schon besser. Einen großen Schluck Bier hinterher, und der Husten ist quasi Geschichte.

»Oma«, sag ich ziemlich eindringlich und laut und diesmal durchaus mit Händen und Füßen. »Woher weißt du davon? Also von dieser Leiche im Hotel, 'zefix?«

»Mei«, sagt sie, zuckt nur schnell mit den Schultern und nimmt wieder Platz.

»Nix, mei! Also?«

»Ja, mei, die Mooshammerin, die hat mir halt gestern Abend noch eine Nachricht geschickt. Da auf mein Telefon, weißt. Bei euch im Heimatwinkel drüben, hat sie geschrieben, da flaggt ein Toter in der Badewanne. Geh, da schau selber«, sagt sie noch und hat bereits ihr Handy aus der Manteltasche gezogen.

Liebe Leni, steht dort tatsächlich im Klartext. Was ist denn bei euch schon wieder los? Kaum ist dieses Hotel eröffnet und schon ein Toter in der Wanne? Ja, mir soll's egal sein, ich bin grad in Newcastle. Schön, aber sauheiß hier. Liebe Grüße, Liesl.

Aha.

Die Mooshammerin, ja, das war klar. Dass ausgerechnet die größte aller Dorfratschn die Busenfreundin von der Oma sein muss, ist aber auch wirklich zum Kotzen. Doch was ich echt nicht fassen kann, ist die Tatsache, dass ihre dubiosen Kontakte noch immer und völlig fehlerfrei funktionieren. Und das, obwohl sie bereits seit Wochen mit der Queen Mary sämtliche Weltmeere durchschifft. Wie ihr das gelingt, ist mir allerdings ein wahres Rätsel.

»Dann stimmt es also wirklich, sag, Bub?«, will die Oma nun wissen und reißt mich damit aus meinen Gedanken heraus.

Doch ich sag jetzt überhaupt gar nix mehr. Weil das mit dem Anlügen, das klappt eh nicht richtig … da haben wir ja schon drüber geredet. Und zustimmen kann ich ihr freilich auch nicht. Von wegen Diskretion und so. Drum steh ich nun lieber auf, stell mein Brettl in die Spüle rüber und sag einfach noch kurz, dass ich wirklich saumüd bin und unbedingt ins Bett rüber will. Immerhin ist es ja auch schon halb fünf. Und da möchte man sich schließlich schon noch ein Stündchen aufs Ohr hauen, eh einen dann der stressige Polizeialltag ohnehin wieder einholt, gell.

»Also doch!«, sagt die Oma noch knapp, erhebt sich ebenfalls, verschwindet dann auch schon durch die Küchentür hindurch und stapft die Stufen nach oben empor.

Endlich im Saustall drüben, hau ich mich umgehend auf mein Kanapee, und der Ludwig kommt zu mir her und legt mir seinen Kopf auf den Bauch. Treuer Kamerad. Dann aber muss ich wohl auch schon gleich eingeschlafen sein. Wobei jetzt das Wort Schlaf gar nicht recht stimmt. Es ist eher wie eine Ohnmacht, eine ganz kurze, wo man hinterher nicht recht weiß, was einem so eigentlich geschehen ist. Ganz genauso ist es bei mir heut. Denn, wie mich die Oma nämlich ganz plötzlich anschreit, dass ich aufstehen soll, weil der Doktor Brunnermeier drüben im Wohnhaus auf mich wartet, da hab ich erst mal nicht den leisesten Schimmer, wovon sie spricht. Wer zum Teufel der Brunnermeier ist und wie ich überhaupt hierhergekommen bin. Ich sitz nur wie belämmert dort auf meinem Kanapee rum und starre ein Weilchen ins Leere. Der Ludwig liegt unter mir auf dem Boden, schaut dann einen Moment zu mir auf, schnauft einmal tief durch und schließt dann auch gleich wieder seine Augen. Ja, tatsächlich, Hund müsste man sein. Ich schau mal kurz auf die Uhr, es ist schon gleich acht. Verdammte Scheiße noch eins. Aber es hilft alles nix. Schließlich ist es Montag in der Früh, und immerhin hab ich einen Job. Es gibt eine Leiche bei uns im Dorf, und wie ich befürchte, ist es wohl ein Mordfall. Und ich ... ja, ausgerechnet ich bin der dämliche Bulle, der da jetzt ermitteln soll. Also erst mal eine ausgiebige Dusche, sogar noch mit eiskaltem Wasser ganz am Schluss, was mich zwar aufwachen, aber auch tierisch rumfluchen lässt.

»Brunnermeier«, sag ich, gleich wie ich in die Küche reinkomm und hier wenigstens Rühreier mit Speck vorfinden kann. »Was gibt's denn Schönes, dass es Sie schon so zeitig zu mir her treibt.«

»Na ja, ob es so schön ist«, antwortet er, stellt seine dampfende Kaffeetasse vor sich ab und holt einen Aktenkoffer vom Fußboden hoch. »Das mag ich eher bezweifeln, Eberhofer. Aber zumindest könnte es vielleicht hilfreich sein.«

Dann zerrt er einen Plastikbecher mit Deckel aus seinem Gepäck raus und stellt ihn mit zwei gespreizten Fingern exakt vor meinem Frühstücksteller ab.

»Was ist das?«, frag ich kauenderweise, weil ich echt keinen blassen Schimmer hab.

»Das Badewasser, Eberhofer«, sagt er und nimmt einen Schluck Kaffee. »Das ist das Badewasser von gestern Nacht. Also das praktisch, wo unser Toter drin gelegen hat. Ich hab Ihnen eine Probe abgenommen, ehe ich den Stöpsel rausgezogen hab.«

Da schau einer an, der Brunnermeier! Hätt ich ja auch mal selber drauf kommen können, gell. In letzter Zeit, da ereilt mich ja manchmal der Eindruck, dass ich selber so ganz allmählich ein bisschen nachlässiger werde. Doch vermutlich rein aus dem Grund, weil alle anderen um mich herum so dermaßen perfekt funktionieren, dass ich ruhig einen Gang runterschalten kann. Oder zwei.

»Ich hab mir überlegt«, sagt er weiter, »dass ich's Ihnen lieber persönlich vorbeibring und nicht dort im Hotel lass, wissens. Nicht, dass die das am Ende dann noch zum Kochen hernehmen, gell.«

So schnapp ich mir also mal diesen Behälter und schau ihn mir ganz konzentriert an. Einfach schon, weil mich grad irgendwie das Gefühl befällt, möglichst professionell rüberkommen zu wollen. Finden kann ich außer Wasser aber eigentlich nix.

»Was genau suchens jetzt da, Eberhofer?«, will der Brunnermeier dann wissen. »Eine Quietschente, oder was?«

Ja, herzlichen Dank, Witzbold!

»Der Typ in der Badewanne«, versuch ich das Thema zu wechseln. »Also dieser Degen, der ist zuletzt am Freitagabend gesehen worden. Also lebendig, mein ich.«

»Und?«, fragt der Doktor nickenderweise.

»Was meinen Sie, Brunnermeier, könnte diese Nacht auch der Todeszeitpunkt sein?«

»Davon geh ich stark aus. Ich mein, Sie haben ja selber gesehen, wie extrem der Leichnam schon aufgequollen war, gell.«

Gut, so informativ und behaglich es hier auch grad sein mag, ich hab leider gar keine Zeit mehr, weil ich schließlich und endlich zum Dienstantritt muss. Ganz wurst, ob ich das will oder nicht.

Doch bevor ich dann letztlich ins Hotel rüberfahr, da mach ich noch einen kurzen Zwischenstopp bei uns im Rathaus. Immerhin hab ich erstens mein Dienstzimmer dort, und zweitens muss ich unseren werten Herrn Bürgermeister ja noch unbedingt über die aktuelle Lage in Kenntnis setzen. Immer schön vorausgesetzt, dass er nicht bereits anderweitig informiert wurde.

Schon wie ich den Gang entlangschreite, kann ich es hören. Es ist ein Tohuwabohu im Büro von unseren Verwaltungsschnepfen, das ist kaum zu glauben. Und so bleib ich für einen kurzen Moment vor ihrer Zimmertür stehen, quetsch mein Ohr an dieselbe in der Hoffnung, von da drinnen irgendwas erhaschen zu können. Und es klappt prima.

»Aber das ist doch wohl ein Witz, Susi«, kann ich die Jessy vernehmen, welche eine unserer dorfeigenen Mitarbeiterinnen ist und somit eben auch eine Kollegin von der Susi. »Der kann dich doch nicht so holterdipolter einfach vor die Tür setzen. Erst recht nicht mit dem kleinen Paul hier und mitten in deiner Elternzeit. Das geht doch nicht.«

»Offensichtlich schon«, entgegnet die Susi daraufhin, und es klingt durchaus ein bisschen verzweifelt. »Eigenbedarf nennt sich das, sagt er. Weil offenbar sein fetter Sohn, dieses … dieses Riesenbaby, jetzt endlich auch mal eine Freundin abgekriegt hat. Was ja auch nicht mehr zu früh ist mit siebenundvierzig, und es sei ihm auch vergönnt. Aber nun haben diese zwei Turteltäubchen eben beschlossen, in meine Wohnung einziehen zu wollen. Und das ist echt Mist.«

»Machen Sie sich keine Sorgen, Frau Gmeinwieser. Wir

werden schon was finden«, kann ich dann unseren Dorfvorstand hören.

»Vielen Dank, Bürgermeister«, antwortet sie artig, und ich kann ihr die Erleichterung direkt anhören.

»Ja, ich kümmere mich drum, bin ja nicht umsonst der Boss hier, oder, hähä. Wir haben da ja ein paar Gemeindewohnungen, gell. Nix Besonderes, schon klar, aber für vorübergehend wird's schon taugen. Damit stehen Sie mit Ihrem Filius jedenfalls erst mal nicht auf der Straße, gell. Sind nicht die Dings grad ausgezogen, wie heißens noch gleich?«

»Die ... die Polanskis?«, fragt die Jessy hier nach und für meine Begriffe ziemlich angewidert, was ich aber durchaus nachvollziehen kann.

»Exakt. Die Polanskis. Sind die nicht grad ausgezogen?«, hakt er weiter nach.

»Ja, das sind sie«, sagt nun die Susi. »Und zwar deshalb, weil ihre Bude von oben bis unten total verschimmelt und feucht war. Es regnet durchs Dach, und aus den Bodenfugen wächst Gras.«

»Gras? Jetzt übertreibens aber ein bisserl, hähä. Und so ein paar schwarze Stellen an den Wänden, da kann man doch auch noch nicht richtig von Schimmel ...«, kann ich seine Obrigkeit grad noch vernehmen. Dann aber wird auch schon die Tür aufgerissen, und plötzlich steht er höchstpersönlich vor mir im Türrahmen und starrt mich ungläubig an. »Eberhofer! Was machen Sie denn hier?«

»Ich arbeite hier, schon vergessen?«, entgegne ich freundlich und geh an ihm vorbei direkt ins Büro rein. »Guten Morgen, Mädels! Gibt's einen frischen Kaffee?«

Dann steure ich erst mal relativ zielorientiert meine Susi an und kann gleich erkennen, dass sie das Paulchen in der Bauchtrage hat. Das schaut schön aus. Wie er sich so an sie schmiegt, genüsslich an seinem Brezenstangerl zutzelt und ihr den ganzen Pulli einsaut. Wie er mich sieht, hört er prompt auf zu zutzeln und strahlt über sein ganzes verklebtes Gesicht. Und ich strahle zurück, und dann kriegen alle zwei noch schnell ein Bussi.

»Aber, Eberhofer, müssen Sie nicht eigentlich im Heimatwinkel drüben sein?«, fragt der Bürgermeister dann exakt, während ich meinen Kaffee eingieße. »Also, wie schaut's aus, müssen Sie sich nicht um diesen Toten in der Hotelbadewanne kümmern?«

Jetzt hackt's hier wohl gleich!

Wieso soll ich denn bitte schön diskret sein bis in meine Arschfalte rein, wenn sowieso alle anderen, und zwar quasi die gesamte Bevölkerung aus diesem geschissenen Kaff hier, längst schon Bescheid wissen von dieser depperten Leich, verdammt?

»Woher …«, will ich grad noch so fragen, doch da zerrt er mich auch schon am Ärmel, wirft den Damen der Runde noch kurz ein verklemmtes Lächeln zu und zieht mich anschließend und recht vehement in den Hausgang hinaus. Schließt die Tür hinter uns und vergewissert sich kurz, dass auch sonst niemand hier rumdümpelt.

»Der Flötzinger, müssens wissen, Eberhofer«, flüstert er dann, und zwar relativ dicht an meinem Ohr dran. »Der hat nämlich grad ein Dings … also praktisch so ein Gspusi sozusagen.«

»Aha. Aber das ist doch nicht wirklich was Neues, oder? Das kann ja schon mal vorkommen bei unserem Gas-Wasser-Heizungspfuscher, oder?«

»Ja, ja, da mögens schon recht haben. Neu daran ist nur – und das ist eben das Delikate an der Geschichte –, dass es sich dieses Mal um ein Zimmermädchen handelt. Um genau zu sein, um ein Zimmermädchen vom Heimatwinkel eben. Und, spannens was?«, sagt er und zwinkert dabei wie verrückt mit den Augen. So ganz genau weiß ich im ersten Moment noch immer nicht, was er mir damit zu verstehen geben will. Nachdem er aber noch einige Male gezwinkert hat, zwinkert er schließlich auch erfolgreich.

»Sie meinen …?«, frag ich und kann es kaum glauben.

»Exakt!«, unterbricht er mich gleich. »Der Flötzinger, der hat's nämlich gestern Abend schon erzählt. Und zwar mitten im Wirtshaus, also beim Wolfi. Ich selber bin ja bloß ein bisschen zum Schafkopfen dort gewesen, wissens.«

»Wie, und da ist der Flötzinger einfach reinmarschiert und hat diese Geschichte mit der Leiche …?«

»Genau diese Geschichte, jawoll. Und wissens, das war wohl auch gleich nach seinem … na ja, seinem Schäferstündchen mit eben jenem …«

»Zimmermädchen«, vervollständige ich fassungslos, und er nickt.

Ich trink meinen Kaffee auf ex, weil ich endlich hier weg muss, und drück dem Bürgermeister das leere Haferl in die Hand. Ich muss unbedingt zum Hotel rüber, und zwar noch bevor die arme Frau Grenzbach davon erfährt, dass die Sache mit der ganzen Diskretion jetzt wohl ordentlich in die Hose gegangen ist.

»Du, Susimaus, musst dir keine Sorgen machen, wegen deiner Wohnung, gell«, ruf ich noch kurz durch den Türspalt, und dann bin ich weg. Gleich wie ich in meinem Streifenwagen drin bin, da muss ich zuerst mal die Musik ausschalten. Es gibt nämlich Situationen im Leben, die vertragen einfach kein Metallica nicht. Und auch kein AC/DC. Nicht viele, aber heute ist eine davon. Weil, wenn der Flötzinger, dieser Dorfdepp vom Dienst, mitten beim Wolfi, also dem ultimativen Infostand schlechthin, solcherlei Botschaften unters Volk bringt, dann ist das schon mehr als ärgerlich, gell. Da haben wir uns gestern praktisch die ganze Nacht lang unsern Arsch aufgerissen, damit bloß alles möglichst diskret bleibt. Und dann kommt dieser Vollpfosten daher und macht einfach alles zunichte. Ja, wunderbar, wirklich.

Ich parke hinterm Haus beim Lieferanteneingang, was ich angesichts der aktuellen Situation ehrlich gesagt lächerlich finde. Trotzdem will ich halt möglichst nicht noch mehr Öl ins Feuer gießen. Ein kleines Weilchen bleib ich noch sitzen und beobachte das eifrige Treiben dort drinnen im Flur vor der Küche durch eine Glastür hindurch. Ein Jammer, ja, es wäre tatsächlich ein Jammer, wenn all diese fleißigen und fröhlichen Menschen hier ihren Job verlieren würden. Und das bloß, nur weil ein Toter in einer dämlichen Badewanne liegt und der Flötzinger sein blödes Maul nicht im Zaum hat. Gut, von einem Zimmermädchen, muss ich jetzt sagen, da kann man ja fast nix anderes erwarten, gell. Die ist wahrscheinlich schon heilfroh, wenn sie nicht ewig über dreckige Kloschüsseln, verstopfte Abflüsse oder leergesoffene Zimmerbars was zu erzählen hat, ganz klar. Und da ist so eine morbide Geschichte freilich gleich was anderes, und plötzlich ist man nicht mehr die Kammerzofe, sondern man steht voll im Fokus. Das kann man dann schon wieder irgendwie verstehen, gell. Warum aber der Flötzinger hier zum Schwätzer mutiert, das ist mir ein Rätsel. Weil nicht nur, dass er fürchten müsste, durch das Verbreiten dieser Story das Hotel in Schwierigkeiten zu bringen. Nein, eigentlich müsste er auch fürchten, dadurch selber die größten Schwierigkeiten zu kriegen. Ziemlich delikate sogar. Dann nämlich, wenn seine werte Gattin erst mal davon Wind bekommt. Und das tut sie, jede Wette. Was soll man dazu noch sagen? Vielleicht: wo kein Hirn, da kein Gedanke.

Kapitel 6

Einige Augenblicke später hock ich auch schon im Büro von der Frau Grenzbach, die mir den Schlüssel zur Einhundertdrei über den Tisch rüberschiebt und versichert, dass sie ordnungsgemäß abgeschlossen und niemandem sonst dort Eintritt gewährt habe. Sie steckt heut erneut im Dirndl und ist mindestens genauso fesch, wie sie es gestern schon war. Allerdings ist sie wieder recht blass um den gastronomischen Zinken herum, und ihre Hand zittert, wie sie mir Kaffee eingießen möchte. Aber selbstverständlich ist prompt der Nüters zur Stelle, übernimmt die Kanne sowie den Part des Servierens, schenkt ihr rasch ein aufmunterndes Lächeln und nimmt dann wieder Platz.

»Danke, mein Lieber«, sagt sie sanft, wenn auch unverkennbar sehr müde, und fährt sich mit beiden Händen über den blonden Kurzhaarkopf. »Ich hab kein Auge zugemacht, Herr Kommissar. Es ist ein einziger Albtraum, wissen Sie.«

Ich nehm einen Schluck Kaffee und nicke nur kurz. Allein schon, weil ich möchte, dass sie mir von sich aus berichtet, wie viel sie bereits weiß. Denn immerhin kann ich sie ja schlecht fragen: Liebe Frau Grenzbach, was genau wissen Sie jetzt eigentlich schon darüber, dass diese ganze Story mit unserer Wasserleiche hier mittlerweile über jeden verdammten Gartenzaun getratscht wird? Nein, das kann man selbstverständlich nicht machen. Drum: Kaffee trinken und abwarten.

Aber nein, es soll sich rasch herausstellen – sie hat tatsächlich noch keinen blassen Schimmer –, dass der dörfliche Mob längstens schon Kenntnis drüber hat, was die morbiden Zustände hier betrifft. Stattdessen beklagt sie sich, wenn auch ziemlich ausführlich, über die wahnwitzigen Ideen ihres verstorbenen Gatten, was dieses Hotel hier grundsätzlich betrifft. Die damit verbundene und wohl immense finanzielle Belastung, die zwei halbwüchsigen Kinder und dass ihr Leben doch ohnehin grad schon mächtig aus dem Ruder läuft. Da kann sie nicht auch noch einen Toten gebrauchen, verdammt! Weder in der Wanne noch sonst irgendwo. Ja, gut, wer braucht den schon, gell?

»Wissen Sie, Herr Kommissar«, übernimmt plötzlich der Nüters das Mikro. »Die Frau Grenzbach, die hatte ja von vornherein kein gutes Gefühl bei dieser ganzen Hotelgeschichte. Ganz besonders, wo es ja im Vorfeld schon den Brand gegeben hat mit dieser toten Frau.«

»Ja, ich kann mich dunkel erinnern«, sag ich.

»Diese Gesellschaft, die das Hotel hier ja eigentlich herbauen wollte, die ist deswegen auch abgesprungen«, sagt er weiter.

»Na ja«, muss hier die Frau Grenzbach nun kurz unterbrechen. »Das ist wohl nur die eine Hälfte der Wahrheit, lieber Nüters. Die zweite ist aber, dass dieses ganze Dorf hier ja mehr oder weniger generell gegen einen Hotelbau war. Es stimmt schon, ich hatte von Anfang an kein gutes Gefühl dabei, hier einzusteigen. Aber mein Mann, der war halt nun mal in eine Gastronomiefamilie hineingeboren worden, müssen Sie wissen. Und es war eben sein allergrößter Traum, im Leben einmal sein eigenes Hotel zu besitzen, das konnte ich dann schon verstehen. Dass mich mein Gefühl von damals aber nicht getrogen hat, das kann man ja jetzt nur zu gut sehen, nicht wahr.«

Ja, das alles erzählt sie, die Frau Grenzbach. Hockt da wie ein einziges Häufchen Elend und redet und redet. Aber wie gesagt, kein einziges Wort über irgendwelche misslungenen Diskretionen. Wobei, wenn ich jetzt einmal so nachdenk, dann ist es in Niederkaltenkirchen wohl genauso wie in jedem anderen popeligen Kaff. Wenn nämlich beispielsweise einer unserer Eingeborenen hier irgendwelche Neuigkeiten erfährt, dann achtet er schon peinlich drauf, wem er was und wie viel weitererzählt. Und einem Fremden, dem erzählt man prinzipiell nix. Weil man den ja nicht kennt und nicht weiß, wie er tickt, gell. Und weil es sich ja bei dieser ganzen Hotelbelegschaft samt Nüters und Grenzbach ganz ausnahmslos um Auswärtige handelt, da kann man wahrscheinlich erst mal getrost davon ausgehen, dass die dann auch wohl die Letzten sein werden, die wo was erfahren. Das aber nur zum besseren Verständnis, damit man halt weiß, warum anscheinend jeder Depp hier auf dem Laufenden ist und ausgerechnet die Betroffenen gänzlich im Trüben fischen. Apropos, dabei fällt mir jetzt siedend heiß ein, ich muss unbedingt noch mit dem Flötzinger reden.

»Entschuldigen Sie mich kurz«, sag ich deswegen auch gleich, erheb mich und geh durch die Verandatür hindurch und auf die Terrasse hinaus. Ziehe mein Telefon hervor und wähl seine Nummer.

»Gas-Wasser-Heizung …«

»Flötzinger, ich weiß«, muss ich ihn gleich unterbrechen. Immerhin hab ich für längere Vorstellungsgespräche jetzt so gar keine Muße. »Du, Flötzinger, wie ist der Name von deiner aktuellen Mätresse?«

»Mätresse? Was … was soll das jetzt, Franz? Bist du besoffen, oder was?«, flüstert er und wirkt relativ hektisch.

»Das war eine rein dienstliche Frage, Flötzinger. Also spiel hier nicht das Unschuldslamm, verstanden. Sonst hast nämlich gleich mal die Staatsanwaltschaft an einer deiner Backen kleben. Also!«

»Ja, Scheiße! Denise, sie heißt Denise. Aber warum …?«

»Denise, weiter?«

»Nein, nicht Weiter. Denise Zunftnagel, 'zefix.«

»Dann pass jetzt mal sehr gut auf, du alter Gigolo. Du rufst jetzt sofort bei deiner Denise Zunftnagel 'zefix an und sagst ihr einen recht schönen Gruß von mir. Und wenn sie noch irgendjemandem von dem Toten in der Badewanne erzählt, dann wird ihr nämlich das gleiche Schicksal widerfahren. Hast du das jetzt verstanden?«

»Ja, aber, wart mal, Eber…«, hör ich ihn grad noch, dann häng ich ein. Der Flötzinger, dieser alte Lustmolch. Hat eine wunderbare Familie zu Haus und ist ständig nur am Fremdrammeln. Ja, gut, wobei freilich die Gattin, seine britische Mary, schon auch so ihre Zicken hat, keine Frage. Weil sie halt irgendwie und schon seit geraumer Zeit so gar kein Interesse mehr hat an jeglichen ehelichen Bettgeschichten. Und stattdessen Flanell und Wollstrumpfhosen verfallen ist. An die nervige dreifache Brut der Flötzingers, da mag ich gar nicht erst denken. Nein, da muss man dann vielleicht schon wieder so was wie ein bisschen Verständnis aufbringen, wenn sich der Flötzinger so ab und zu mal eine kleine Sahneschnitte gönnt, gell.

Zurück im Büro ist die Frau Grenzbach mittlerweile verschwunden und der Nüters im Begriff, unser Kaffeegeschirr von vorhin auf ein Tablett zu jonglieren. Seine Chefin, die hätt grade ein straffes Programm, lässt er mich wissen. Schließlich würde übermorgen der allererste Kongress hier stattfinden, und zwar was Esoterisches. Und da gäb es ja so allerhand, was es noch vorzubereiten gilt.

»Brauchen Sie mich noch?«, fragt mich der Nüters, doch

ich schüttle den Kopf. Bevor ich nämlich hier nun meine polizeilichen Ärmel hochkremple, da muss ich zunächst einmal wissen, ob es sich um einen Mordfall handelt oder eben nicht. Und drum steht ein Anruf beim Günter zuoberst auf meiner berufsmäßigen Liste.

»Eberhofer, alter Dorfsheriff«, lacht er mir gleich in den Hörer.

»Servus, Günter«, sag ich, während ich nun das Büro verlasse.

»Da hast mir ja dieses Mal ganz was Besonderes zukommen lassen. Eine Wasserleiche, alle Achtung. Wo hast du die her?«, fragt er grad, wie ich die Treppen hochsaus.

»Ist in unserem nigelnagelneuen Hotel in der Wanne gelegen«, antworte ich, schließ die Einhundertdrei auf und verschwinde dahinter. »Hast du schon was für mich?«

»Bin ich ein Zauberer, oder was? Aber du … du hast doch sicherlich was für mich, oder? Also raus damit. Was weißt du über den Typ hier?«, hakt er jetzt noch nach. Und so lass ich ihn kurz an meinem Wissensstand teilhaben. Bei der Stelle im Wald mit dieser bizarren Leichenübergabe, da lacht er sich beinah kaputt, und das, obwohl ich diese Episoden mit dem Schuss und dem Rudi auf seinem dämlichen Thron und auch die gruselige mit dem Nüters wohlweislich nicht mal ansatzweise erwähne.

»Ein echter Eberhofer, das muss ich schon sagen, Franz«, gluckst er. »Also angenommen, es würde irgendjemand einmal auf die Idee kommen, diese Szene in einem Krimi zu beschreiben …«

»Tut aber keiner, Günter, mach dir da mal keine Sorgen. Kümmerst dich lieber mal recht schön um deinen unappetitlichen Job, statt dich über mich zu amüsieren, gell. Wann also kann ich mit den ersten Ergebnissen rechnen?«

»Mittwoch, spätestens Donnerstag.«

»Perfekt. Aber kannst du schon ungefähr sagen, wie lange der Tote im Wasser gelegen hat?«

»Ja, ich sag mal zwischen vierzig und meinetwegen fünfundvierzig Stunden.«

»Alles klar, gut, du meldest dich, wenn du was hast?«

»Logo, aber du, noch ganz kurz, Franz. Diesen Leander, weißt schon, der Bestatter, wo …«

»Ja, ja.«

»Also dieser Leander, der hat ein Spürnäschen, das kannst du dir gar nicht vorstellen …«, sagt er und macht dann eine dieser geheimnisvollen Pausen, die dich auf die Palme bringen und wo du am liebsten laut WEITER! schreien würdest. Tu ich aber nicht. Also schweigen wir ein Weilchen gemeinsam in den Hörer, und ich schau mir derweil meine Fingernägel an. Sie sind zu lang und auch nicht sehr sauber. Die muss ich heut Abend noch unbedingt schneiden, gleich wenn ich heimkomm. »… also, dieser Leander, der löst so hobbymäßig alle möglichen Mordfälle auf. Hörst du mir eigentlich zu, Franz?«

»Ja, ja«, sag ich wieder, wahrscheinlich sind die Fußnägel auch längst überfällig.

»Also, wenn du irgendwelche Hilfe brauchst …«

»Ich weiß schon, der Leander«, sag ich noch so abschließend. »Vielleicht sollte er dann einfach gleich meinen Job übernehmen.«

»Gar keine schlechte Idee, Franz. Womöglich könnt ihr zwei auch einfach tauschen. Ich mein, ausgerechnet jetzt, wo du ja sozusagen schon so dermaßen detaillierte Erfahrungen gemacht hast in Sachen Leichentransport, gell.«

»Ja, du mich auch sehr herzlich«, sag ich noch so, dann häng ich ein.

Anschließend zieh ich mal meine Latexhandschuhe aus der Jackentasche, streife sie über und öffne diese Tür, die in den

Schlafraum reinführt. Dort bin ich zuvor ja noch nie drin gewesen, weil sich dieses ganze Spektakel bislang einzig und allein auf das Bad begrenzt hat. Die Jalousien sind heruntergezogen, drum mach ich erst mal das Licht an und trete dann ein. Mein lieber Scholli, da ist aber was los! Wer auch immer hier zu Gange gewesen sein mag, er hat quasi keinen Stein mehr auf dem anderen gelassen. Das Bett ist zerwühlt, und zwar auf beiden Seiten. Doch nicht etwa so, wie man es vom Schlafen her kennt. Nein, wie das hier ausschaut, muss wohl tierisch die Post abgegangen sein, keine Frage. Unten auf dem Fußboden liegen Klamotten, so weit das Auge reicht, dazwischen ein geöffneter Trolley, eine Aktentasche und eine fast leere Flasche. Mal schauen, aha. Ja, Champagner. Dieses ganze Szenario hier erinnert mich grad irgendwie an einen Wühltisch mitten im Schlussverkauf. Es ist ein Chaos zwischen diesen vier Wänden, dass ich gleich gar nicht weiß, wo ich überhaupt hintreten kann. So zieh ich vielleicht erst mal mein Handy hervor und mach ein paar Bilder. Man kann ja nie wissen. Und fast ereilt mich der Eindruck, ich würd hier noch nicht mal was finden, selbst wenn ich wüsste, wonach ich eigentlich suchen sollte. Gut, ein Pass wär vielleicht nützlich. Also begeb ich mich mal auf die Suche, äußerst vorsichtig und möglichst, ohne dieses Gesamtkunstwerk in irgendeiner Weise zu verändern. In den Taschen eines Sakkos, das über der Stuhllehne hängt, kann ich dann tatsächlich den Geldbeutel finden. Darin neben etlichen Fotos auch die gesuchten Papiere. Degen, Manuel. Genau, das ist er. Wohnhaft in Landshut. Aha. Ich kram mal die Bilder hervor und werf den einen oder anderen Blick drauf. Schön, sehr schön. Wirklich. Müssen wohl irgendwo an einem See gemacht worden sein. Ist es der Gardasee? Könnte gut sein. Nette Familie, echt. Es ist eine sehr hübsche Frau, die mir da grad entgegenblinzelt, und zwei fröhliche Mädchen, vielleicht so um die sechs, und eine jede davon steckt in fetzigen Jeansshorts und einem Streifenshirt. Was irgendwie auch gut passt zu diesen frechen, rotblonden Kurzhaarfrisuren und den winzigen Sommersprossen. Dahinter wohl der Herr Papa, also unser Degen, ebenfalls in schicken Streifen und mit stolzgeschwellter Brust, was angesichts seiner Puppen im Vordergrund ja nicht allzu schwer nachzuvollziehen ist. Wobei ich jetzt schon ehrlich sagen muss, dass auch er selber, also der Degen, auf diesen Bildern natürlich um Klassen besser aussieht, als ich ihn so in Erinnerung habe. Was aber andererseits auch logisch ist, gell. Weil, wie bitte schön soll denn das Erscheinungsbild noch einigermaßen ansprechend sein, wenn man zuvor stundenlang im Badewasser rumhängt? Nein, das ist einfach nicht möglich. Beim besten Willen nicht. Bei mir selber zum Beispiel, da geht das ja schon nach knapp zwanzig Minuten los. Nach zwanzig Minuten bereits fang ich an zu schrumpeln, und nach dreißig ist mein Hautbild völlig identisch mit dem von der Oma. Und das, obwohl uns fast fünfzig lange Jahre trennen. Was jetzt allerdings nicht heißen soll, dass der Degen in der Wanne ausgesehen hat wie eine schrumpelige Rosine. Das nicht. Eher vielleicht ein bisschen wie aufgepumpt. Ja.

Nein, was ich eigentlich sagen wollte, hier gibt's momentan eh nicht mehr richtig was zu tun. Und in Anbetracht dieser Fotos hier ist es wohl erst mal das Beste, nach Landshut reinzufahren und die armen Hinterbliebenen zu informieren. Scharf bin ich nicht auf diese Aufgabe, frag nicht. Und grad bin ich auf dem Weg zum Streifenwagen und sause die Treppen runter, wie mich plötzlich irgendetwas ausbremst. Ich weiß noch gar nicht mal genau, was es ist. Aber meine Schritte werden von ganz alleine lahmer und lahmer, und auf den letzten Stufen bleibe ich stehen. Ich schau dort hinauf, wo ich grad noch hergekommen bin, halt einen Moment inne und ahne nicht im Mindesten, was mich schlagartig zurücktreibt. Doch bis ich denken kann, steh ich erneut in diesem Chaos von der Einhundertdrei, und mein Blick streift ein weiteres Mal durch den Raum. Doch was zum Teufel …

Die Verbindungstür … das ist es! Es gibt eine weitere Tür exakt gegenüber diesem Kingsize-Bett. Und ich vermute ganz stark, dass sie in ein angrenzendes Hotelzimmer führen muss. Das ist ja echt allerhand. Denn wer auch immer dort gewohnt haben mag, er steht auf meiner Verdächtigenliste nun erst mal ganz, ganz oben.

»Nüters, zwei Minuten«, sag ich, gleich wie ich ihn ein paar Augenblicke später unten in der Lobby antreff, und deute zum Büro von der Frau Grenzbach. Er versteht mich auf Anhieb, nickt kurz, geht vor mir her den breiten Gang entlang und öffnet die Tür. Hier sind wir unter vier Augen, was mir ganz gut passt.

»Ich hab nicht viel Zeit und muss auch gleich weg«, sag ich weiter, wie ich mich in das bequeme Sofa plumpsen lass. Er nimmt mir gegenüber in einem der Sessel Platz, nickt ein weiteres Mal und streift den Stoff seiner Hose glatt. »Das Nebenzimmer zur Einhundertdrei, also, ich mein, diese Verbindungstür … wo führt die hin, Herr Nüters?«

»Na, in die Einhundertvier natürlich. Das ist ein Kombizimmer, wissen Sie. Man kann es zum Beispiel als Familienzimmer mieten oder als Ehepaar, wenn die lieber getrennt schlafen. Aber natürlich kann man es auch prima als Suite mieten, falls man mehr Raum haben will.«

»Verstehe«, sag ich, weil es auch irgendwie logisch klingt. »Und wer von Ihren Gästen hat in dieser Nacht, also von Freitag auf Samstag, dort übernachtet?«

»Na ja, eigentlich keiner der Gäste, wenn man es genau

nehmen will. Im Grunde waren es überhaupt keine richtigen Gäste, die wir dieses Wochenende beherbergt haben, Herr Kommissar.«

»Keine Gäste?«

»Nein, jedenfalls nicht im herkömmlichen Sinn.«

Aha.

Doch bevor die Informationen überhaupt mein Gehirn erreicht haben, da wird er auch schon gesprächig, unser Herr Nüters. Und so erfahr ich, dass eben exakt an diesem Wochenende so eine Art Probelauf stattgefunden hat. Weil nämlich die Frau Grenzbach, korrekt, wie sie nun mal ist, beschlossen hatte, ihr Debüt als Hotelière nicht gleich bei zahlenden Gästen geben zu wollen. Einfach, um die Möglichkeit auszuschließen, bei dem einen oder anderen eventuell zu erwartenden Missgeschick Scherereien zu bekommen. Was ich durchaus nachvollziehen kann. Und so hat man stattdessen einfach alle am Bau Beteiligten sowie die damit verbundenen Dienstleister auf Kosten des Hauses eingeladen, um sie dann bei freier und erstklassiger Kost und Logis aufs Ordentlichste zu verwöhnen. Ganz genau so, wie man es später beim zahlenden Volk auch tun möchte. Nur eben nicht kostenlos. Kluges Mädchen, die Frau Grenzbach, das muss ich schon sagen.

»Gibt's eine Liste?«, will ich jetzt wissen. »Also eine Art Gästeliste vielleicht. Mit Namen und Zimmernummer drauf?«

»Aber selbstverständlich, Herr Kommissar«, sagt er noch knapp, und schon eilt er von dannen, um nur Sekunden später mit einem Ordner zurückzukommen. Darin blättert er kurz und runzelt die Stirn. »Warten Sie …Zimmer Einhundertvier, das war gar nicht belegt.«

»War nicht belegt, aha. Sagen Sie, steht in Ihrer schlauen Liste zufällig, ob der Degen in Begleitung war?«

»Moment … nein, keine Begleitung. Jedenfalls ist niemand sonst hier eingetragen. Ich selber, ich bin ihm übrigens auch ein- oder zweimal im Gang begegnet, und da war er jedes Mal alleine.«

»Wer kann denn alles an die Schlüssel? Also den zur Einhundertvier beispielsweise?«

»Na ja, im Grunde keiner und jeder. Die Schlüssel hängen am Schlüsselbrett, und davor ist normalerweise immer jemand vom Personal. Aber natürlich haben auch die mal … ja, beispielsweise menschliche Bedürfnisse.«

»Und wer hat alles einen Generalschlüssel?«

»Die Frau Grenzbach natürlich, die jeweiligen Zimmermädchen, und ich hab selbstverständlich auch einen.«

»Aha«, sag ich noch so, mit einem schnellen Blick auf die Uhr. Erheb mich und schnapp mir den Leitz. »Der ist vorläufig beschlagnahmt, Herr Nüters. Und die Einhundertvier, die ist es bis auf weiteres ebenfalls. Sorgen Sie dafür, dass da zumindest … sagen wir: vor morgen Mittag niemand mehr reinkommt, verstanden?«

Dann verabschieden wir uns, und schon bin ich weg.

Der Nebel ist hartnäckig heute. Und obwohl es schon gut auf Mittag zugeht, hängt er noch tief und weiß und dicht über den Straßen. Sichtweite gleich null sozusagen. Da kann man sich leicht ausrechnen, wie lange man dann unterwegs ist für eine Strecke, wo ich bei hundertfuchzig grad mal zehn Minuten brauche. Und drum bin ich dann direkt froh und dankbar, dass ich jetzt nur nach Landshut rein muss und nicht etwa zum Leichenflädderer nach München. Mittwoch, spätestens Donnerstag, hat er gesagt. Na ja, bis dahin kann das Wetter ja jederzeit wieder umgeschlagen sein, gell.

Komisch. Irgendwie schießt mir jetzt, wo ich an den Günter denke, automatisch dieser Leander in den Schädel. Die kriminalistische Supernase schlechthin quasi. Zumindest, wenn man den Worten eines erfahrenen Pathologen Glauben schenken darf, was ich im Grunde schon tu. Und wenn ich ganz ehrlich bin, dann hat mich dieser blöde Bestatter ja dort im Wald schon irgendwie völlig aus der Fassung gebracht. Der Nüters, der schaut aus wie ein Mörder, hat er gesagt. Und ich konnte das wirklich so gar nicht lustig finden. Gut, lustig war's ja wohl auch nicht gemeint. Schon klar. Aber jetzt, in Anbetracht dessen, was eben der Günter heut so von sich gegeben hat, da hallen die Sätze von diesem Leander noch mal regelrecht nach in meinem Gehirn. ›Der Nüters schaut aus wie ein Mörder.‹ Was ich zunächst einmal gar nicht so finde. Allerdings verfügt er über einen Generalschlüssel und als ehemaliger Krankenpfleger sicherlich wohl auch über Kenntnisse, die bei einem mutmaßlichen Mord eventuell sehr hilfreich sein könnten. Wer weiß. Und außerdem, wie schaut er denn eigentlich aus, der klassische Mörder?

Kapitel 7

Es ist ein Einfamilienhaus, vor dem ich schließlich anhalte, den Motor abstell und erst mal aus dem Fenster schau. Es wirkt sehr modern und steht in einem relativ netten Neubaugebiet am Rande der Stadt. Das Gartentor knarzt, wie ich es öffne, was ich persönlich sehr sympathisch finde. Ich mag Sachen, die knarzen oder krachen, weil es grad so ist, als würden sie dir was erzählen. Was dieses hier wohl zu erzählen hätte? War er ein Netter, dieser Herr Degen? Ein guter Vater? Ein liebevoller Ehemann? Ich weiß es nicht. Aber dieses Gartentürl, das wüsste sicherlich die richtigen Antworten darauf.

Der kleine Weg zur Eingangstüre ist noch gar nicht richtig befestigt und deshalb recht matschig und dauert ganze vier Schritte lang. Und vor dieser Tür steh ich dann und suche zum einen nach den passenden Worten, zum anderen nach einer Klingel. Und beides kann ich gar nicht gleich finden, weil jetzt nämlich mein Blick erst mal auf ein Schild fällt. Es ist oval und bunt, und sicherlich waren es Kinderhände, die hier ihre krakeligen Buchstaben hinterlassen haben:

»Hier wohnen Miriam, Lea, Kim und Manuel Degen, und jeder, der herkommt, der kriegt unsern Segen«.

Unsern Segen … soso, ja, das beruhigt mich ein bisserl. Wobei man jetzt leider schon sagen muss, dass ja der Degen selber ab sofort nicht mehr hier wohnt. Aber gut. Rund um diesen Begrüßungstext sind jedenfalls noch jede Menge Herzen gemalt und unter der Schrift vier Strichmännchen mit Lachgesichtern, welche wohl ganz offensichtlich die Familie hier darstellen sollen.

Und exakt darunter kann ich nun endlich die Klingel entdecken, schnauf noch einmal tief ein, streck mich kurz durch und drück schließlich den Knopf. Es dauert einige Augenblicke lang, dann aber erscheint diese Frau im Türrahmen, die ich ja schon von den Fotos her kenne. In Wirklichkeit sieht sie genauso hübsch aus wie auf den Bildern. Allerdings hält sie grad ihre Arme so dermaßen seltsam nach oben, dass ich direkt prompt denk: Mensch, wieso ergibt sich die jetzt? Beim genaueren Hinschauen, da merk ich aber schon, dass es wohl so was wie Teig ist, was an ihren Händen klebt. So steht sie jetzt also vor mir, mit ihren pappigen Fingern, einer bunten Schürze und einem sehr freundlichen Lächeln und schaut mich erwartungsfroh an. Und ich … ich bin plötzlich so was von aus der Spur, dass ich eigentlich nimmer weiß, was ich sagen soll. Weil, wie bitte schön soll man denn einem so gefälligen Wesen mitteilen, dass der werte Gatte grad tot in einer Hotelbadewanne aufgefunden wurde.

»Entschuldigen Sie mein Outfit hier«, sagt sie schließlich lachend, was die Sache auch nicht wesentlich besser macht. »Aber ich bin grad am Backen. Würden Sie mir vielleicht trotzdem verraten, was ich für Sie tun kann?«

Was sie für mich tun kann?

Kreuzkruzifix!

Ihre Fröhlichkeit schnürt mir direkt den Hals zu.

»Ja, sagen Sie mal«, kichert sie weiter. Sie ist wirklich zum Anbeißen. »Ist denn jemand gestorben, oder warum gucken Sie so verzweifelt?«

»Ja«, kommt es dann völlig wie von selbst aus meinem

Mund, während ich meinen Dienstausweis zücke, und im selben Moment hasse ich mich auch schon dafür.

»Sie machen einen Scherz, nicht wahr?«, versucht sie es nochmals. Doch ich schüttle den Kopf.

»Ist es … ist es eins von meinen Mädchen?«, fragt sie, während ihr Tränen in die Augen schießen und ihre Stimme wegkippt.

»Nein, keins von den Mädchen.«

»Dann ist es … großer Gott, dann ist was mit Manuel!«

»Mein Beileid«, kratzt es mir aus dem Hals, und ich nicke. Was bleibt mir auch übrig?

Sie schließt ihre Augen. Steht dort wie ein angeschossenes Rehkitz in der geöffneten Haustür mit ihren pappigen Händen, und eine kalte Windböe fegt durch ihre rotblonden Haare.

»Aber … was … was ist denn passiert?«, fragt sie jetzt tonlos.

»Können wir vielleicht reingehen, Frau Degen?«, schlag ich dann vor. Einfach schon, weil ich Angst hab, dass sie mir hier gleich auf den Boden knallt. Einen kleinen Moment lang starrt sie mich an, als hätte sie nicht recht verstanden, dann aber nickt sie. Ohne ihre Beine zu heben, schlurft sie nun über das Parkett hinweg vor mir her und in ein riesiges Zimmer, das offensichtlich Wohnen und Kochen vereint und momentan wohl bis in den letzten Winkel hinein als Backstube herhalten muss. Ich schau mich kurz um. Sehr behaglich ist es hier, und ich hab gleich ein Bild vor Augen, wie sich die ganze Familie dort um den großen Tisch versammelt. Die Wand dahinter ist voller Kinderzeichnungen, und das kleine Regal davor biegt sich fast durch vor lauter Spielen, Blöcken und Farbstiften jeglicher Sorte. Vorn an der Terrassentür, da steht nun die Frau Degen, hat die schneeweißen Gardinen zur Seite geschoben und schaut in den dichten Nebel hinaus.

Es ist doch nicht das erste Mal, dass ich so eine Aufgabe am Hals hab, Herrschaftszeiten. Was ist denn heute so anders als sonst? Ich räuspere mich.

»Frau Degen«, frag ich so einfühlsam, wie es mir möglich ist. »Wann haben Sie Ihren Mann denn zuletzt gesehen?«

»Am Freitag«, sagt sie, ohne sich umzudrehen. »Ja, das war am Freitag so gegen Mittag. Da ist er vom Büro heimgekommen. Freitags ist er meistens schon mittags zu Hause. Die Mädchen, die lieben das sehr, wissen Sie? Manuel hat ja nie viel Zeit unter der Woche, er arbeitet einfach so viel. Die Wochenenden aber ... die sind ihm so wichtig. Und ... und die ... die Mädchen, ja. Da gehen sie doch immer zum Fußballplatz zusammen und ...« Jetzt versagt ihr die Stimme.

»Verstehe. Aber dieses Wochenende, Frau Degen, das haben Sie nicht gemeinsam verbracht, oder? Ich mein, wenn Sie ihn am Freitag zuletzt gesehen haben ...«

»Ja, das stimmt. Dieses Wochenende, das hat er im Heimatwinkel verbracht. Das ... das ist ein Hotel irgendwo in der Pampa und für meinen Mann ein sehr großes Projekt gewesen. Ja, und da haben dann am Ende der Bauarbeiten alle Beteiligten so eine Art ... Ja, keine Ahnung ... Ich glaub, so eine Art Gutschein erhalten.«

Nun dreht sie sich zu mir um, hat die klebrigen Arme vor der Brust verschränkt, der Teig hat sich längst in den Stoff gefressen, und Tränen laufen ihr über das hübsche Gesicht. Ihr hilfloser Anblick ist mir beinah peinlich, und trotzdem ist es mir nicht möglich, einfach wegzuschauen.

»War es denn dort, wo er ...?«, fragt sie während sie jetzt wieder durchs Fenster blickt.

»Ja«, sag ich und nicke. »Er ist in seinem Hotelzimmer tot aufgefunden worden. Genau genommen in der Badewanne.«

»Großer Gott!«, schluchzt sie jetzt laut auf und hält sich die Hände vors Gesicht.

»Frau Degen, dieser … also, dieser Gutschein, der war für ein Wellnesswochenende vom Feinsten. Mit allem nur erdenklichen Pipapo.«

»Ach, stimmt, Manuel hat davon was erzählt«, sagt sie unter Tränen und schnäuzt sich.

»Aber warum waren Sie dann nicht gemeinsam mit Ihrem Mann dort? Ich mein, so ein Wellnesswochenende …«

»Wir hatten keinen Babysitter«, unterbricht sie mich gleich.

»Verstehe. Frau Degen, Ihr Mann, der hätte doch spätestens gestern Abend nach Hause kommen müssen. Aber heute ist Montag. Haben Sie sich denn da nicht gewundert, dass …«

»Nein«, unterbricht sie mich hier wieder, dreht sich erneut zu mir um, und ihre nassen Augen funkeln. »Ich hab mich nicht gewundert, Herr Kommissar. Einfach, weil Manuel heute nämlich nach Berlin muss … gemusst hätte, verstehen Sie. Und da wär er mit seinem Dienstwagen direkt von diesem … diesem verdammten Heimatwinkel aus dorthin aufgebrochen. Und zwar gestern Abend.«

»Verstehe«, sag ich ein weiteres Mal, während ich meine Notizen mache. »Haben Sie denn wenigstens noch mit ihm telefoniert?«, frag ich, doch sie schüttelt den Kopf. »Ja, Frau Degen, ich muss Sie das jetzt fragen. Wo waren Sie zwischen …«

»Ich war dieses ganze Wochenende hier. Mit meinen Kindern. Und zwar rund um die Uhr, verstehen Sie. Ich hatte meine Tage, und mir ging es nicht gut«, weint sie nun ziemlich hemmungslos, und ich weiß gleich gar nicht mehr, wo ich hinschauen soll. »Die … die Mädchen kommen gleich. Gehen Sie jetzt bitte. Mein Mann ist tot, ich hab Sie schon verstanden. Für den Moment gibt's ja wohl auch nichts mehr weiter zu tun, und ich brauch nun erst mal meine Kräfte für mich und vor allem für meine Kinder.«

Ja, da hat sie wohl recht. Und ich bin froh, dass ihre Stimme nun auch wieder ein wenig fester ist und sie ihre Tränen wegwischt. Ihr ganzes Gesicht ist nass und voller Teig, und sie schaut wirklich erbärmlich aus. Ich frag noch kurz nach, ob ich jemanden informieren soll, der nach ihr und den Mädchen sehen kann. Doch sie lässt mich wissen, dass ihre Eltern nebenan wohnen. Ja, das beruhigt mich ein bisschen. So verabschiede ich mich noch kurz, finde auch ohne ihre Hilfe problemlos den Ausgang und mach die Haustür hinter mir zu. So leise wie nur möglich. Öffne den Streifenwagen nach den wenigen Schritten, lass mich in den Fahrersitz plumpsen und verspür plötzlich so eine Art Ganzkörperlähmung. Nein, wirklich. Ich kann mich nicht rühren, so sehr ich das auch möchte. Und obwohl ich im Grunde nix wie weg will von hier, sind meine Gliedmaßen schwer wie Blei, und ich hab einen fetten Knödel im Hals. Ich schließ meine Augen, nur für einen Moment, und versuch meine Sinne zu sortieren. Ja, der Simmerl hat wohl recht, es wird nicht einfacher mit all den Jahren. Früher, da hat mich das Überbringen solcherlei Nachrichten nie so geplättet, keine Frage. Vielleicht sollte ich ja einfach mal meine Methode überdenken und zukünftig gar nicht mehr hinfahren. Stattdessen gemütlich beim Wolfi ein Bier trinken und den Hinterbliebenen einfach eine SMS schicken. So nach dem Motto:

Gatte ermordet. Beileid. Wo waren Sie zur Tatzeit?

Ja, ein Bier beim Wolfi, eiskalt und süffig, das wär jetzt prima.

Ein Klopfen an das Seitenfenster reißt mich aus meinen Gedanken heraus. Und es sind ausgerechnet zwei kleine Mädchenköpfe, die jetzt zu mir reinschauen. Mit dicken Mützen und Sommersprossen, und eine der beiden hat eine echt fette Zahnlücke, was mir ihr Grinsen verrät. Und freilich weiß ich sofort, wer sie sind. Mein Knödel im Hals wächst prompt wieder an, und trotzdem kurbel ich die blöde Scheibe hinunter.

»Bist du ein Polizist?«, will die linke der zwei Zuckerschnuten hier erst einmal wissen, und sie hat dieselbe Fröhlichkeit in ihrer Stimme, wie ihre Mutter sie hat.

Ich nicke.

»Und wieso hast du dann keine Uniform an?«, fragt sie weiter, während ihre Schwester daneben versonnen in der Nase bohrt.

»Weißt du, manchmal ist es besser, wenn nicht gleich alle sehen können, dass du ein Polizist bist«, sag ich und quetsch mir ein Lächeln ab.

»Aber das sieht man doch am Auto. Weißt du, ich werd nämlich auch mal ein Polizist«, erklärt sie mir weiter und ist auf einmal sehr ernst.

»Aha«, sag ich und ertapp mich prompt dabei, wie ich mir einen ganz, ganz anderen Job für sie wünsche.

»Ich nicht«, übernimmt nun die Schwester und nimmt endlich ihren Finger aus der Nase. »Ich werd lieber mal Fußballer. Das ist nicht so gefährlich, und man kriegt viel mehr Geld.«

Ja, da könnte was dran sein.

»Aber wenn ich später mal ein Polizist bin, dann werde ich immer eine Uniform tragen. Immer. Und dann werde ich alle bösen Menschen verhaften. Und dann … dann sind alle nur noch nett auf der Welt, und keiner muss mehr Angst haben.«

Jetzt aber wendet ihr Schwesterchen den Kopf zur Seite, schaut sie kurz ganz ungläubig an und zeigt ihr schließlich den Vogel.

»Aber das geht doch gar nicht, Kim«, sagt sie dann, wobei sie jedes einzelne Wort dramatisch in die Länge zieht.

»Geht wohl!«, widerspricht die Verwandtschaft resolut.

»Nei-hein! So große Gefängnisse gibt's doch gar nicht.«

»Ja, gut«, sag ich jetzt noch so und starte dabei den Motor. »Da müssen dann halt einfach welche gebaut werden, gell. Ich muss los, und ihr zwei schauts besser zu, dass ihr nach Haus kommt. Eure Mama, die wird sicher schon warten.«

Noch eine ganze Weile lang kann ich die beiden kleinen behandschuhten Händchen im Rückspiegel sehen, wie sie mir so einträchtig nachwinken und damit meinen Knödel im Hals dicker und dicker machen. Nein, in ihrer Haut, da möchte ich jetzt auch nicht stecken. Nicht ums Verrecken.

Der Anruf vom Moratschek reißt mich nun aus meinen Gedanken heraus, und allein dafür bin ich ihm schon dankbar. Er möchte wissen, wie diese Geschichte denn nun weitergeht, die ihm die Nacht versaut hat. Und weil die Verbindung ziemlich schlecht ist, er am heutigen Nachmittag auch keine weiteren Verhandlungen hat und ich eh grad in Landshut abhäng, da liegt ein kurzes Treffen bei ihm im Gerichtsgebäude ja praktisch mehr als auf der Hand, gell.

Wie ich hinkomm, sitzt er erwartungsgemäß im schwarzen Mäntelchen hinter seinem Schreibtisch und studiert einige Akten. Und weil ich ihn ja mittlerweile kenn und zum Beispiel auch ganz exakt weiß, dass der Kaffeeautomat draußen im Flur und der Moratschek niemals dicke Freunde werden, da bring ich ihm vorsichtshalber schon mal einen großen Becher voll mit.

»Ah, Eberhofer, Sie sind ja ein Schatz«, sagt er gleich hocherfreut und nimmt einen ausgiebigen Schluck Kaffee. »Also, wie schaut's aus? Habens denn schon was rausgefunden in dieser delikaten Badewannen-Geschichte?«

»Na ja, viel ist es nicht«, sag ich wahrheitsgemäß. Aber andererseits, was soll man auch schon groß rausfinden können in dieser echt kurzen Zeit, gell? So erzähl ich ihm halt alles, was ich bislang selbst weiß, und er lauscht äußerst aufmerksam, nippt ab und zu am Kaffee und öffnet dann eine seiner Schreibtischschubladen. Von dort zieht er eine Dose Schnupftabak hervor und nimmt eine ordentliche Prise. Anschließend verschmiert er die Überreste relativ gleichmäßig im unteren Bereich seines Gesichtes und steht dann auf.

»Ja, viel ist das nicht, gell«, sagt er, während er seine richterliche Robe abstreift. »Aber jetzt warten wir erst einmal, was die Obduktion so hergibt, eh wir uns narrisch machen.«

»Ich weiß nicht, aber irgendwie hab ich's im Urin, dass da ein …«

»Verschonens mich bitte mit Ihrem Urin, Eberhofer«, unterbricht er mich aber prompt und schlüpft in einen grünen Lodenmantel. Und just in diesem Moment wird die Tür aufgerissen, und die Frau Moratschek erscheint bei uns im Büro, ebenfalls im feschen Loden.

»Ah, Eberhofer, grüß Sie Gott«, sagt sie sehr freundlich. »Wie schaut's aus, Hasi? Bist fertig?«

»Ja, ja«, entgegnet der Gatte.

»Geh, alter Saubär«, sagt sie weiter, während sie ein Tempo aus ihrer Handtasche fischt und ihm damit anschließend die mürrische Miene reinigt. »Hast dir ja schon wieder diesen greislichen Batz in den Zinken geschoben. Mensch, Moratschek, du weißt doch ganz genau, was dein HNO zu dir gesagt hat, oder etwa nicht?«

Jetzt muss ich grinsen. Der Moratschek grinst nicht. Stattdessen schubst er die Gattin sanft, aber vehement zur Seite.

»Gut, Eberhofer«, sagt er noch knapp und steuert Richtung Tür. »Sinds mir nicht böse, aber ich muss los. Schwarzweißball im Stadttheater, verstehens. Madam braucht ein neues Abendkleid.«

»Also, wirklich! Madam braucht ein neues Abendkleid, du

Schmarrer«, schnaubt nun die werte Gattin. »Jetzt sag halt einfach die Wahrheit, Hasi. Sag halt einfach, dass du irgendwie aus deinem Smoking rausgewachsen bist. Und zwar der Breite nach.«

»Jetzt, auf geht's«, knurrt der Richter noch kurz, und schon eilen die beiden die gerichtlichen Stufen hinab.

Kapitel 8

Dem Leopold sein Auto fällt mir gleich ins Auge, kaum, dass ich in unsere Einfahrt reinroll. Genau genommen springt es mir direkt ins Auge. Was will der denn schon wieder hier? Noch dazu, wo der Papa momentan eh in Spanien verweilt und somit die Chance vertan ist, ihm ordentlich den Bauch zu pinseln. Das Interesse an der Oma oder gar an meiner Person hat sich aus der Sicht vom Leopold heraus ja seit jeher in deutlichen Grenzen gehalten, was zumindest meinerseits auf starker Gegenseitigkeit beruht und sich wohl kaum in absehbarer Zeit ändern lässt. Umso erstaunlicher also, dass er heute hier aufschlägt. Auch noch mitten unter der Woche, wo er doch normalerweise seine hochheilige Buchhandlung samt intellektueller Kundschaft zu betreuen hat. Und ganz obendrein war er mir ehrlich gesagt selten so unerwünscht wie heute, wo mich ja quasi ein ungeklärter Todesfall inklusive all meiner Fasern komplett in Beschlag nimmt. Wie ich aus dem Wagen steig, läuft mir schon der Ludwig mit wedelndem Schwanz entgegen, und für einen kurzen Moment bin ich tatsächlich versucht, gleich meine Runde mit ihm zu laufen, nur um einer Konfrontation mit der ungeliebten Sippschaft aus dem Weg zu gehen. Aber nein, der Ludwig muss warten. Mein Hunger dominiert ganz klar die aktuelle Lage. Und ein bisschen Neugierde tut wohl ihr Übriges. So geh ich mal ins Wohnhaus rein.

»Schau, wer da ist«, schreit mir die Oma gleich her, kaum, dass ich zur Küche drin bin. Sie steht dort am Herd und rührt grad voll Inbrunst in einem ihrer Töpfe. »Da kommt er bis zu uns raus, der Leopold, und bringt uns noch nicht einmal die Uschi und die Panida mit. So ein Schmarrn. Da hätt er sich das Benzin auch sparen können.«

»Die sind beim Mutter-Kind-Turnen«, ruft er von der Eckbank aus umgehend in ihre Richtung.

»Was?«, schreit sie jetzt wieder und dreht sich zu uns um.

»Aerobic«, sag ich, weil sie das kennt, und mach gleich noch eine entsprechend dämliche Körperbewegung dazu.

»Ach so«, sagt sie und wendet sich wieder ab.

»Servus«, widme ich mich dann unserem unverhofften Besucher. »Und was verschafft uns die Ehre, Bruderherz?«

Der Leopold, der hockt wie gesagt in seiner ganzen Herrlichkeit auf unserer alten Eckbank drüben und sendet merkwürdige Blicke in meine Richtung. Wobei ich doch bis auf die Begrüßung soeben noch gar nix zu ihm gesagt hab, zumindest nix, was ihm in irgendeiner Weise hätte ans Bein pissen können.

»Man wird ja wohl noch mal nach dem Rechten sehen dürfen, oder etwa nicht?«, entgegnet er. »Außerdem wollte ich mit euch meinen Geburtstag durchsprechen.«

»Wieso willst du mit uns deinen Geburtstag durchsprechen? Da ist es ja noch wochenlang hin, und außerdem hast du doch noch nie deinen Geburtstag mit uns durchgesprochen. Und überhaupt, was soll das heißen, du musst nach dem Rechten sehen?«, muss ich hier nachhaken.

»Ha, das hätte mir ja klar sein können, dass du noch nicht mal weißt, wann ich Geburtstag habe. Außerdem muss sich ja wohl mal irgendjemand um das alles hier kümmern, oder? Also praktisch jetzt, wo der Papa nicht da ist und die Oma und du hier ganz alleine …«

»Sorgst du dich etwa, dass wir zwei hier vergammeln, oder was?«, frag ich grinsend und hol mir ein Bier aus dem Kühlschrank.

»Ja, das mach ich in der Tat, Franz, wenn du's genau wissen willst.«

»Jetzt ist eine Ruh da herinnen, Herrschaft«, dreht sich plötzlich die Oma um und schlurft dann mit ein paar Tellern zu uns an den Tisch rüber. »Musst dich nicht kümmern, Leopold, gell. Wir zwei kommen schon zurecht, der Franzl und ich. Kümmerst dich lieber um deine eigene Familie. Magst jetzt noch was mitessen oder musst eh schon gleich wieder heim?«

»Ja, genau, ihr zwei kommts zurecht? Ha! Da brauch ich doch beispielsweise bloß mal in den Hausgang rausschauen. Der ist ja von oben bis unten voller leerer Kartons und Schachteln«, schreit er nun aber schon leicht hysterisch, steht dabei auf und rumpelt zur Küchentür raus. »Hier, eine Schachtel von einer Brotschneidemaschine, wie viele Brotschneidemaschinen habt ihr denn mittlerweile eigentlich schon? Dreißig? Und dort eine von einem ... ha, einem Crosstrainer, dass ich nicht lache! Da ein ... was ist das? Ein Planschbecken samt Pumpe! Ich könnte hier ewig so weitermachen. Leere Kartons, wohin das Auge schaut. Man kommt ja kaum noch zur Haustüre rein.«

»Stimmt«, sag ich und mach derweil den Tisch zurecht. »Aber rauskommen tut man noch prima.«

»Mein lieber Franz«, knurrt er weiter, steht dann blitzartig direkt vor mir, und somit hab ich gar keine andere Wahl nicht, als ihm in die Augen zu schauen. »Ganz egal, ob du mich nun magst oder auch nicht ...«

»Eher Zweiteres, mein lieber Leopold«, muss ich ihm seinen Vortrag aber an dieser Stelle gleich knicken. »Doch was deine Sorge betrifft, da kann ich dir getrost sagen, die ist völlig unbegründet. Wir kommen hier schon klar, die Oma und ich. Und diese ganzen Kartons da draußen, die sind alles Altpapier, verstehst. Und Altpapier, das war schon immer die Aufgabe vom Papa.«

»Ja, verdammt! Aber genau darum geht's doch. Der Papa, der ist nämlich nicht da!«

»Aber er kommt doch wieder zurück. Irgendwann. Und dann wird er sich freuen, dass wir all diese Kartons extra für ihn aufgehoben haben.«

»Ah!«, sagt er jetzt noch leicht abfällig, dreht sich schließlich ab und verschwindet durch die Tür. Auf dem Weg zu seinem Wagen schreit er noch etwas von unverantwortlicher Verschwendungssucht, hemmungslosem Kaufrausch und totaler Vermüllung oder so was in der Art. Aber schon rein akustisch kann man das so von rückwärts nur sehr schwer verstehen.

»Grüße!«, rufen die Oma und ich direkt wie aus einem Mund noch hinterher, dann hören wir die Autotür scheppern, den Motor aufjaulen, und schon fliegt der Kies. Ja, man kann den Leopold mögen oder auch nicht. Aber eines muss man ihm lassen: Niemand lässt unseren Hofkies so schön fliegen wie er.

Die Oma schleppt zwischenzeitlich einen Topf vom Herd rüber und lüpft dann den Deckel. Und im Nullkommanix strömen durch unsere Küche hindurch die herrlichsten Düfte.

»Was gibt's denn Feines?«, frag ich, doch sonderbarerweise ist ihr Gehör jetzt plötzlich wieder ganz out of order. Also schau ich einfach mal in den Tiegel. Es ist eine Gulaschsuppe, wobei das Wort Suppe gar nicht recht stimmt. Die Oma, die macht nämlich da so dermaßen viele Paprika, Zwiebeln und Kartoffeln rein, dass es schon viel eher wie ein Eintopf ist. Sämig, cremig und teuflisch scharf. Ein Traum. So schnapp ich mir gleich mal den Schöpflöffel und bin prompt mit all den nervigen Vorkommnissen des heutigen Tages versöhnt. Sogar über unseren letzten Besucher hier tröstet mich dieses Mahl ganz erstklassig hinweg.

»Wir müssen bauen«, sagt die Oma gleich beim ersten Löffel, und ich weiß nicht im Geringsten, wovon sie grad spricht. Das merkt sie vermutlich auch prompt, jedenfalls legt sie ihren Löffel beiseite und schaut mich ganz eindringlich an. Gut, ich weiß jetzt immer noch nicht, wovon sie spricht, aber sie macht mir mit ihrem intensiven Geglotze ein so dermaßen schlechtes Gewissen, dass ich es gar nicht mehr wage, weiterzuessen.

»Warum?«, frag ich deswegen erst mal. »Warum müssen wir bauen, Oma?«

»Ja, wegen deiner Susi halt, die braucht doch eine neue Bleibe. Und das Paulchen schließlich erst recht. Weißt, ich hab mir überlegt, Bub, gleich hinter dem Saustall, auf der alten Streuobstwiese, da wär doch …«

»Oma«, unterbrech ich sie hier, und zwar relativ laut. »Warum müssen wir bauen und was bitte schön hat die Susi damit zu tun?«

»Mei, Bub, weißt wieder einmal von gar nix, ha? Also, pass auf. Der gwamperte Sohn von der Susi ihrem Vermieter, den kennst doch auch, oder? Also, der will nämlich jetzt unbedingt in die Wohnung von der Susi einziehen, verstehst. Das ist praktisch Eigenbedarf, und da kann man nix machen.«

Gut, bis dahin kenn ich die Story ja schon. Warum wir aber deshalb gleich bauen müssen, ist mir noch immer nicht ganz klar. Die Oma aber, die lässt mich nicht länger im Trüben fischen. Ja, sagt sie weiter, wenn die Susi mit dem kleinen Paulchen dort nicht mehr länger bleiben kann, dann müssen die zwei natürlich woanders hin. Genauer gesagt: Sie müssen zu uns. Weil, die Susi, das ist doch dein Mädchen, Franzl. Und der Paul ist dein Sohn. Siehst du. Da gibt's ja im Grunde gar keine andere Möglichkeit nicht. Außerdem ist eh grad einer von meinen Bausparern fällig, gell. Drum passt das ganz gut. Und jetzt ... jetzt bleiben nur noch zwei elementare Fragen zu klären. Erstens, wohin mit den beiden in der Zwischenzeit? Also, bis das neue Haus irgendwann steht. Und zweitens, bauen wir lieber hinten auf der Streuobstwiese oder doch eher schräg links vorm Haus, also da, wo bislang die Parkplätze waren?

»Du, Oma«, muss ich abschließend noch fragen. »Hast du denn die Susi eigentlich schon eingeweiht in deine finalen Pläne?«

»Ja, so weit kommt's noch, das geht mich doch nix an!«, sagt sie, widmet sich jetzt erneut ihrem Gulasch und versenkt ihren Löffel darin. »Was hab ich denn bitte schön damit zu tun, Bub. Nein, nein, nein, das ist deine Angelegenheit, Franz. Das musst ihr schon recht schön selber sagen, gell.«

Aha

»Aha«, sag ich noch so und hol mir dann einen Nachschlag.

Und nach dem gemeinsamen und zugegebenermaßen ziemlich schweigsamen Abwasch, da mach ich mich endlich mit dem Ludwig auf den Weg. Im Schein meiner Stirnlampe marschieren wir durch den finsteren Wald, und wir brauchen nur rekordverdächtige eins-fuchzehn dafür. Was größtenteils meinem eigenen Tempo zuzuschreiben ist. Weil es zum einen arschkalt ist und nieselt. Zum anderen mich aber einfach diese dichten, dunklen Bäume hier und die vorherrschende Finsternis schon sehr an diese Situation auf dem Parkplatz erinnern. Also, die mit der dubiosen Leichenübergabe. Drum ist mein Spurt heut relativ flott, und der arme Ludwig hat gut zu tun, mit hechelnder Zunge Schritt zu halten. An ausgiebigere Schnüffeleien hier und dort oder gar

Stöckchenwerfen ist erst gar nicht zu denken. Apropos denken, die Idee mit diesem Hausbau, die will mir grad nicht recht aus dem Kopf gehen. Ich hab noch nie überlegt, mir irgendwann ein Haus zu bauen. Warum auch? Mir geht's in meinem Saustall erstklassig, er ist groß genug für mich und den Ludwig, und zur Küche von der Oma sind's grad mal fuchzig Schritte. Maximum. Meine Wäsche ist gewaschen und zumeist auch gebügelt, und im Kühlschrank steht Bier. Warum zum Teufel sollte ich daran was ändern? Da wär ich ja deppert, oder? Gut, andererseits ist es schon wahr. Für die Susi und den Paul muss eine neue Bleibe her, ganz klar. Und wenn man dann schon einen solchen Neuanfang macht, warum dann nicht gemeinsam und in einem Eigenheim? Das macht schon alles irgendwie Sinn. Die Frage ist nur, ob ich zusammen mit der Susi und dem Paul, also quasi mit meiner eigenen Familie ausgerechnet bei uns am Hof wohnen möchte. Wo zu jeder Tages- und Nachtzeit immer alle Türen offen stehen und das auch hemmungslos ausgenutzt wird, und zwar von allen, die hier wohnen – und noch einigen anderen auch. Da kann's dir durchaus passieren, dass du grad so in die Wanne willst und die Oma steht einfach im Türrahmen drin. Oder beispielsweise wie einmal an Heiligabend, wo die Susi und ich grad mordsmäßig beschäftigt und splitterfasernackt, bis auf ihre knallroten Strapse ... Ja, und dann geht plötzlich die Tür auf, und die komplette Verwandtschaft kommt rein, hockt sich zu uns aufs Kanapee und singt ein dämliches Weihnachtslied. Nein, so was geht einfach nicht. Weil, wenn man schon einen auf happy family macht, dann braucht man auch so was wie ein bisschen Privatsphäre, ganz klar. Wo bitte schön wär denn sonst der Vorteil?

Diese ganze Nachdenkerei und wahrscheinlich auch die kalte Waldluft da draußen, die haben mich auf einmal so wahnsinnig munter gemacht, dass an Schlaf erst gar nicht zu denken ist. Wenn ich vorher, also gleich nach der wunderbaren Gulaschsuppe, mich noch regelrecht zu der Runde mit dem Ludwig aufraffen musste, so bin ich jetzt fit wie ein Turnschuh, und so ruf ich halt mal die Susimaus an. Da ist aber belegt. Wahrscheinlich ratscht sie wieder einmal mit einer unserer Verwaltungsschnepfen, welche bedauerlicherweise auch ihre Busenfreundinnen sind, und das kann erfahrungsgemäß dauern. Erst recht, seitdem die Susi in Elternzeit ist. Wobei man jetzt schon sagen muss, dass es früher auch nicht anders war. Da haben die Mädels jeden Tag acht Stunden lang Arschbacke an Arschbacke im Büro gehockt und trotzdem abends noch locker zwei bis drei Stunden telefonieren können. Das muss man sich einmal vorstellen. Ein Mann versteht so was nicht, sagt die Susi immer zu mir. Und ja, damit hat sie wohl recht.

Ein Anruf beim Birkenberger ist dafür umso mehr von Erfolg gekrönt, weil's ihm eh grad mordslangweilig ist. Die Faschingszeit, sagt er, ist nämlich neben Weihnachten allein schon aufgrund der vorherrschenden Narrenfreiheit eine eher ungünstige Zeit für Privatdetekteien, weil da eh jeder fremdgeht und sich niemand was drum scheißt.

»Bist du sicher, dass es ein Mord war?«, will er auch gleich wissen.

»Mei, ›sicher‹, was heißt jetzt da ›sicher‹?«

»›Sicher‹ heißt zweifellos, hundertprozentig oder auch gewiss. Vielleicht sogar …«

»Ich weiß, was ›sicher‹ heißt, Rudi«, muss ich ihn hier unterbrechen.

»Also?«

»Ja, ich bin sicher.«

»Dann bin ich dabei!«

Kapitel 9

Wie ich am nächsten Tag in der Früh noch im Schlafanzug und Bademantel über unsern Hof hinweg in Richtung Küche latsche, bemerk ich ein fremdes Auto bei uns am Hof. Und schon aus reiner Neugier heraus muss ich da hingehen. Um genau zu sein, ist es ein hellblauer Lada mit einem fetten Logo auf der Fahrer- sowie der Beifahrerseite:

Atme, lache und liebe! steht da drauf. Hat es der Wahnsinn jetzt doch schon bis zu uns raus geschafft? Wer auch immer der Besitzer dieser obskuren Karosse sein mag, er kann eigentlich nur im Wohnhaus rumdümpeln. Drum geh ich da erst mal rein und frag mich, wieso ich nicht gleich darauf gekommen bin.

»Und, schmeckt's?«, frag ich gleich, wie ich reinkomm.

»Ganz hervorragend, danke«, antwortet der Rudi prompt artig, wenn auch kauenderweise, und wischt sich dann den Mund am Ärmel eines echt sonderbaren Pullovers ab. So ein grobgestricktes Norwegerteil mit Schneeflocken drauf und auch mit Elchen, was ich noch nie zuvor an ihm gesehen hab. »Und du, der Ziegenkäse da, der ist einfach nur göttlich, Franz.«

Und so hock ich mich halt mal dazu, während mir die Oma Kaffee einschenkt.

»Diese seltsame Kiste da draußen«, frag ich, grad wo ich meine Semmel aufschneid. »Ist das etwa die deine, oder was?«

»Ja, großartig, nicht wahr?«, nickt er und hievt sich dabei den ganzen restlichen Ziegenkäse auf seinen Teller. Und ehrlich gesagt hab ich nicht die geringste Ahnung, was daran großartig sein soll. Genauso wenig weiß ich, wieso er diesen dämlichen Pulli trägt. Weil mich der Birkenberger aber kennt wie kein Zweiter und vermutlich längst in der Lage ist, meine Gedanken zu lesen, fängt er auch prompt an zu erzählen. Ja, sagt er, nach unserem Telefonat von gestern Abend, da hat er sich im Anschluss auch gleich noch ans Internet gehockt und dieses Hotel, also den Heimatwinkel, einmal gründlich unter die Lupe genommen. Schönes Hotel, so modern und doch auch gemütlich. Und obendrein mit einem sehr ansprechenden Programm, wie er findet. Das Beste aber ist, dass ausgerechnet jetzt die ersten Esoteriktage dort stattfinden werden. Für Profis und Laien gleichermaßen geeignet. Der Startschuss, der fällt morgen, und drum will er eben schon heute dort einchecken, der Herr Birkenberger. Dann geht er quasi einfach so als ein Seminarteilnehmer wie jeder andere durch und kann ganz nebenbei seine Nachforschungen durchführen, was halt unseren Toten so betrifft, gell. Und das in aller Herrgottsruhe und völlig verdeckt, könnte man sagen.

»Gell, da schaust«, freut er sich abschließend, steht auf und bringt seinen Teller rüber zur Spüle. Und im selben Moment fehlen mir direkt die Worte. Obwohl ich ja längst schon einiges gewöhnt bin, was seine diversen Outfits so angeht. Was aber jetzt hier grad unter den Tischbeinen zum Vorschein kommt, das ist einfach unfassbar: Seine Beine stecken in einer Pluderhose in tiefstem Lila, und die Füße, die drunter herausschauen, die stecken in grasgrünen Socken, welche wiederum in Birkenstocks stecken. Und das ist tatsächlich in der Kombination mit diesem Norweger ein echter Anschlag auf die Sehnerven. Der Rudi, der schaut heute echt aus wie ein Arschloch, und das sag ich ihm auch.

»Rudi«, sag ich. »Du schaust heut echt aus wie ein Arschloch.«

»Das mag schon sein, lieber Franz. Aber möglicherweise haben wir hier einen Mord aufzuklären. Und da heißt es für mich in allererster Linie, möglichst inkognito unterwegs zu sein, verstehst. Und wenn man auf einem Esoterikseminar möglichst unauffällig sein möchte, ja, dann braucht man eben ein Auto, wie es da draußen steht, und natürlich auch ein entsprechendes Outfit, gell. Selbst auf die Gefahr hin, dass man dabei hundertmal ausschauen muss wie ein Arschloch.«

Ich verdreh mal die Augen, während er seinen Autoschlüssel aus den Tiefen kurz unterhalb der Knie in seiner Hosentasche fischt.

»Wart kurz«, sag ich noch, weil er sich grad schon von der Oma verabschiedet, die ihm auch ordentlich die Wangen schlenzt. »Nimm das Zimmer Einhundertvier, Rudi. Das ist genau neben dem Zimmer, wo unsere Leiche drin war. Also praktisch der Einhundertdrei. Und es gibt eine Verbindungstür zwischen den beiden.«

»Nicht wahr, oder?«, fragt er mit funkelnden Augen.

»Schon wahr.«

»Saugut«, lacht er noch, klopft mir dabei kurz auf die Schulter, dass seine Elche grad so wackeln, dreht sich dann ab, und schon saust er durch die Tür. »Echt, saugut, Eberhofer!«

Ich geh zur Oma rüber, die dort am Fenster verweilt, und wir schauen ihm noch kurz hinterher. Wie er in seiner lächerlichen Flatterhose, dem winterlichen Grobstrick und seinen depperten Klapperln den Wagen öffnet, drinnen verschwindet und dann die Autotür schließt. *Atme, lache und liebe!* Ja, lieber Rudi, wenn du keinen Vogel hast, wer bitte denn sonst?

»Der hat doch heut ausgeschaut wie ein Volldepp, oder

ist das jetzt modisch?«, fragt mich die Oma, und ich muss grinsen. »Ob der etwa eine neue Freundin hat, vielleicht so eine Hippie-Tusnelda, was meinst, Bub?« Doch der Bub, der zuckt nur kurz schmunzelnd mit den Schultern, gibt der Oma ein Bussi auf die Wange und geht dann in seinen Saustall zurück.

Keine Viertelstunde später, kurz nachdem ich aus der Dusche steig, da läutet mein Telefon, und der Nüters ist dran. Er sagt, da wär grad ein neuer Gast bei ihm am Empfang eingetroffen, der wohl an diesem Esoterikseminar teilnehmen will, und der besteht jetzt unbedingt und ausgerechnet auf dem Zimmer Einhundertvier.

»Verstehe«, sag ich und kann mir den Rudi dabei ganz anschaulich vorstellen.

»Er sagt, er hätte es ...«, sagt der Nüters dann weiter und räuspert sich relativ ausgiebig.

»Ja?«, frag ich nach einer kleinen Pause.

»Ausgependelt, herrje. Ja, er sagt, er hätte die Zimmernummer ausgependelt, Herr Kommissar. Was auch immer das bedeuten mag. Jedenfalls will er ums Verrecken kein anderes haben. Was soll ich denn jetzt machen?«, fragt er, und seiner Stimme ist deutlich anzumerken, dass er den Rudi für plemplem hält.

Er hat es ausgependelt!

Gut, an dieser Stelle muss ich mich dann auch erst einmal kurz räuspern.

»Geht schon klar, Herr Nüters«, sag ich nun aber weiter. »Geben Sie ihm die Einhundertvier, dann hat die arme Seele ihre Ruh, gell. Und wie Sie ja schon gesagt haben, die Einhundertvier, die war ja in der Todesnacht ohnehin nicht belegt.«

»Nein, korrekt, das war sie nicht. Haben Sie denn schon irgendwelche neuen Erkenntnisse, Herr Kommissar?«

»Wir arbeiten quasi mit Hochdruck dran, und Sie sind eh glasklar der Erste, der wo was erfährt, versprochen.«

»Aha. Gut, dann … dann werde ich diesem … diesem Herrn also in Gottes Namen halt die Einhundertvier geben, wenn Sie der Meinung sind, das geht in Ordnung.«

»Ja, machen Sie das«, sag ich noch so, dann häng ich ein.

Er hat es ausgependelt. Großer Gott, wo soll das denn noch enden?

Kaum, dass ich aufgelegt hab, da läutet erneut mein Telefon, und jetzt ist es die Susimaus, die in der Leitung ist. Sie hat gesehen, dass ich gestern einige Male bei ihr angerufen hab, und das freut sie. Sehr sogar.

»Es war belegt, da hab ich's halt ein paarmal probiert«, sag ich.

»Zweiunddreißig Mal, Franz. Alle Achtung«, lacht sie mir in den Hörer.

»Ja, mei. Mir war halt langweilig«, erklär ich, während ich in meine Jeans reinschlüpfe.

»Aha. Da muss dir aber tierisch langweilig gewesen sein.«

»Du sagst es, Schnecke. Nein, im Ernst, ich wollte mit dir über deine Wohnsituation sprechen. Die Oma, die hat da nämlich so eine sonderbare Idee gehabt.«

»Du wolltest mit mir über meine … meine äh, Wohnsituation reden? Und die Oma hat eine sonderbare Idee gehabt?«, fragt sie nun leicht schnippisch.

»Ja, aber warum wiederholst du jetzt alles?«

»Franz, ich rede mit dir nicht über meine Wohnsituation, das tu ich mit meinem Vermieter. Mit meinem Partner, da red ich über ein eventuelles Zusammenleben, verstehst. Und warum macht sich die Oma darüber eigentlich Gedanken? Noch dazu sonderbare? Hat sie vielleicht vorgeschlagen, dass der Paul und ich … dass wir zu euch ziehen sollen?«

»Ja, so was in der Art«, sag ich und bin grad ein bisserl kleinlaut.

»Und das findest du sonderbar, oder was?«

»Nein, gar nicht. Ganz im Gegenteil. Darüber wollte ich eben gestern mit dir reden, weißt.«

»Aha.«

»Genau. Und apropos, wie schaut's denn aus, magst heut Abend mit dem Paul auf einen Sprung vorbeischauen?«

»Vorbeischauen? Mei, ich weiß auch nicht. Was kocht denn die Oma heut Schönes?«

»Keine Ahnung. Was möchtest denn gern?«, frag ich und bereu es auch schon im nächsten Moment. Weil ich haargenau weiß, dass es sicherlich was Mordsgesundes sein wird, was jetzt kommt.

»Mmh, lass mich kurz nachdenken ... vielleicht ein Fenchelrisotto oder einen Rosenkohlauflauf?«

»Du, Susimaus ... die Leit... hör ... spät... Sus...«

Dann häng ich ein.

Freilich aber läutet das blöde Teil keine zwei Wimpernschläge später ein weiteres Mal.

»Du, Schatz«, sag ich gleich ganz ohne Vorspiel. »Du kannst gern zum Schnackseln kommen oder zum Fernsehen. Meinetwegen sprechen wir auch die ganze Nacht über das Zusammenleben. Und Essen gibt's natürlich auch, ganz klar. Aber es gibt keinen Fenchel. Und einen Rosenkohl, den gibt's auch nicht, verstanden? Definitiv nicht.«

»Wenn's keinen Fenchel gibt, dann komm ich auch nicht zum Schnackseln«, tönt's mir jetzt aus dem Hörer. Allerdings ist es dem Rudi seine Stimme und nicht die von der Susi, wo ich grad hör.

»Also gut«, sag ich deshalb grinsenderweise und schlüpf währenddessen in meine Schuh. »Ausnahmsweise Fenchel, Rudi. Aber nur dieses eine Mal.«

»Du bist ein Schatz.«

»Ich weiß. Bist du schon im Zimmer?«

»Grad angekommen. Du, das Bett ist riesig, willst nicht schnell vorbeischaun?«, sagt er noch so, doch im Hintergrund kann ich plötzlich sehr seltsame Geräusche vernehmen.

»Was ist das, Rudi? Was tönt denn da so komisch bei dir?«

»Ach, entschuldige, Franz. Warte, ich geh kurz ins Bad rüber. Besser?«

»Ja, besser, aber …«

»Du, das sind meine Klangschalen, weißt du. Die waren gar nicht billig. Hab zuvor auch nicht gewusst, dass die so laut sind. Aber andererseits ist es ja vielleicht gar nicht schlecht, wenn man es durch die Tür hindurch hört. Wegen meiner Tarnung, verstehst.«

Lieber Gott, schau runter!

»Hast du die Verbindungstür gesehen?«, muss ich hier das Thema wechseln. Und ja, hat er. Und er hat sie bereits auch geöffnet, sagt er. Solch einen Saustall hat er ja schon lang nicht mehr gesehen. Wohl wahr, denk ich mir so. Und, dass ich diese Fotos noch gar nicht ausgewertet hab, die ich von diesem Raum doch neulich gemacht hab. Sollte ich aber demnächst wohl mal tun.

»Du, zur Einhundertdrei, da hat außer dir aber niemand einen Schlüssel, ist das richtig?«, möchte er dann noch wissen. Ja, völlig richtig. Gut, dann muss er mich jetzt auch schon einhängen, sagt er abschließend. Weil er nämlich jetzt Gas geben und auf alle Fälle unbedingt noch heute die Spuren sichern will. Fleißiges Bürschchen, der Rudi.

Und bevor ich dann selber meinen Dienst antrete, da schlag ich noch mal kurz in der Küche auf, um der Oma mitzuteilen, dass die Susi heut Abend herkommen wird. Natürlich freut sie sich drüber und überlegt auch gleich, was Schönes zu kochen. Ja, sag ich noch, prima und meinetwegen muss es gar nicht allzu gesund sein. Dann bin ich weg.

Grad wie ich kurz darauf im Rathaus eintreff und mir erst mal einen feinen Kaffee holen möchte, da macht mir die Jessy jedoch prompt einen Strich durch die Rechnung.

»Da, schau, Franz«, sagt sie und drückt mir einen Zettel in die Hand. »Das da ist die Adresse von einer gewissen Frau Kirchbaumer, die hat jetzt schon ein paarmal hier angerufen. Sie ist wohl irgendwie wahnsinnig genervt von einem ihrer Nachbarn. Die müssen anscheinend eine ganz fürchterliche Beleuchtung dort an ihrem Haus haben, keine Ahnung. Jedenfalls beschwert sie sich halt laufend darüber. Kannst da vielleicht einfach mal kurz hinfahren und nachschauen?«

»Logisch«, sag ich, schenk ihr mein freundlichstes Lächeln und schnapp mir die Notiz aus ihrer Hand. Sich mit der Jessy gut zu stellen, das hat enorme Vorteile, zumindest was meine Person so betrifft. Weil sie das nämlich immer gleich der Susi erzählt. Und sich die Susi dann drüber freut. Und wenn die Susi sich freut, ist sie halt immer wahnsinnig nett zu mir. Drum Zettel nehmen, lächeln und zu dieser blöden Frau Kirchbaumer hinfahren. Das heißt, vorher mach ich noch einen ganz kurzen Zwischenstopp bei unserem Bürgermeister. Wie ich in sein Büro reinkomm, da steht er mit dem Rücken zu mir und wirft Pfeile auf eine Dartscheibe. Einer davon steckt bereits exakt in der Mitte, fünf andere im inneren Kreis. Gar nicht schlecht, muss ich schon sagen.

»Habens wieder einen rechten Stress, Bürgermeister?«, will ich zuerst einmal wissen.

»Mei, haben Sie mich jetzt erschreckt«, sagt er prompt, wie er sich zu mir herdreht, und ich muss grinsen. »Was grinsens jetzt da so blöd, ha, Eberhofer?«

»Nix, wollt auch bloß einmal nachfragen, ob's vielleicht

schon irgendwelche Neuigkeiten gibt, also von drüben? Also vom Heimatwinkel.«

»Und woher soll ich das bitte schön wissen? Bin ich bei der Polizei oder Sie?«

Gut, wo er recht hat, hat er recht. Andererseits hätt es ja leicht sein können, dass er bei seinen täglichen Stammtischbesuchen im Vereinsheim Rot-Weiß auf irgendwelche Informationen gestoßen ist. Denn bekanntermaßen werden ja grad an so Stammtischen oft die wildesten Spekulationen überhaupt durchgehechelt, gell.

»Vereinsheim?«, versuch ich es deshalb also noch mal. Doch er schüttelt den Kopf.

»Da geh ich momentan nimmer hin, Eberhofer. Also genau genommen, seitdem es jedes Mal wieder diese depperten Streitereien gibt.«

»Welche Streitereien genau?«

»Eberhofer, Eberhofer«, sagt er, und seine Stimme klingt beinah verzweifelt. »Alle wissen es. Jeder im ganzen Dorf. Nur Sie … Sie haben wieder überhaupt keinen Schimmer, gell?«

»Bürgermeister!«

»Ja, ja, schon gut. Also losgegangen ist das alles ja schon vor dem Hotelbau. Das wissens doch selber noch, oder? Die einen waren dafür und die andern eben dagegen. Und wie dann diese Dings, also diese Ausschreibungen losgegangen sind und die Aufträge verteilt wurden, ja, da haben halt manche Leut Glück gehabt, und andere haben mit dem Fernrohr ins Gebirge geschaut.«

»Verstehe. Und jetzt gibt es …«

»Exakt«, unterbricht er mich gleich und widmet sich dabei erneut seinen Pfeilen. »Jetzt gibt es eben schon wieder zwei verschiedene Lager, und ich als Bürgermeister, ich werd einen Dreck tun und mich da irgendwie einmischen, gell.«

Und genau in diesem Moment, da klopft es kurz an der Tür und die Jessy schaut rein.

»Mensch, Franz«, sagt sie mit einer ziemlichen Schärfe. »Diese Kuh, also die Kirchbaumer, die hat grad schon wieder angerufen und rumgenörgelt. Ich hab gedacht, du bist längst dort.«

»Bin schon weg«, sag ich noch so und bin sozusagen auch schon unterwegs.

Gleich darauf fahr ich durch die Straße, wo diese Frau Kirchbaumer wohnt, und zwar notgedrungen relativ langsam, weil ich ja auch die richtige Hausnummer finden muss. Es ist eine kleine Siedlung aus der Nachkriegszeit, wo die Häuser winzig sind, die dazugehörigen Obstgärten dafür umso größer, und in fast jedem steht ein Gewächshaus. Und wie ich schließlich am Ziel bin und aus dem Streifenwagen steig, da kommt mir auch schon eine Frau mit einem Rollator entgegen. Sie ist deutlich aus der Vorkriegszeit, wird von einem klitzekleinen, aber stark kläffenden Köter flankiert und gibt sich auch gleich als die beharrliche Anruferin zu erkennen.

»Ja, da sind Sie ja endlich«, ruft sie mir schon entgegen und öffnet ihr Gartentürl. »Das wird aber auch höchste Zeit. Ich ruf ja bereits tagelang an.«

»Jetzt bin ich doch da. Was ist denn Ihr Problem, Frau Kirchbaumer?«, frag ich, während ich auf sie zugeh und dabei versuch, mir den blöden Kläffer von den Haxen zu halten.

»Kommens rein, ich hab Fotos«, sagt sie weiter, wendet sich um und geht vor mir her auf ihre Haustür zu. Schon in der Diele steigt mir ein sehr unangenehmer Geruch in die Nase, so ein scharf-säuerlicher, den ich gar nicht recht zuordnen kann. Aber gut.

»Was für Fotos?«, frag ich, schon einfach, um mich abzulenken.

»Ja, von dieser Nackerten halt. Dieses geschmacklose Trumm, das brennt doch nur in der Nacht, wissens. Von achte bis um elfe. Eine Sauerei ist das, sondergleichen. Aber wenns mich fragen, dann ist das dort drüben ohnehin Sodom und Gomorrha. Vier Kerle wohnen da, solche … ja, solche Studenten, wissens schon. Und zwar mit zwei jungen Mädels. Können Sie sich das vorstellen? So was geht doch nicht, oder. Keine Moral mehr, wohin man auch schaut. Dem Vermieter von diesem Gesindel, ja, dem hab ich eh schon mit einer Anzeige gedroht. Burschi, jetzt sei halt einmal still.«

Aber der Burschi, der ist nicht still. Gleich kriegt er einen Tritt von mir, ich schwör's.

»Aber wegen was genau wollens denn eigentlich eine Anzeige machen?«, frag ich stattdessen, muss mich aber kolossal zusammenreißen, ihn nicht wirklich wegzukicken.

»Ja, wegen Unzucht halt«, sagt sie, während sie ihre Brille aufsetzt, die oberste Schublade ihrer Kommode öffnet und einen ganzen Packen Fotos daraus hervorholt. »Oder wegen Erregung öffentlichen Ärgernisses, oder wie immer man das auch nennt. Sie müssen das doch viel besser wissen.«

»Ja, ja, Erregung öffentlichen Ärgernisses, das gibt's freilich schon, Frau Kirchbaumer«, erklär ich und werf dann einen Blick auf die ersten Bilder, die sie mir grad in die Hände drückt. Eine Leuchtreklame ist da drauf. Genauer eine kniende Frau oder eine Art Pin-up-Girl in Menschengröße und mit der Botschaft »OPEN!«. Farbig beleuchtet und ja, tatsächlich ziemlich unbekleidet für meine Begriffe. Sieht man mal von dem winzigen knallroten Bikini mit den silbernen Bömmelchen ab. Sie hat einen Kussmund und ein zwinkerndes Auge, wehende Haare und relativ üppige Brüste. Aber irgendwie ist sie trotzdem ganz drollig, wirklich. Ich kann fast gar nicht mehr wegschauen, während der Kläffer zu meinen Füßen versucht, mein Hosenbein zu fassen zu kriegen.

»Ich hab alles fotografiert, schon seit Jahren. Und, was sagen Sie dazu?«, reißt mich die mürrische Rentnerin aus meinen Betrachtungen heraus.

»Von acht bis elf, sagen Sie?«, frag ich und widme mich dabei den weiteren Bildern.

»Genau. Von achte bis elfe an jedem einzelnen Tag. Auch am Sonntag.«

»Auch am Sonntag, soso. Aber schauns einmal, Frau Kirchbaumer, auf den anderen Fotos hier … diese ganzen jungen Menschen, die da drauf sind, das sind doch Ihre Nachbarn, nicht wahr?«

»Ja, ja, genau das sind sie. Das ist diese sittenlose Bagage von da drüben«, nickt sie ganz verbissen.

»Aha. Also auch dieses Foto hier beim Grillen, dort beim Rasenmähen, beim Federballspielen und hier eins sogar beim Sonnenbaden …«

»Ja, ja, genau, schauns nur gut hin, Herr Kommissar. Sehens das? Da ist ja fast kein Stoff nicht dran an diesem winzigen Fetzen! Hab ich's Ihnen nicht gesagt, Sodom und …«

»Gomorrha, ich weiß«, sag ich und begeb mich zu dieser Kommode. Greife einige Male wahllos hinein, und tatsächlich, es sind ausschließlich Bilder von Menschen, die wohl keinerlei Ahnung hatten, dass sie grad als Modell herhalten müssen.

»Diese Fotos, Frau Kirchbaumer, die sind momentan erst mal beschlagnahmt«, sag ich noch so, dann geh ich samt meinem aktuellen Stapel an ihr vorbei und zurück Richtung Haustür. Durch den Vorgarten hindurch und über die Straße hinüber. Dort läut ich dann und hoffe inständig, nun jemanden anzutreffen.

»Ja?«, fragt ein junger Mann ein paar Augenblicke später. Er trägt T-Shirt und Boxershorts, Flip-Flops und schulterlange Haare.

»Kann ich kurz reinkommen?«, frag ich zurück und zeig ihm dabei meinen Dienstausweis. Und kurz darauf hocken wir auch schon mitten in einer Art Wohnzimmer auf einer Biergarnitur, und er geht den Stapel Bilder durch, den ich ihm grad überreicht hab. Ein Mädchen im Bademantel stößt jetzt zu uns und rubbelt sich ihre Haare mit einem Handtuch trocken. Sie grüßt mich flüchtig, und dann wirft auch sie einen interessierten Blick über die Schulter ihres Mitbewohners hinweg und somit exakt auf die Bilder.

»Das … das bin ja ich! Wer hat die …«, sagt sie umgehend und hört prompt auf, ihr Haar zu rubbeln. Stattdessen nimmt sie nun ebenfalls Platz und betrachtet eine Aufnahme nach der anderen, und zwar zunehmend fassungsloser. »Woher sind die denn, verdammt? Und wer zum Teufel macht so etwas?«, überlegt sie kurz, dann aber fällt ihr wohl die fotografische Perspektive ins Auge. »Die Kirchbaumer?«, ruft sie schließlich und starrt mich an.

»Ja, Herrschaften«, sag ich, sammle die Bilder wieder ein und steh auf. »Ich bin einfach der Meinung, dass ihr darüber Bescheid wissen sollt. Also bitte keinerlei hemmungslose Orgien im Vorgarten mehr feiern, gell.«

»Großer Gott, was denken Sie denn?«, entfährt es jetzt dem jungen Mann, und sein Tonfall verrät mir, er ist tatsächlich geschockt.

»Das war ein Scherz, entspann dich«, kann ich ihn aber gleich wieder beruhigen. Wir gehen durch die Haustür nach draußen, und nun fällt mir die kleine Nackedine wieder ein, die nun plötzlich vor uns steht.

»Sag mal, wo hast du die denn her?«, muss ich hier noch fragen. Er grinst.

»Haben mir ein paar Spezln zum Abi geschenkt. Ist aus Las Vegas. Warum? Gefällt sie Ihnen?«

»Absolut, die hat was.«

»Dann gehört sie jetzt Ihnen. Mir hat sie bisher echt nur Ärger eingebracht. Die Mädchen finden sie sowieso nur scheiße und assi.«

»Echt?«, frag ich.

»Echt!«, grinst er mir her und zieht auch schon den Stecker.

»Lasst die Alte da drüben in Ruhe, okay? Keine Rachegelüste, verstanden?«

»Nein, schon klar«, sagt der junge Mann, und sein Blick schweift zum Haus der niederträchtigen Nachbarin. »Aber ausgerechnet die Kirchbaumer, wo uns ihr blöder Köter doch ständig in den Vorgarten scheißt, wir den Dreck wegmachen und noch nie ein Wort drüber gesagt haben.«

»Probiert es doch einfach mal mit einer Wasserpistole. Da gibt's echt geile Teile, die haben einen brutalen Strahl drauf«, schlag ich noch so vor.

»Für den Hund oder eher das Frauchen?«, fragt er grinsend.

»Da will ich mich echt nicht einmischen«, grins ich zurück.

Dann bedank ich mich freundlich, verstau meine Beute im Streifenwagen und geh zurück zu unserer Denunziantin.

»Haben Sie denen das unappetitliche Teil weggenommen, so ist es recht«, hechelt sie mir schon im Hausgang entgegen. Und der Scheißkläffer knurrt mich an.

»Nein«, sag ich und verleih ihm dabei einen ganz kleinen Spitz. Jetzt winselt er. »Die Herrschaften da drüben waren vielmehr so freundlich und haben mir das gute Stück überlassen. Ich finde sie nämlich witzig und sexy. Mich freut das sehr, und Sie, Frau Kirchbaumer, Sie sind sie los. Also kein Grund mehr, sich weiter aufzuregen, gell.«

»Großer Gott, Sie sind ja auch einer von diesen Perversen«, zischt die alte Schabracke dann, und ihr kleiner Scheißer geht ein weiteres Mal auf Angriff über. Dieses Mal aber kriegt er einen Spitz von mir, dass er übern Teppich segelt und wohl vor Schreck eine Pfütze dort platziert.

»Burschi«, sagt die Kirchbaumer jetzt wehleidig. »Das macht man doch nicht.«

Und plötzlich kann ich diesen üblen Geruch auch eindeutig zuordnen.

»Wo ist Ihre Spüle?«, frag ich letztendlich und zieh dabei die Schublade aus dieser Kommode.

»In der Küche, gleich links. Aber warum?«, hör ich sie grad noch, da bin ich schon unterwegs. Kippe all diese Bilder in die Spüle, schnapp mein Feuerzeug und zünde sie an. Bis die Frau Kirchbaumer bei mir anrollt, da brennt schon alles lichterloh.

»Aber Sie können doch nicht einfach meine ganzen Bilder verbrennen«, schreit sie verzweifelt.

»Da haben Sie freilich recht, Gnädigste. Entschuldigung«, entgegne ich artig und dreh dabei den Wasserhahn auf. Es zischt kurz und qualmt, und all die Fotos verschmelzen zu einem einzigen Brei.

»Das haben Sie mir mit Absicht gemacht«, kann ich sie noch keifen hören. »Burschi, schau, das hat er mir mit Absicht gemacht.«

Kapitel 10

Die Oma macht uns dann abends Krautwickerl mit Kartoffelstampf und Endivie, was quasi eine geschickte Gratwanderung ist zwischen großartig und gesund. Und besonders das Paulchen hat seine fette Freude daran. Die Kartoffeln mit dieser herzhaften Soße zerbazt, das lässt sein winziges Goscherl nämlich schmatzen und schmatzen. Und wenn die Susi grad mal eine kurze Pause einlegt, um selbst einen Happen abzukriegen, da hüpft er auch schon voller Ungeduld in seinem Hochstuhl herum, schreit »Toffi, Toffi!«, was ich mal mit Kartoffel übersetzen würde, und wird feuerrot im ganzen Gesicht. Aber selbstverständlich füttert die Oma dann gleich weiter, und seine kleine Welt ist wieder in Ordnung und auch der Bauch langsam voll. Hinterher helf ich der Oma beim Abwasch, und die Susi bringt derweil unseren Scheißer ins Bett.

»Gehts doch noch ein bisserl fort miteinander«, schlägt die Oma so vor, während sie die Teller verräumt. »Weil, die Susi, die muss auch einmal raus, weißt, Bub.«

»Meinst?«, frag ich und betrachte dabei dieses alte Mädchen dort vor dem Küchenbüfett, wie sie sich auf die Zehenspitzen stellen muss, um unser Geschirr wegzupacken.

»Was soll die Oma denn meinen?«, will die Susi gleich wissen, wie sie vom Obergeschoss hinunter und in die Küche zurückkommt.

»Die Oma, die meint, wir sollten heut einmal ein bisserl um die Häuser ziehen, was sagst du dazu?«

»Um welche Häuser genau? Um das vom Wolfi vielleicht?«, hakt sie nach und klingt durchaus nicht sehr begeistert dabei.

»Ja, warum auch nicht?«, frag ich, geh auf sie zu und umarm ihre Hüften. Sie legt den Kopf schief in den Nacken und macht Kulleraugen. Also praktisch diese Art von Augen, wo man genau weiß, was jetzt kommt und so schlecht nein sagen kann, verstehst.

»Wir könnten doch aber auch ein bisschen in den Heimatwinkel rübergehen«, sagt sie währenddessen. »Die sollen da eine ganz tolle Bar haben mit allen möglichen Cocktails und so. Wär das nix, mein Prinz?«

Mein Prinz! Jetzt haben wir den Salat.

Gut, wie also rauskommen aus dieser Nummer?

»Du, Susimaus«, flüstere ich ihr also ins Ohr. »Das ist jetzt grad ganz, ganz schlecht. Weil im Heimatwinkel, da bin ich nämlich momentan grad dienstlich schwer unterwegs, weißt. Noch dazu auf oberster Geheimhaltungsstufe sozusagen. Und drum kann ich dort privat derzeit nicht aufschlagen. So gern ich mit dir auch alle Cocktails dieser Welt ausprobieren würde, geht das im Augenblick leider nicht. Aber sonst freilich jederzeit gern, das weißt du ja eh.«

Ihr Kopf ist immer noch schief, aber die Augen, die kullern nicht mehr. Stattdessen sind sie nun eher schlitzig und erinnern mich somit ganz stark an dem Leopold seine Mädchen. Also praktisch an seine wunderbare Gattin, die Panida, und meine süße, kleine Nichte, die Sushi. Wobei der Gesichtsausdruck von der Susi jetzt ehrlich gesagt weder wunderbar noch süß ist. Aber wurst.

»Geht's halt ein bisserl in den Heimatwinkel rüber«, tönt nun auch noch die Oma, die plötzlich genau zwischen uns steht und zu uns raufschaut. »Da soll's recht griabig sein dort in dieser Bar, und die haben da auch lauter so exotisches Zeugs zum Saufen, hab ich gehört.« Dann schlenzt sie mir noch kurz die Wange, bindet ihre Schürze ab, hängt sie an den Haken und verabschiedet sich für die Nacht. »Also doch zum Wolfi«, murmelt die Susi im Anschluss, und ihre Enttäuschung ist unüberhörbar.

»Mei, so leid's mir auch tut, aber der Job geht vor, Susimaus«, zuck ich überzeugend mit den Schultern, und kurz darauf sind wir auch schon unterwegs.

Glücklicherweise ist der Simmerl heut wenigstens mit seiner dicken Gisela da. Und somit ist die Susi auch prompt beschäftigt. Weil sich die zwei Mädels, nachdem sie sich herzlich begrüßen, gleich an einen der hinteren Tische zurückziehen. Und kurz darauf bereits intensivst am Ratschen und Kichern sind. Außer dem Metzgerpaar sind wir zwei Hübschen heut übrigens die einzigen Gäste hier, was jedoch seit der Hoteleröffnung keine große Ausnahme ist. Der Wolfi, der steht hinter seinem Tresen wie eh, hört auch gleich auf, seine dämlichen Gläser zu polieren, und zapft stattdessen hurtig mein Bier.

»Einen Prosecco wie immer?«, ruft er dabei nach hinten zur Susi.

»Du, Wolfi«, will sie nun aber erst einmal wissen und kommt noch mal kurz zu uns nach vorn. »Hast denn nicht einmal was anderes? Irgendwas Süffiges, weißt. Eine Art Cocktail vielleicht. Einen Aperol sprizz zum Beispiel. Oder einen Hugo.«

»Meine Tante Rike, die war mit einem Hugo verheiratet. In zweiter Ehe«, sagt der Wolfi relativ stoisch und poliert auch schon wieder. »Aber süffig war der nicht. Der war eher versoffen.«

»Also nicht?«, sagt die Susi mehr zu sich selbst, und der Wolfi schüttelt den Kopf.

»Prosecco?«

»Prosecco«, bestätigt sie dann eher resigniert und begibt sich zur Gisela zurück. Aus seinem Kühlschrank heraus fischt der Wolfi dann eine grüne Flasche hervor, wo ein Silberlöffel im Hals steckt, entfernt diesen kurzfristig und gießt ein Sektglas randvoll. Das bringt er anschließend nach hinten, platziert es auf dem Tisch und wünscht freundlich zum Wohl. Die Mädels prosten uns zu, und der Simmerl und ich, wir prosten artig zurück.

Im selben Moment geht die Tür auf, und der Flötzinger kommt rein. Streift seinen dunkelblauen Anorak ab und hängt ihn äußert akkurat an einen Kleiderhaken dort an der Wand. Und nachdem er seine angelaufene Brille aufs Gründlichste geputzt hat, wirft er einen raschen Blick durch den Raum und reibt sich grinsend die Hände.

»Ach, Gott«, sagt er und setzt sich genau zwischen den Simmerl und mich. »Wenn ich gewusst hätte, dass heut Pärchenabend ist, dann hätt ich doch freilich auch meine Mary mitgebracht.« Der Wolfi stellt ihm ein Bier vor die Nase, das er nickend in Empfang nimmt und auch gleich aktiviert.

»Flötzinger«, knurrt dann der Simmerl, ohne jedoch den Blick von seinem Bierglas zu nehmen. »Das hier ist kein Pärchenabend, verstanden. Meine Alte und ich, wir sind nur hier, weil wir uns daheim sonst die Schädeldecken einschlagen. Und was die andern zwei hier eigentlich machen, das ist mir echt scheißegal.«

Huihuihui!

»Huihuihui«, grinst der Flötzinger jetzt nach hinten zu den Mädels. »Warst vielleicht recht garstig zu deinem Göttergatten, liebe Gisela?«

»Kümmerst dich recht schön um deinen eigenen Müll, lieber Flötzinger. Davon gibt's ja wohl eh jede Menge, gell«, kommt es prompt retour.

»Eine Stimmung ist das da herinnen«, sag ich jetzt mehr so zum Wolfi.

»Wenn dir was nicht passt, dann kannst ja in den Heimatwinkel rübergehen«, erhalt ich als Antwort. Ja, herzlichen Dank auch. Aus der Mädchenecke erklingt jetzt schrilles Gelächter. Vermutlich geht es um uns.

»Über wen von uns vieren lacht ihr denn grad, wenn man mal fragen darf?«, will ich deswegen wissen.

»Unfassbar, wirklich«, tönt nun die Gisela postwendend durchs ganze Lokal. »Denkt ihr eigentlich, es geht immer nur um euch Männer, oder was? Bei jedem Satz, bei jedem Lacher und bei jedem Schoaß, den wir je lassen, da geht's immer und ausschließlich um euch Typen? Weißt du was, Eberhofer? Weißt du, was echt euer Problem ist? Eure einzigartige und grenzenlose Selbstüberschätzung, ja, das ist es!«

»Eine Stimmung ist das da herinnen«, sag ich jetzt wieder, aber diesmal eher zu mir selbst als zu sonst irgendjemandem.

Die Simmerls, die haben bald Silberhochzeit. Der Max ist groß und aus dem Haus, und die Metzgerei läuft, wie sie es schon bei den Vorfahren getan hat. Nämlich gut. Eigentlich alles paletti, könnte man da doch wohl meinen, oder etwa nicht? Und jetzt hocken die beiden hier beim Wolfi umeinander, gemeinsam und doch einsam. Und das nur, weil sie sich ansonsten zu Haus an die Gurgel gehen würden. Echt prima. In solchen Momenten, da weiß ich dann wieder ziemlich genau, warum ich noch immer nicht verheiratet bin. So gern ich meine Susi auch mag.

Der Flötzinger ist es, der mich dann aus meinen Gedanken reißt, einfach weil er ein neues Bier bestellt. Und jetzt wird's, kriminalistisch gesehen, echt interessant. Also nicht etwa wegen dem Bier, das nicht. Aber auf meine Nachfrage hin, warum er denn eigentlich hier beim Wolfi abhängt und nicht im Hotel drüben, wo er ja in jüngster Zeit den großen Reibach gemacht hat, da schaut er mich nämlich erst einmal an wie ein Ölgötz. Nein, nein, sagt er dann und schüttelt vehement seinen Kopf. Vom großen Reibach, da kann überhaupt keine Rede nicht sein. Nicht die geringste. Ganz im Gegenteil. Diese ganze Hotel-Bagage, die hätte sich ohnehin kaum an die abgesprochenen Aufträge gehalten. Zuerst, da hätt es ja noch geheißen, die Firma Flötzinger, die kriegt die gesamte Komplettorder. Eben alles, was Gas, Wasser und Heizung so hergibt. Aber weit gefehlt. Nach einer gründlichen Begehung seines Betriebes, da wurden dann nämlich blitzartig ganz neue Regeln aufgestellt. Zu klein, hat es da auf einmal geheißen. Und von einer totalen Überforderung wurde urplötzlich gesprochen. Und, dass der Heimatwinkel schließlich und endlich einen fixen Eröffnungstermin hätte, der ums Verrecken einzuhalten sein muss. Da könne man kein Risiko eingehen und aus. Und von heute auf morgen ist einfach ein großer Konzern in Landshut drinnen beauftragt worden, der sich natürlich prompt den ganzen Wellnessbereich unter den Nagel gerissen hat sowie die gesamte Heizungsanlage.

»Für mich, da sind dann nur noch die Bäder übrig geblieben und die verdammten Scheißhäuser«, sagt er abschließend und nimmt einen riesigen Schluck Bier. »Und das, obwohl ich denen auf das Leben meiner Frau, also von der Mary, hoch und heilig versichert hab, dass ich das alles schaff. Ich hab mir ja sogar noch zwei Polen geholt. Völlig fürn Arsch. Machst mir noch eine Halbe, Wolfi.«

»Auf das Leben seiner Frau, da sollte man lieber eh nix versichern«, muss ich hier einwenden.

»Geh, hör doch auf«, entgegnet der Pfuscher mit einer wegwerfenden Handbewegung.

»Aber jetzt sei doch mal ehrlich, Flötzinger, eine Riesensache wär das schon gewesen«, muss nun auch unser Metzger seinen Senf dazugeben, während der Wirt ein neues Bier auf den Tresen stellt. »Ich hab mich nämlich, ganz deutlich gesagt, schon immer wieder gefragt, wie du das eigentlich alles schaffen willst.«

»Das hätt'st mal meine Sorge sein lassen Simmerl. Schließlich misch ich mich ja auch nicht in deinen Leberkäs ein, oder?«

»Mensch, apropos Leberkäs«, ruft nun die Gisela wieder nach vorn. »Hast du vielleicht noch ein paar Leberkässemmeln im Angebot, Wolfi?«

»Nix«, ruft er retour.

»Chips?«

»Nein!«

»Jetzt mach nicht so ein Theater da hinten, Weib«, brummt nun der Gatte über seine Schulter hinweg. »Schließlich hast ja wohl wirklich genug, von dem du zehren kannst, oder etwa nicht?«

»Halt bloß lieber dein Maul, Simmerl«, tönt es prompt zurück und klingt dabei so gar nicht freundlich. »Weil's mich sonst nämlich langsam, aber sicher zerreißt. Und wenn's mich zerreißt, mein Freund, dann gibt's eine Riesensauerei! Das darfst du mir glauben.«

»Ein paar Salzstangerl hätt ich womöglich noch«, kommt nun ein Vorschlag vom Wirt, während er in einem Schubfach fummelt.

»Her damit«, rufen beide Mädels, und schon zerrt er ein Päckchen hervor und eilt damit durchs Lokal.

»Sag einmal, Flötzinger«, muss ich hier noch mal nachhaken. »Wer war denn eigentlich verantwortlich für die Verteilung dieser ganzen Aufträge?«

»Mei, im Grunde waren die zu zweit. Zum einen war da

dieser Grenzbach, also der Hotelier selber, der ja kurz vor der Eröffnung …«

»Ja, ja, ich weiß. Den Löffel abgegeben hat. Und der Zweite?«

»Der Zweite, das war ein gewisser Degen. Das war wohl der, der das Mikro in der Hand gehabt hat. Den hab ich ja auch nur ein einziges Mal gesehen, eben bei dieser unerfreulichen Begehung in meinem Betrieb. Aber warum fragst?«

»Flötzinger«, sag ich jetzt und schau ihn dabei direkt an, so gut das halt überhaupt möglich ist, wenn man Arschbacke an Arschbacke hockt. »Flötzinger, dieser Degen, der wurde tot in einer von deinen depperten Badewannen aufgefunden, verstehst. Und wenn wir mal einfach davon ausgehen, dass es ein Mord war, mein Freund, dann bist du jetzt ein Tatverdächtiger. Ist dir das klar?«

»Der Tote in der Wanne, das … das war der Degen? Nicht wahr, oder?«, fragt er nun nach und klingt durchaus verwundert.

»Korrekt. Also!«

»Ja, hast du jetzt eine Meise, oder was? Warum soll ich ein Tatverdächtiger sein? Nur, weil ich diesen Auftrag nicht abgekriegt hab, oder was? Das ist ja wohl lächerlich.«

»Dann muss ich aber auch ein Tatverdächtiger sein, Eberhofer«, knurrt plötzlich der Simmerl in sein Bierglas.

»Ja, genau«, stimmt ihm der Flötzinger auch umgehend zu. »Weil der Simmerl, der hat nämlich sein ganzes Fleisch- und Wurstsortiment dort auch nicht unterbringen können. Weil diese Schickimicki-Hoteldeppen, die wollen nämlich alles nur Bio, verstehst. Diese blöden Arschlöcher, diese blöden.«

Die Mädchen hinten, die knabbern mittlerweile voll Inbrunst an ihren Salzstangerln, und offensichtlich schauen sie dabei auch noch Fotos an. Und ich vermut mal stark, es sind welche von unserem Paulchen. Einfach, weil ständig nur noch Wörter wie »süß« und »putzig« fallen.

»Du kannst mich ja verhaften«, keift nun der Gas-Wasser-Heizungspfuscher weiter und hält dabei dem Wolfi sein erneut leeres Glas entgegen.

»Mich auch«, pflichtet augenblicklich unser Metzger bei. »Ja, verhafte mich, Eberhofer. Bitte, tu mir den Gefallen! Und erlös mich endlich aus meinem Elend. Eine Gefängniszelle, das wär wunderbar! Drei feste Mahlzeiten am Tag, ein Fernseher, wo ich hin- und herschalten kann, und ein paar Frauenmörder um mich herum. Das passt. Ja, das Paradies hat endlich wieder einen Namen für mich.«

Er hat seine Wünsche noch kaum zu Ende formuliert, da eilt ihm auch schon seine Gattin entgegen. Genau genommen kann ich kaum glauben, dass sie mit ihrem Umfang so ein irres Tempo an den Tag legen kann, aber sie kann. Und der Flötzinger, der legt schon mal mitfühlend seine Hand auf die Simmerl'sche Schulter.

»Du Arsch, du mieser!«, faucht die Gisela jetzt, und beinah hab ich den Eindruck, ihr schäumt direkt der Mund. Weiter aber kommt sie auch gar nicht, weil dann nämlich blitzartig die Tür aufgerissen wird und die Mary erscheint. Der Richtigkeit halber muss vielleicht betont werden, dass sie die Jüngste auf ihrem Arm hält, welche weint und sich die roten Äuglein reibt. Die zwei größeren Fexer, die sind direkt dahinter, also quasi im Kielwasser von ihrer Mutter, und schauen müde aus ihrer Wäsche heraus. Einen kurzen Moment lang hätte man einen Zebrafinken atmen hören können.

»Ignatz, ich möchte das nicht mehr«, sagt dann die Mary sehr leise, wenn auch unglaublich eindringlich, und ihr britischer Akzent sorgt für den Rest. Der Flötzinger, der rutscht jetzt wie in Zeitlupe von seinem Hocker herunter und starrt sie nur fassungslos an.

»Was denn? Was möchtest du nicht mehr, Mary?«, fragt er fast tonlos.

»Well, du … du bist entweder bei arbeiten oder du bist bei feiern. Sonst nothing. Und ich bin nicht nur ein allein ziehende Mutter, sondern auch ein sehr lonely Frau, verstehst du. I am lonely and I hate that, you know. Und nun ich hab alles hier satt und geh back nach England.«

»Hähä, das kannst du doch nicht machen.«

»Ja, ich kann machen, Ignatz. Hier … hier are the keys. Say good bye to Daddy.«

»Good bye, Daddy«, sagen die zwei Größeren traurig, und die Kleine weint.

Die Mary drückt ihm noch einen Schlüsselbund in die Hand und ist dann auch genauso schnell wieder verschwunden, wie sie grad erschienen ist.

Eine Weile lang kann keiner von uns so recht reagieren. Der Flötzinger selbst ist es dann, der es zuerst tut, plötzlich diese blöde Tür wieder aufreißt und nach draußen stürmt. Aber es ist schon zu spät. Es sind nur noch die Rücklichter eines abfahrenden Taxis, die er zu sehen kriegt. Und so laut er auch wieder und wieder hinterherbrüllen mag, es kehrt einfach nicht um.

»Ha!«, sagt er schließlich, wie er zurückkommt, und schlägt mit der flachen Hand auf den Tresen. »Die beruhigt sich schon wieder, die blöde Kuh. Was glaubt die eigentlich, wer diese ganze Kohle ranschafft für die ganzen fünf Mäuler. Der Heilige Geist, oder was? Machst mir noch ein Bier, Wolfi.«

Aber der Wolfi, der macht kein Bier mehr. Der schaut ihn nur an, und seine Augen sprühen Funken.

»Was?«, schreit der Flötzinger vielleicht eine kleine Spur zu aggressiv. Eine Antwort will eh keine kommen, weil wir vermutlich im Moment alle miteinander ziemlich schockiert sind. Die Gisela, die ist wohl die Erste, die wieder funktioniert. Jedenfalls hakt sie auf einmal einfach ihren Simmerl unter, der dies auch tatsächlich geschehen lässt und dem Wolfi bloß noch schnell zwei Scheine über die Theke schiebt. Dann verlassen die beiden Seite an Seite diese echt angespannte Lage hier. Auch die Susi und ich, wir brechen langsam hier ab und gehen anschließend und zugegebenermaßen engumschlungen nach Haus.

»Die Mary, das ist eine ganz arme Sau«, sagt sie schon nach ein paar Schritten und mit ihrem Kopf an meiner Schulter.

»Ja«, muss ich hier beipflichten und geb ihr ein Bussi auf die Schläfe. »Aber der Simmerl schon auch.«

»Komisch, einmal ist er der Idiot, der eine Beziehung an die Wand fährt, und einmal ist sie es.«

»Ich weiß nicht, Susimaus. Sind nicht immer zwei schuld, wenn's den Bach runtergeht?«, frag ich noch so. Doch wahrscheinlich hängt auch sie jetzt ihren eigenen Gedanken irgendwie nach, grad was so ein Eheleben betrifft, wer weiß. Ich jedenfalls tu es schon. Daheim angekommen aber schieben wir zwei dann noch eine Nummer, von der die Herren Simmerl und Flötzinger noch nicht einmal zu träumen wagen. Jede Wette. Und somit ist obendrein die nervige Sache mit der Wohnsituation wenigstens für heute vom Tisch.

Kapitel 11

Kaum, dass ich am nächsten Morgen in meinem Büro eintreff, da stürmt auch schon der Bürgermeister zur Tür rein und versprüht gute Laune. Und um Uhrzeiten wie diese, da geht mir so was ganz gehörig auf die Eier, keine Frage. Er hätte aktuell einen wahnsinnig wichtigen Einsatz für mich und will wissen, ob ich denn meine Uniform griffbereit hab, und auch, ob ich froher Dinge bin. Hat der einen Vogel, oder was? Ja, sagt er weiter und reibt dabei seine Hände, während ein echt sonderbares Schmunzeln sein Gesicht beinah entstellt. Heut ist doch unser allererster Niederkaltenkirchner Faschingsumzug, also ein Gaudiwurm vom Allerfeinsten, und da will er natürlich nichts dem Zufall überlassen. Und zwar rein gar nichts. Immerhin würde ja jeweils komplett der Kindergarten mitmachen sowie die Grundschule, und sogar die NKK Reiterfreunde e. V. wären dabei. Der Gartenbauverein, unser Seniorentreff samt Rollatoren, und obendrein würde extra ein DJ aus Landshut anreisen, um für die musikalische Untermalung zu sorgen. Da kann man mal wieder sehen, was so ein winziges Nest, wie wir es sind, alles auf die Beine stellen kann, gell.

Klar, auf diesen dämlichen Umzug, da hätt ich auch mal selbst drauf kommen können. Weil immerhin backt die Oma schon seit gestern früh Krapfen, dass die Speis schon bald aus allen Nähten bricht. Und die Susi, die ist auch schon so wahnsinnig gespannt drauf, was denn das Paulchen für Augen machen wird bei all dem Trubel und Tralala.

»Ja, prima«, sag ich und nippe an meinem Kaffee. »Hört sich doch alles ganz wunderbar an. Aber was bitte schön hab ich damit zu tun?«

»›Was hab ich damit zu tun‹ … Eberhofer, Sie sind ja gut. Sie müssen natürlich die Straße absperren, was ist das für eine Frage. Immerhin muss dieser Umzug, ja, der muss doch völlig ungehindert und vor allen Dingen sicher durchs Dorf passieren können. Nicht, dass da am Ende womöglich noch ein auswärtiger Autofahrer kommt, und rumms, gibt's ein paar Tote. Herrschaftszeiten!«

»Sagens einmal, Bürgermeister, jetzt, wo Niederkaltenkirchen ja quasi so zweigeteilt ist, also rein zwischenmenschlich gesehen, wie muss ich mir da so einen harmonischen Gaudiwurm denn eigentlich vorstellen? Sind dann die einen als Indianer verkleidet und stehen auf der rechten Bürgersteigseite, und die Rivalen davon sind die Cowboys und stehen auf der linken? Und Sie selber, Bürgermeister, was tun Sie denn? Verkleiden Sie sich als Friedenspfeife und stehen in der Mitte, oder was?«

»Papperlapapp! Das sehen Sie völlig verkehrt, Eberhofer. Sie müssen das vielmehr als Dings betrachten. Also als eine Art Chance genau genommen. Dieser Umzug heute, das ist DIE Chance, wo unser wunderbares Dorf wieder vereint werden kann, verstehens. Und was wär da bitte schön besser geeignet als viele kostümierte Menschen jeglichen Alters in ausgelassener Stimmung und guter Laune bei Tanz und Musik?«

»Kann es vielleicht sein, dass Sie mich gar nicht dazu brauchen, um irgendwelche Straßen abzusperren?«

»Sondern?«

»Sondern viel eher als Veranstaltungsschutz. Also quasi mehr, um mögliche Streitereien unter Ihrer entzweiten Mitbürgerschaft gleich im Keim zu ersticken?«

»Herrschaftszeiten, Sie sind Polizist, Eberhofer. Es ist einfach Ihre verdammte Pflicht, unsere Bevölkerung auf jede erdenkliche Art und Weise zu schützen. Die Sicherheit unserer Bevölkerung hat oberste Priorität und wird sie immer haben, 'zefix. Und um Ihre blöde Frage zu beantworten, ja, auch für den Fall, dass es tatsächlich unerwarteterweise zu irgendwelchen Meinungsverschiedenheiten kommen würde, brauch ich Sie dort vor Ort.«

Ja, war klar.

Doch bevor ich darauf überhaupt noch antworten kann, da läutet zum Glück auch schon mein Telefon, und der Günter ist dran. Und ja, sagt er nach dem obligatorischen Blablabla, Fakt ist jedenfalls definitiv, dass es sich bei unserer aktuellen Leiche eindeutig und hundertprozentig um ein astreines Tötungsdelikt handelt.

»Bingo!«, sag ich knapp und nehm erst mal meine Füße vom Schreibtisch. »Bin schon unterwegs und somit gleich da.«

»Du musst nicht extra herkommen, Franz. Ich kann dir die ganze Sache auch schnell am Tel…«, kann ich ihn grad noch hören, dann leg ich auf.

»Mord!«, lass ich unseren Ortsvorsteher noch schnell wissen, während ich in meine Jacke schlüpf, und versuch, dabei einen möglichst betroffenen Eindruck zu machen. »Und der muss umgehend aufgeklärt werden, Bürgermeister. Schließlich hat die Sicherheit unserer Mitbürger …«

»Ja, ja, ist schon recht, Hanswurst, blöder«, unterbricht er mich aber gleich ruppig.

»Obacht!«, sag ich und mein es durchaus nicht spaßig. Dann eil ich zur Tür.

»Ja, Scheißdreck, herzlichen Dank auch! Und wer sperrt uns denn jetzt die Dings ab? Also die verdammte Straße, ha?«, ruft er mir noch hinterher. Und so dreh ich halt noch kurz um, hol einige der rot-weißen Absperrbänder aus meinem Schrank hervor, genau genommen sind es acht, und drück ihm diese dann in die Arme.

»Damit, Bürgermeister, damit könnens ganz Niederbayern absperren. Garantiert«, sag ich noch so, und schon bin ich weg.

Auf der Fahrt nach München rein, da kann ich problemlos noch einige anstehende Telefonate erledigen, und so informier ich also den werten Richter Moratschek über den neuesten Stand der Erkenntnisse. Und auch den Rudi. Zweiterer ist wenig überrascht, weil ihm nämlich sein privatdetektivisches Spürnäschen schon längst glasklar erschnüffelt hat, dass es sich hierbei ganz eindeutig um einen Mord handeln muss. Wahrscheinlich hat er's ausgependelt. Der Richter dagegen ist sowohl verblüfft, aber gut, das war er ja schon öfters, was meine diversen Fälle so betrifft. Zum anderen aber ist er auch ziemlich erleichtert, wie er mich noch kurz wissen lässt. Weil in den vergangenen Tagen, da hat er schon ein bisserl seine richterlichen Hosen voll gehabt. Grad was unseren unorthodoxen Leichentransport so betrifft.

»Wenn da was aufgeflogen wär, Eberhofer! Nicht auszudenken«, sagt er, und ich kann deutlich vernehmen, dass seine Nasenflügel wieder einmal schwer in Mitleidenschaft gezogen sind.

»Ist aber nix aufgeflogen, Richter«, kann ich ihn hier gleich beruhigen. »Ich bin jetzt jedenfalls auf dem Weg nach München in die Pathologie. Mal schauen, was die genaue Todesursache denn eigentlich so war.«

»Gleich bis nach München rein? Das zahlt alles der Steuerzahler, wissens schon, gell. Könnens denn das nicht einfach telefonisch erfragen?«

»Nein, kann ich nicht, Moratschek. Ich ermittle jetzt in einem Mordfall, und da muss alles ganz exakt sein, und man kann nicht einfach eine Abkürzung nehmen, nur weil's Geld spart.«

»Soso, na gut, dann machen Sie meinetwegen, was immer Sie wollen. Aber informieren Sie mich auf alle Fälle über jeden Ihrer weiteren Schritte. Nicht, dass Sie hinterher noch bis nach Chicago rüberfliegen müssen vor lauter Ermittlungen. Ach ja, und Frage: Kommt denn Ihr Herr Vater gelegentlich auch mal wieder nach Haus, oder bleibt er lieber für immer dort in seiner spanischen Sonne?«

»Keine Ahnung«, sag ich wahrheitsgemäß.

»Aha. Na ja, dann grüßen Sie ihn mir wenigstens ganz herzlich, wenn Sie mit ihm telefonieren.«

»Mach ich«, geb ich noch kurz retour, dann leg ich auf.

Der Papa und der Moratschek. Ja, das ist es wohl, was man eine echte Altmännerfreundschaft nennen könnte. Und sagen wir mal so, wär unser werter Herr Richter nicht verheiratet und somit versorgt, dann wär er wahrscheinlich mitsamt seiner kompletten musikalischen Oldie-Sammlung längst bei uns am Hof eingezogen und hätt gemeinsam mit dem Papa allabendlich dem Rotwein gefrönt. Oder irgendwelchen dubiosen Joints. Oder auch beidem. Hätt sich derweil abwechselnd die Beatles reingepfiffen und die Stones und wär möglicherweise mittlerweile völlig verwahrlost und obendrein vermutlich arbeitslos. Mei, diese zwei alten Säcke.

»Ja, da schau her! Der Eberhofer aus Niederkaltenkirchen bei Landshut«, begrüßt mich der Günter gleich recht freundlich, kaum, dass ich durch seine pathologische Pforte drinnen bin. Diesen Text verwendet er immer wieder mal gern, keine Ahnung, weswegen.

»Servus«, sag ich und gesell mich gleich mal zu ihm an den Sektionstisch. Dort liegt er nun also, unser toter Herr Degen, und zwar unter einem schneeweißen Laken, aus dem nur sein Kopf noch hervorlugt sowie die Zehen samt Fußzettel. »Also, Günter, mach's nicht so spannend und schieß einfach los.«

»Alles, was ich dir jetzt sage, Franz, das hätt ich dir auch ganz problemlos am Telefon sagen können.«

»Ich mach mir aber lieber selbst ein Bild davon.«

»Ein Bild wovon? Von einer bereits obduzierten Leiche unter einem Leintuch? Welche Erkenntnisse versprichst du dir davon?«

»Günter!«

»Ja, ja, ist ja schon gut. Also, Leiche männlich, Alter zwisch…«

»Das interessiert mich nicht«, knurr ich ihn jetzt an. Er legt den Kopf schief und verschränkt dabei seine Arme, die bis zur Schulter rauf in Plastikhandschuhen stecken. »Ich will einfach nur diese verdammte Todesursache wissen, das ist auch schon alles.«

»Genau, ich auch«, tönt es nun plötzlich von der Tür her, und es ist dem Rudi seine Stimme, die ich hier vernehm. Er ist heute offensichtlich mit einem dieser unsäglichen Segways unterwegs, die neuerdings bevorzugt in unseren wunderbaren Innenstädten rumeiern, und rollt auch prompt auf uns zu. Dann lehnt er sich nach hinten, bremst exakt vor uns am Tisch ab und schenkt uns dann das breiteste Grinsen unter seinem depperten Helm heraus. Zumindest aber kann er somit heute endlich mal auf meiner Augenhöhe sein, weil es ja sozusagen eine Art rollendes Podest ist, auf dem er da rumsteht.

»Birkenberger, ich glaub, ich dreh durch«, ruft der Günter jetzt gleich völlig begeistert. »Sag mal, seit wann hast du denn dieses heiße Teil hier?«

»Du, das hab ich jetzt schon gut ein paar Wochen. Und es ist schlicht und ergreifend genial, grad so wie hier. Also in der City, verstehst. Man ist ratzfatz von A nach B, kommt überall prima durch, und man kann es sogar auch ganz problemlos in der Bahn transportieren. Voll astrein, kann ich dir sagen«, antwortet der Rudi und streift dabei liebevoll über seinen Lenker hinweg.

»Ja, ja, das find ich eben auch so wahnsinnig praktisch. Also ich … ich hab ja noch so einen von diesen City Scootern. Weißt schon, diese Art Tretroller. Ist schon auch irgendwie cool. Aber so ein Segway, das wär halt …«

»Herrschaften, halloho«, muss ich die zwei eifrigen Biker aber hier unterbrechen. »Könnt ihr eure Fachsimpeleien vielleicht auf später verschieben? Also sagen wir vielleicht einfach auf einen Zeitpunkt, wo ich längst wieder weg bin, um einen Mord aufzuklären?«

Ganz kurz verdrehen die beiden ihre Augen. Doch dann, ja, sie können. Der Rudi zerrt noch rasch ein Diktiergerät aus seiner Jackentasche hervor und drückt auf Start, wahrscheinlich allein schon, damit ich mir mit meinem simplen Notizheft gleich einmal wieder vorkomm wie ein Vollamateur. Aber wurst.

Doch wenigstens macht der Günter endlich, weswegen ich schlussendlich eigentlich hier bin. Nämlich er informiert uns über die Todesursache. In letzter Instanz, wie er uns nun wissen lässt, da ist unser Degen tatsächlich ertrunken.

»Gut, passts auf«, sagt er und begibt sich dabei leichenmäßig fußwärts. »Euer Täter, der hat sein Opfer einfach hier unten an den Fesseln gepackt und dann mit einem einzigen Ruck die Beine in die Höhe gerissen, versteht ihr. Somit ist der Oberkörper ganz automatisch unter Wasser gegangen, und er hat nur noch darauf warten müssen, bis auch die letzte der Luftblasen aus dem leblosen Körper geblubbert ist. Das war eigentlich alles.«

»Keine Gegenwehr?«, frag ich.

»Nein, generell fast unmöglich. Und bei diesem Alkoholkonsum völlig ausgeschlossen. Sind erst mal die Haxen aus dem Wasser, dann ist das ein Kinderspiel.«

»Kein großartiger Kraftaufwand also?«, muss ich hier gleich nachfragen, und der Günter schüttelt den Kopf. »In die Wanne gestiegen ist das Opfer aber schon noch selber, oder?«

»Definitiv«, pflichtet er mir bei. »Die einzigen Stellen, die auf Fremdeinwirkung rückschließen lassen, sind – wie gesagt – die an seinen beiden Fesseln.«

»Hätte also eigentlich jeder sein können. Kommt dann demzufolge wohl alles infrage, Männlein wie Weiblein.«

»Ja«, sagt der Günter noch.

»Jein«, kommt hier aber nun der Rudi zum Einsatz. Hebt kurz seinen Zeigefinger wie ein Oberschullehrer und greift erneut in eine seiner Jackentaschen. Zerrt dort eine kleine Plastiktüte hervor, rollt dann auf mich zu und hält mir diese vor die Nase. Ein langes dunkles Haar ist dort drin zu erkennen. Da schau einer an.

»Aha«, sag ich nach einem kurzen Blick und reich den Beutel an den Günter weiter.

»Ja, dieses Haar hier«, sagt der Rudi jetzt leicht überheblich. »Dieses Haar, das hab ich mit einigen anderen Spuren in unserem Hotelzimmer, also der Einhundertdrei, vorgefunden. Und zwar bei meiner äußerst gründlichen und anstrengenden Spurensicherung, meine Herrschaften.«

»Was hast du sonst noch gefunden?«, frag ich jetzt. Einfach schon, damit er erst gar nicht weiter in Fahrt kommt.

»Ja, was man halt so findet, gell. Fussel und lauter so Kleinkram eben«, schnauft er etwas enttäuscht und zaubert einige weitere Beutel hervor, die er jedoch gleich ohne meine Zwischenstation über den Tisch hinweg zum Günter rüberwirft.

»Muss alles untersucht werden. Zuallererst dieses Haar«, sag ich.

»Eh klar«, nickt der Leichenfläddderer daraufhin und starrt so gebannt auf den Beutel, als könnte er vom bloßen Anschauen her schon ausmachen, wer diesen Mord begangen hat.

»Ah, fällt mir grad noch ein«, sag ich und hol das Fläschchen mit dem Badewasser aus meiner Tasche heraus sowie die Armbanduhr. »Und das hier muss auch untersucht werden.«

»Gib's zu«, grinst mich nun der Rudi an. »Das hättest du jetzt glatt wieder vergessen. Gib's schon zu, Franz, wenn ich jetzt nicht mit meinen Beweismitt…«

»Nein, hätt ich nicht«, muss ich ihn hier gleich unterbrechen und könnt ihm grad an die Gurgel gehn.

»Do-hoch!«

»Halt einfach die Schnauze, Birkenberger, okay?«

»Ha, hab ich's doch gewusst«, muss er noch loswerden.

»Sonst noch irgendwas Relevantes?«, frag ich abschließend, doch beide schütteln den Kopf.

»Du, was anderes, Birkenberger«, wendet sich der Günter nun auch gleich seinem neuen Busenfreund zu, legt die Tütchen beiseite und gesellt sich stattdessen zu diesem obskuren Gefährt samt seinem Lenker. »Ich hab da ja auch schon ein paarmal so eine Segway-Tour mitgemacht, weißt. Das macht echt irre Spaß.«

»Wem sagst du das, Günter! Es ist fast, ja, als wär man wieder ein Bub. Einfach unglaublich«, schwärmt der Rudi.

»Ja, das find ich auch. Mich würd so ein Teil ja echt tierisch interessieren. Aber die sind wahrscheinlich auch gar nicht so billig, oder? Was hast denn hinblättern müssen dafür?«

»Du, das geht eigentlich. Also ich zum Beispiel, ich hab ja meins über eBay, verstehst. Natürlich gebraucht. Worauf du da achten musst ...«, kann ich den Rudi grad noch vernehmen, dann fällt zum Glück die Tür ins Schloss.

Kapitel 12

Trotz meiner ausgeklügelten Taktik bleibt mir dieser dämliche Faschingsumzug dann doch nicht ganz erspart. Kaum, dass ich mich nämlich in meinem Streifenwagen wieder in heimatlichen Gefilden befinde, kann ich es schon von weitem erkennen. Unzählige Maskierte sämtlicher Altersklassen säumen die Flaniermeile von Niederkaltenkirchen. Wobei man jetzt vielleicht vom Standpunkt der Apotheke bis zu Bärbels Geschenkestüberl nicht unbedingt von einer Meile sprechen kann, aber gut. Tatsächlich scheint beinah das ganze Dorf auf den Haxen zu sein, und offensichtlich sind auch einige der esoterischen Hotelgäste drunter, die man jedoch weniger anhand einer Verkleidung als eher an den versonnenen Gesichtszügen glasklar ausmachen kann. Auch viele andere Auswärtige haben wohl den Weg zu uns raus gefunden, wie mich ein Pandapärchen wissen lässt, das grad neben mir einparkt. Und zwar dank der umfassenden Information unserer ansässigen Medien, ruft mir das Männchen noch zu, während er seine Kiste absperrt. Ja, um es kurz zu machen, es ist voll bis zum Gehtnichtmehr, hier in Niederkaltenkirchen downtown, und alle sind ganz offensichtlich bestens gelaunt. Darunter auch der Leopold, welcher heut bis zum Schopf hinauf als Spiderman unterwegs ist, was mir zumindest größtenteils seinen Anblick erspart. Und weil er außerdem in Begleitung seiner zwei zuckersüßen Schnecken ist, kann ich seine Anwesenheit zumindest billigend in Kauf nehmen.

»Onkel Franz«, schreit die kleine Sushi im Prinzessinnenkostüm schon, kaum, dass sie mich in der Menge entdeckt hat, reißt sich prompt von der väterlichen Hand los und saust auf mich zu. Und so hiev ich sie halt gleich mal auf den Arm, weil sie von hier oben einen großartigen Blick auf das ganze Remmidemmi hat, was ihr wohl deutlich lieber sein dürfte, als in die Kniekehlen ihres Vordermannes zu starren. Es sind die Reiterfreunde, die uns grad in ihren Ritterrüstungen passieren, was schon irgendwie beeindruckend ist, und die Sushi, die kriegt kaum noch den Mund zu. Ich eigentlich auch nicht, weil nämlich der Simmerl Max auf einem der Gäule sitzt. Genauer gesagt, klammert er sich am Hals eines klapprigen Rappen fest und wirkt wenig entspannt dabei. Die Sushi findet es trotzdem großartig, strahlt übers ganze Gesicht und klatscht begeistert in die Hände.

»Musst du heute arbeiten, Onkel Franz?«, will sie dann aber wissen und zupft am Kragen meiner dienstlichen Lederjacke. Ich nicke. »Aber warum denn? Heute ist doch Fasching, und der Papi, der muss doch auch nicht arbeiten«, sagt sie weiter und macht einen Schmollmund. Schmollmündern kann ich einfach nicht widerstehen. Beim besten Willen nicht. Was aber leider ein Großteil meiner weiblichen Mitmenschen längst schon über mich weiß und gelegentlich sogar als Waffe einsetzt. Die Sushimaus allerdings nicht. Die macht einfach einen Schmollmund, weil ihr armer Onkel Franz selbst an so fröhlichen Tagen wie diesem seinen dienstlichen Verpflichtungen nachkommen muss.

»Ja, Mäuslein«, sag ich deswegen, und sie schaut mich ganz aufmerksam an. »Dein Papi, der ist eben ein Buchhändler, und da kann man schon einmal eine Pause einlegen, gell. Aber der Onkel Franz, der muss halt immer arbeiten, verstehst. Weil er ja ein Polizist ist. Und Polizisten, die müssen ständig aufpassen, dass nix Schlimmes passiert.«

»Das sehen Sie völlig richtig, Eberhofer«, tönt es plötzlich neben mir. Es ist dem Bürgermeister seine Stimme, die zu mir vordringt, und er ist allen Ernstes als Cäsar verkleidet. »Ja, was haben wir denn da für eine schöne Prinzessin?«

»Prinzessin Lillifee«, nuschelt die Sushi und versteckt sich dann an meiner Schulter.

»Prinzessin Lillifee, soso«, sagt der Feldherr nun weiter und versucht krampfhaft, ihren Blick zu erhaschen. »So eine feine Prinzessin Lillifee, gell, hähä. Mit so einer schönen Krone, gell. Hat denn die kleine Prinzessin Lillifee etwa Angst vor den großen, großen Hoppe-Hoppe-Pferdis?«

»Nei-hein«, sagt sie, ohne jedoch ihr Gesicht aus meinem Kragen zu nehmen.

»Ja, warum versteckt sie sich denn dann, die kleine Prinzessin?«, versucht er es noch mal, und langsam nervt's.

»Ich mag dich nicht. Geh we-heg«, sagt sie dann laut und schaut ihn direkt an.

Nach einer kleinen Gedenkminute fängt Cäsar nun zu kichern an, vielleicht ein bisserl hysterisch sogar. Gut, die Situation ist momentan eh ein wenig verkrampft.

»Na, lauf schon«, sag ich deswegen, lass sie wieder von meinem Arm hinunter, und schon saust sie zu ihren Eltern zurück. Dort drüben kann ich mittlerweile auch die Susi erkennen, und im Kinderwagen daneben schläft das Paulchen seelenruhig und ist somit eh außerstande, überhaupt irgendwelche Augen zu machen. Ich winke hinüber, und sie winkt kurz zurück, widmet sich aber dann erneut der Panida.

»Bitte schön, recht freundlich«, schreit dann auf einmal die Oma und hält dabei ihr Handy in die Höh, wo die Liesl rausschaut. Der Bürgermeister, der erschrickt beinah zu Tode, und selbst nachdem er von der Oma aufs Ausführlichste über die Funktionen des Skypens aufgeklärt worden ist, hält er diese ganze Sache trotzdem noch für mehr als fragwürdig.

»Die Mooshammerin«, sagt er und wischt sich mit einem Tuch über die Stirn. »Die ist doch auf einer Kreuzfahrt mitten in der Karibik oder wo auch immer.«

»Und?«, frag ich hier nach, einfach weil er nicht mehr weiterspricht.

»Ja, wie: ›Und‹? Und jetzt schaut sie plötzlich einfach aus dem Telefon von Ihrer Oma raus und sagt ›Servus, Bürgermeister!‹. Das ist doch nicht möglich.«

»Sag was, Franz«, quengelt die Oma

»Servus, Liesl«, sag ich deswegen artig und werf einen Blick auf den Bildschirm, wo die Mooshammerin samt Badeanzug, Turban und einem fetten Cocktail rausschaut. »Schneidig schaust aus, hast es schön dort?«

»Ja, mei, geht so, gell«, kann ich sie vernehmen, wenn auch etwas zeitversetzt. Also quasi das, was ich höre, ist nicht identisch mit dem, was ich seh, und das ist halt blöd. »Heiß halt, furchtbar heiß, Franz. Aber ihr habt es ja nett da bei eurem Fasching, oder?«

»Ja, geht auch so«, antworte ich wahrheitsgemäß, aber da muss die Oma auch schon weiter.

»Da schau, Liesl, der Simmerl Max«, kann ich sie im Wegeilen grad noch vernehmen. »Der hockt doch auf dem Gaul, grad wie wenn er in die Hosen …«

»Hätt ich gar nicht gedacht, dass sie rein technisch gesehen noch so fit ist, Ihre Oma«, sagt der Bürgermeister ehrlich beeindruckt, und ich kann nicht umhin, mich darüber zu freuen. Ja, doch, da bin ich durchaus sehr stolz auf unser altes Mädchen hier. Wenn ich bedenk, dass sie vor knapp einem Jahr noch nicht einmal wusste, wie man so ein Teil überhaupt einzuschalten hat. Und jetzt quetscht sie sich durch all diese Menschen hier, nur damit ihre Busenfreundin dort in der Ferne teilhaben kann an unserem allerersten Gaudiwurm. Respekt.

Der DJ aus Landshut ist fleißig, und wahrscheinlich friert's ihn auch ein bisschen, jedenfalls hüpft er ständig. »Komm, hol das Lasso raus«, tönt es nun schon zum zweiten Mal, aber dieses Mal aus sämtlichen Kehlen, und davon wird wohl der Paul aufgeweckt. Er reibt sich kurz über seine müden Äuglein, vergewissert sich, dass seine Mama hinter ihm steht, und beugt sich dann in seinem Kinderwagen ganz weit nach vorne. Und weil akkurat vor ihm niemand steht, scheint er zu genießen, was er sieht. Jedenfalls lächelt er selig. Zumindest bis die Oma vor ihm auftaucht und ihm die Mooshammerin präsentiert. Da fängt er prompt so an zu weinen, dass ihn die arme Susi gleich auf den Arm nehmen muss. Dort aber ist seine Welt auch schon wieder in Ordnung, und er betrachtet das närrische Treiben einfach an ihrer Brust. Das ist schön. Und ich wiederum, ich betrachte die beiden aus der Ferne und kann mich dabei direkt ein bisschen entspannen und diese Situation hier genießen.

Aber nur kurz. Weil dann ist urplötzlich eine Schlägerei am Laufen, das kann man gar nicht erzählen. Der Flötzinger drischt auf irgendjemanden ein. Nein, es sind wohl gleich mehrere. Allerhand, wirklich.

»Was ist da los?«, frag ich den Flötzinger gleich, wie ich hinkomm.

»Geht dich nix an«, schreit er und ist feuerrot im ganzen Gesicht.

»Mei, was soll schon los sein, Eberhofer. Ausgelacht habens ihn halt, unsern Heizungspfuscher«, erklärt mir dann der Simmerl, der auf einmal neben mir steht und grad eine Bratwurstsemmel vertilgt. »Weil ihm doch seine Alte davon ist, verstehst, mitsamt der gemeinsamen Brut, gell, Flötzinger?«

»Wo gibt's die Bratwurstsemmeln?«, muss ich hier fragen, und umgehend deutet unser dorfeigener Metzger kooperativ in die Richtung vom Wirtshaus.

»Die Gisela, die hat da drüben einen Stand aufgebaut. Gleich da drüben beim Wolfi. Mit Bratwürstln rot und weiß, je nach Laune. Ich persönlich mag ja die weißen viel lieber, aber alles Geschmackssache, gell.«

»Ja, 'zefix, jetzt machens doch was, Eberhofer«, nörgelt plötzlich der Bürgermeister, während die Oma ihre Kamera auf die Raufbolde hält.

»Flötzinger«, sag ich dann halt mal. »Lass diese Scheiße hier endlich und hör auf. Da drüben, da gibt's Bratwurstsemmeln.«

»Echt? Wo?«, will er dann auch gleich wissen, und im Nu lässt er von seinen Widersachern ab. Die drohen noch kurz mit allen möglichen Anzeigen, doch an dieser Stelle muss ich gleich einmal passen. Bevor, sag ich, bevor dieser Scheißmord hier nicht aufgeklärt ist, da brauchens mir mit so was gar nicht erst kommen, und aus. Anschließend gehen wir zwei rüber zur Gisela, die dort hinter ihrem Grill steht. Und wahrscheinlich ist sie heut als Cindy aus Marzahn unterwegs, jedenfalls stecken all ihre Pfunde in einem pinkfarbenen Jogginganzug.

»Servus«, sag ich gleich, wie ich hinkomm, und allein schon der Duft macht mir das Weitersprechen beinah unmöglich.

»Weiß oder rot?«, fragt sie relativ emotionslos, während sie auch schon eine Semmel aufschneidet.

»Weiß.«

»Die roten sind aber besser.«

»Aber dein Simmerl, der hat gesagt ...«

»Mein Alter, der hat keine Ahnung.«

»Das mag schon sein, Gisela ...«

»Also rot«, unterbricht sie mich jetzt ein weiteres Mal,

quetscht zwei rote Würstl zwischen die Semmel, welche sie mir auch prompt sehr entschlossen entgegenhält. Und ich greife zu, was bleibt mir auch übrig. Schmecken tut sie aber tatsächlich einfach erstklassig. Auch der Flötzinger kriegt ungefragt die roten, dem dürfte es aber eh relativ wurst sein, weil er grad ziemlich damit beschäftigt ist, sein Panzerknackerkostüm von Staub und Dreck zu befreien.

»Du, sag mal, Gisela, dein Max«, sag ich dann so kauenderweise und deute mit dem Kinn rüber zu Ross und Reiter. »Der ist aber noch nicht allzu oft auf einem Pferd gehockt, oder?«

»Heut ist es das zweite Mal in seinem Leben. Beim ersten Mal, da war er erst fünf oder sechs und ist schon nach ein paar Sekunden auf den Boden geknallt«, sagt sie, während sie sich aus einer Thermosflasche heißen Kaffee eingießt.

»Auf den Boden, aha. Und warum hat er dann ausgerechnet heute bei diesem ganzen Trubel hier …?«

»Das war seine Süße, die hat ihm das eingebrockt. Die reitet nämlich schon jahrelang wie eine Irre sämtliche Turniere rauf und runter. Und ich befürchte, der arme Bub, dieser Hanswurst, der wollte ihr halt einfach ein bisschen imponieren damit, verstehst«, erzählt sie mir, während sie ihre Würstel wendet.

»Du, Gisela, hast für mich auch einen Kaffee?«, will der Flötzinger jetzt wissen, und sie nickt. Schenkt ein und reicht ihm das Haferl entgegen.

»Hast vielleicht zufällig noch Milch für den Kaffee?«, fragt er weiter.

»Ich hab fettarme«, sagt die Gisela.

»Ja, das seh ich. Aber hast du jetzt Milch, oder nicht?«

Huihuihui!

Jetzt nimmt die Gisela den Tetra Pak und gießt dem Gas-Wasser-Heizungspfuscher den gesamten Inhalt über sein sprachloses Haupt. Dann hat er wohl auch keine Lust mehr auf Kaffee, weil er sich nun abdreht und geht.

»Wie schaut's aus, machst mir noch ein Semmerl?«, versuch ich die Stimmung etwas zu verlagern.

»Logisch«, entgegnet die dicke Metzgerfrau und grinst zufrieden.

»Mit weißen Würstl?«, frag ich fast schüchtern, aber sie nickt. Drüben auf dem Bürgersteig haben sich mittlerweile einige Menschen im Kreis versammelt, springen und tanzen und grölen Arm in Arm irgendwelche dämlichen Fetenhits rauf und runter. Unter ihnen auch unser Rudi. Soweit ich das beurteilen kann, ist er nicht verkleidet, zumindest nicht mehr als in den letzten Tagen. Wie er mich entdeckt, hüpft er gleich noch etwas höher und winkt wie ein Irrer.

Leider entdeckt mich auch jemand anderer. Und zwar ausgerechnet diese alte Frau Kirchbaumer von neulich, die plötzlich neben mir am Würstlstand steht samt Rollator und Köter. Und Letzterer hat mich noch kaum erschnüffelt, da beißt er mir schon ins Hosenbein. Kriegt daraufhin prompt einen Kick Richtung Grill mit der Warnung, auf dem selbigen zu landen.

»Sinds doch nicht so grob«, sagt sein Frauchen prompt, anscheinend aber hat er's schon kapiert. Jedenfalls ist nun erst mal Ruhe.

»Rote oder weiße?«, fragt die Gisela hier nach, und warum wundert mich nun diese Frage?

»Nix, danke«, nuschelt die Kirchbaumer und kommt dann ganz dicht an mich ran. »Sie müssen unbedingt bei mir daheim vorbeikommen, Herr Kommissar.«

»Weswegen?«, frag ich und beiß dann erst mal in meine Semmel. Der Simmerl hat recht. Die weißen sind noch deutlich besser wie die roten zuvor. Unglaublich.

»Schwefelsäure«, sagt sie weiter, und in Anbetracht der

narrischen Akustik hier bin ich nicht unbedingt sicher, grad richtig gehört zu haben.

»Schwefelsäure?«, wiederhol ich deswegen und schau sie ganz eindringlich an. Und sie … sie schaut eindringlich zurück und nickt auffallend langsam.

»Schwefelsäure, also«, sag ich noch einmal, aber mehr zu mir selbst.

»Ja, Schwefelsäure, Herr Kommissar. Bei mir zu Hause. Ich bin mir fast sicher, dass sie aus dem Wasserhahn kommt. Man kann sie riechen, müssen Sie wissen.«

»Aus dem Wasserhahn.«

»Ja, ja, aus dem Wasserhahn. Nicht jeden Tag, nur mittwochs und sonntags«, erzählt sie weiter, und weil nun neue Kunden anstehen, gehen wir ein paar Schritte zur Seite.

»Aber heut ist ja Freitag, gell«, sag ich und achte peinlich drauf, dass der dämliche Köter von meinen Haxen wegbleibt.

»Gott sei Dank, ja. Aber Sie müssen unbedingt vorbeikommen, Herr Kommissar. Nicht, dass mir oder dem kleinen Mausebär hier noch was passiert.«

Nein, das wollen wir nicht, dass dem kleinen Mausebär hier was passiert, gell. Und so versprech ich, gleich morgen zu ihr zu kommen. Allein schon, damit sie endlich das Feld wieder räumt und ihre blöde Töle mitnimmt. Weil, wie bitte schön, soll man denn da seine Bratwurstsemmel anständig genießen, wenn man seine Beinkleider keine Sekunde lang aus den Augen lassen kann. Doch gleich wie sie wieder weg ist, kann ich mich viel besser entspannen. Erst recht, wo auch noch der Wolfi hier anwackelt und zwei Halbe mit anschleppt. Man kann sich kaum vorstellen, was so ein paar würzige Semmeln für einen Durst auslösen. Unglaublich, echt. So stoßen wir an, und alles ist prima. Und fast könnte man meinen, so ein Faschingsumzug, der hat doch tatsächlich für jeden was im Angebot, gell. Doch allzu lang kann ich die aktuelle Lage dann doch nicht genießen. Weil mittendrin der Gaul vom Simmerl die Schnauze voll hat und zu buckeln anfängt. Dabei seinen verwirrten Reiter abschmeißt und ich anschließend dafür sorgen muss, dass ich erstens das blöde Vieh einfange, zweitens die Gisela von dem Max seinem lädierten Körper wegzerr. Und ihn am Ende mit Blaulicht und Tatütata ins nächste Krankenhaus kutschier. Und das ist halt scheiße. Die ganze lange Fahrt über, da schreit er nämlich, als wär er am Spieß, besonders bei jedem verdammten Gullydeckel, wo ich drüber wegmuss … Frag nicht!

Kapitel 13

Grad wie ich am nächsten Morgen aus meiner Dusche steig, da geht die Tür auf und der Rudi kommt rein, diesmal im blassblauen Trainingsanzug und mit einer gelben Pudelmütze, das kann man echt kaum erzählen. Und dann, während er ein paar lächerliche Streck- und Dehnübungen macht, da lässt er mich wissen, dass er heute bereits Ingwer-Brennnesseltee sowie seine Yin-Yoga-Praxis gehabt hat. Und er sowieso nun gleich zum Lachtraining zurück ins Hotel muss, hier bloß schnell einen kurzen Zwischenstopp einlegt, bei seinem Meditationslauf, den er aktuell macht.

»Du fühlst dich echt wie neugeboren, Franz«, hechelt er und dreht dabei seinen Oberkörper fast einmal um die eigene Achse. Das schaut echt widerlich aus. »Du musst durchatmen lernen, und zwar bis ins Schambein hinein, verstehst du. Tief einatmen – durch die Nase, und dann … durch den Mund wieder aus.«

»Ich hab keine Zeit zum Durchatmen, Birkenberger. Weil ich nämlich einen Mord aufzuklären hab.«

»Ach, apropos … Du solltest dir unbedingt mal diesen Barkeeper vornehmen, ein gewisser Moritz«, sagt er weiter, wobei er seine Arme abwechselnd zur Decke und zum Fußboden streckt.

»Hör jetzt sofort auf, hier den Hampelmann abzuliefern, und sag mir endlich, was du weißt, verdammt«, brüll ich ihn dann an, weil mir selber schon regelrecht schwindelig ist. Der Rudi verdreht kurz die Augen, wird aber letztendlich gesprächig. Ja, sagt er weiter, dieser Moritz, das ist der Barkeeper dort im Heimatwinkel. Und obendrein vermutlich auch so was wie ein kleiner Spanner. Jedenfalls ist dem Rudi aufgefallen, dass dieser Typ jeden seiner Gäste ganz exakt unter die Lupe nimmt.

»Und ich weiß, wovon ich spreche, Franz. Schließlich ist ja das Observieren diverser Mitmenschen die wichtigste Fähigkeit in meinem Metier, gell. Und ob du's glaubst oder nicht, dieser Moritz, das ist ein Beobachter vor dem Herrn, das hab ich glasklar erkannt.«

»Aha«, sag ich, weil mir zum einen weiter nix einfällt, ich zum anderen aber grad auf der Suche nach einem Paar frischer Socken bin.

»Hörst du mir eigentlich zu, Franz?«

»Ja, ja, ein Beobachter vor dem Herrn«, sag ich und werd endlich fündig. Die Socken sind zwar frisch, allerdings haben sie Löcher. Nicht sehr große, das nicht. Aber Loch bleibt Loch, egal wie groß es ist. Doch es hilft alles nix, es sind die einzigen, die ich grad finden kann.

»Genau«, erklärt der Rudi weiter und fängt erneut an zu hopsen. »Also einfach mal angenommen, Franz, angenommen, der Degen, der ist in dieser Bar gewesen. Und das war er mit Sicherheit, weil diese Bar schlicht und ergreifend der Hammer ist. Also angenommen, er war dort, dann wird dir dieser Moritz garantiert etwas über ihn sagen können. Ob er in Begleitung war beispielsweise. Oder was er getrunken hat. Übrigens hast du Löcher in den Socken.«

»Rudi!«

»Was?«

»Geh pendeln, hopsen oder meditieren, aber sag mir gefälligst nicht, wie ich meinen Job zu machen hab«, knurr ich.

»Weißt du was, Franz. Du kannst mich gar nicht beleidigen. Weil ich so was von dermaßen tiefenentspannt bin. Qigong sag ich da nur. Bei mir, da ist nämlich alles im Fluss, verstehst.«

»Ja, prima, Rudi, das freut mich für dich. Doch ich für meinen Teil werd jetzt erst mal zu deinem ominösen Barkeeper rausfahren. Soll ich dich mitnehmen, oder willst du lieber fließen?«

Aber nein, der Rudi, der will nicht mitgenommen werden. Weil er ja noch die zweite Hälfte seines Meditationslaufs absolvieren muss.

»Was meditierst jetzt eigentlich da so genau?«, frag ich noch auf dem Weg in unsern Hof raus. Aber wahrscheinlich ist er schon so derartig im Besinnungsmodus, dass er mich gar nicht mehr hört. Stattdessen schwebt er in irrwitzigen Sprüngen über den Kies hinweg, dass der Bommel an seiner Mütze gerade so wackelt. *Atme, lache und liebe*, Birkenberger!

Wie ich in meinen Streifenwagen steigen will, da reißt die Oma die Haustür auf, watschelt auf mich zu und will wissen, wo ich eigentlich hinwill. So ganz ohne Frühstück. Also verklickere ich ihr kurz, dass ich ermittlungstechnisch gleich im Heimatwinkel unterwegs bin und dort erfahrungsgemäß rein kulinarisch gesehen bestens versorgt werde. Ein bisserl beleidigt ist sie jetzt schon, weil sie ja die Frühstücksgöttin schlechthin ist. Aber es hilft alles nix, Dienst ist Dienst.

»Hast du den Rudi grad gesehen, wie er übern Hof gehoppelt ist?«, fragt sie noch kurz, und ich nicke. »Gestern wie ich mit dem Radl vom Friedhof heimgefahren bin, da hab ich ihn auch gesehen. Da ist er in der Wiese am Mühlbach gestanden und hat eine Rotbuche umarmt. Ich bin extra stehengeblieben, weil ich geglaubt hab, nicht richtig zu sehen. Aber er hat sie umarmt mit geschlossenen Augen, und zwar gute zehn Minuten lang.«

»Ja, manchmal da übertreibt er ein bisschen«, sag ich so mehr zu mir selbst und deut auf meine Armbanduhr, weil ich echt langsam los muss. Und grad wie ich dann das Autofenster wieder schließen will, da fällt ihr Blick auf die Rückbank.

»Ja, sag einmal, Bub, was ist denn das Greisliches?«, fragt sie, und so dreh ich mich halt um. Hinter mir liegt mein brandneues Pin-up-Girl samt Beleuchtung, das ich doch neulich geschenkt bekommen und anschließend wohl im Wagen vergessen hab.

»Das … das ist ein Geschenk«, erklär ich noch kurz und starte den Motor.

»Ein … was? Ja, spinnst jetzt komplett? Da kannst fei gleich schauen, wo'st das schiache Trumm wieder los wirst, kapiert. Zu uns auf den Hof her kommt's jedenfalls nicht.«

Dann dreht sie sich ab und stapft ins Wohnhaus zurück. Und ich … ich tret grinsend aufs Gaspedal, und schon bin ich weg.

Die Bar hat noch gar nicht geöffnet, was auch weiter kein Wunder ist um Viertel nach acht in der Früh. Da haben wohl die wenigsten Durst auf irgendwelche dubiosen Cocktails, selbst wenn sie noch so gigantisch sind. Momentan läuft der Barbetrieb ohnehin eher mau, wie ich anschließend vom Nüters erfahr. Weil diese ganzen Esoterik-Fuzzis sowieso viel lieber absonderliche Tees oder irgendwelche links- oder rechtsdrehende Heilwässer trinken, welche bei einer ganz bestimmten Idealtemperatur und nur schluckweise gegurgelt werden möchten. Ja, das hört sich doch berauschend an, oder?

Den Moritz, sagt er, den könnte er mir aber trotzdem ganz problemlos organisieren, weil der eh hier im Hotel wohnen tät. Ob ich mir denn in der Zwischenzeit vielleicht eine Kleinigkeit vom Frühstücksbüfett holen möchte. Gut, bevor ich mich erschlagen lasse, warum eigentlich nicht, gell?

Und keine zehn Minuten später hockt mir dieser Moritz auch schon höchstpersönlich gegenüber. Der Nüters hat ihn nämlich gleich im Fitnessbereich auffinden können. Dementsprechend sportlich ist der Barmann auch gekleidet und rein hauttechnisch in etwa so braun wie eine Kokosnuss. Ich geh mal davon aus, dass er auf der Sonnenbank nächtigt. So schieb ich also einige meiner Teller zur Seite, hol mein Notizheft heraus und leg es auf den Tisch.

»Eberhofer«, sag ich, während ich meinen Kuli zück. »Franz Eberhofer, um genau zu sein. Ich bin Kommissar und ermi…«

»Ich weiß schon Bescheid. Der Herr Nüters war so freundlich«, unterbricht er mich und zupft das Handtuch über seinen Schultern zurecht.

»Umso besser, dann geht's auch schon los. Also Moritz, Nachname?«

»Herrschinger-Knottendorfer. Junior.«

»Gut, dann doch lieber Moritz«, sag ich, zieh das Foto unseres Toten hervor und schieb's ihm über den Tisch. »Das hier, das ist unser Opfer. Kennen Sie den?«

»Der Herr Degen, ja, ja, ich weiß. Großer Gott! Natürlich kenn ich den. Er war ja einen ganzen Abend lang bei mir in der Bar, wissen Sie. Er war so … so freundlich und fröhlich. Und großzügig war er auch. Können Sie bitte dieses … dieses Bild wieder wegpacken.«

»War er denn allein in der Bar?«, hak ich hier nach und pack das Bild wieder weg.

»Nur am Anfang. Bis so um … keine Ahnung. Sagen wir, zehn, vielleicht halb elf ungefähr. Wir haben uns ja wirklich ziemlich nett unterhalten, müssen Sie wissen. Aber ich hab schon gemerkt, dass er noch eine Verabredung haben muss.«

»Aha. Woran?«

»Na, einfach schon, weil er ständig abwechselnd zum

Eingang rüber oder auf seine Armbanduhr drauf geschaut hat.«

Gut, das leuchtet ein. Aus den Augenwinkeln heraus kann ich nun die Frau Grenzbach erkennen, erneut im feschen Dirndl, und sie eilt gleich direkt auf uns zu. Erkundigt sich zunächst nach Neuigkeiten und anschließend, ob sie denn rein gastronomisch gesehen irgendwas für uns tun kann. Und so bedanken wir uns artig und ordern zwei Tassen Kaffee. Sie nickt kurz, räumt dann schmunzelnd meine ganzen Teller vom Tisch ab, und schon saust sie wieder aus dem Frühstücksraum raus. Außer uns zwei Hübschen ist eh längst keiner mehr da herinnen. Weil, wie wir ja zum einen schon vom Rudi her wissen, es zum anderen aber auch rein akustisch schon relativ gut nachvollziehbar ist, steht wohl grad dieses Lachseminar auf dem esoterischen Stundenplan. Was meine eigene Sache hier allerdings nicht wirklich einfacher macht. Denn wie bitte schön soll man sich da auf eine Vernehmung in einem Mordfall konzentrieren, wenn sich nur einige Meter weiter ein paar Wahnsinnige die Seele aus dem Leib gackern?

»Worüber haben Sie sich eigentlich unterhalten mit dem Degen?«, frag ich jetzt und versuch meine Gedanken irgendwie neu zu ordnen. Meinem Visavis geht's vermutlich nicht anders, jedenfalls blinzelt er einige Male, ehe er eine Antwort gibt.

»Über was haben wir uns unterhalten ... Über alles Mögliche eigentlich. Über seine Familie zum Beispiel, er hat mir da ein paar Fotos gezeigt. Nette Familie, wirklich. Ein Jammer.«

»Auch über seinen Job?«

»Auch über seinen Job, ja, genau. Er war hier doch so was wie der Oberguru bei diesem ganzen Hotelbau. Ist aber wohl nicht alles so reibungslos abgelaufen, wie er sich das gewünscht hätte.«

Die Frau Grenzbach erscheint kurz und serviert uns den Kaffee sowie ein Schälchen mit Plätzchen. Meine Güte, schauen die wunderbar aus. Ob die auch so gut schmecken? Mal sehen. Also nehm ich mir mal eine Handvoll, und auch der Moritz greift gleich zu. Allerdings nimmt er sich nur ein einziges, wobei ihm in Anbetracht seines durchtrainierten Körpers wahrscheinlich auch gar nicht mehr erlaubt sein dürfte. Wer weiß. Die Plätzchen jedenfalls, die sind schlicht und ergreifend sensationell.

»Gut, machen wir weiter«, sag ich so bröselnderweise und nehm einen Schluck Kaffee.

»Hat er Ihnen denn Näheres erzählt, der Degen? Also von diesen Schwierigkeiten beim Bau?«

»Nein, es war so, dass mir ein Tablett mit Gläsern aus der Hand gerutscht ist, da hab ich mich halt tierisch drüber geärgert. Und ich glaub, so mehr zum Trost hat er gesagt, bei ihm lief's auch nicht immer rund, und dann hat er eben diese Schwierigkeiten kurz angeschnitten.«

»Sind irgendwelche Namen gefallen?«, will ich hier noch wissen, doch er schüttelt den Kopf. »Gut, bis zehn, halb elf war er also allein, haben Sie gesagt. Wer ist dann gekommen?«

Ich hab die Frage noch kaum beendet, da lehnt er sich in seinem Stuhl ganz weit nach hinten und verschränkt beide Arme hinter seinem Kopf. Der Blick wandert zur Decke hinauf, und ein seliges Lächeln huscht ihm über das gebräunte Gesicht. Was jetzt wohl kommt?

»Mein lieber Scholli!«, schwelgt er nun so vor sich hin und scheint auf einmal gänzlich entrückt. »Das war vielleicht ein Wahnsinnsweib, so was hab ich echt selten gesehen. Obwohl ich in meinem Job ja wirklich die fettesten Hasen kennenlern, das dürfen Sie mir glauben, Herr Kommissar. Aber diese Frau, die war einfach unbeschreiblich.«

»Versuchen Sie's trotzdem.«

Und zugegebenermaßen muss ich dem Rudi jetzt einmal vollkommen recht geben. Dieser Moritz, der hat offensichtlich nicht nur die ganz außergewöhnliche Begabung, seine Mitmenschen zu studieren. Nein, er kann es hinterher dann auch noch prima auf den Punkt bringen. Ich jedenfalls hab am Ende seiner Darstellung diese Frau glasklar vor Augen, auf die unser Herr Degen den halben Abend lang wohl sehnsüchtig gewartet haben dürfte. Etwa eins siebzig groß, gertenschlank und perfekt proportioniert mit dunkelbraunem Pagenschnitt. Sie hat einen beigen Trenchcoat getragen, rote Stöckelschuhe und eine Netzstrumpfhose. Den Mantel hat sie übrigens nicht abgelegt, während die beiden eine Flasche Champagner geleert haben. Und unser Moritz hier, der schwört Stein und Bein drauf, dass sie drunter, wenn überhaupt, dann eher sehr übersichtlich bekleidet gewesen sein dürfte. Und ich selber bin mir plötzlich ziemlich sicher, dass genau dieser Gedanke für sein versonnenes Gegrinse von gerade verantwortlich ist. Aber wurst.

Die dämlichen Lachsalven aus einem der Nebenräume werden jetzt lauter und rücken bedrohlich in unsere Richtung vor. Und schon Augenblicke später haben sie den ganzen Gang erobert und passieren die Tür zum Frühstücksraum, ehe sie dann allmählich abklingen und nach und nach in diversen Zimmern verhallen.

Großer Gott, Rudi! Was haben sie dir angetan?

»Gut«, sag ich, um wieder aufs Thema zu kommen. »Die beiden sind also an einem der Tische gesessen und haben Sekt getrunken?«

»Champagner.«

»Oder auch das.«

»Nein, nur das, verstehen Sie. Da leg ich echt äußersten Wert drauf. Einfach, weil es ein riesiger Unterschied ist und nicht verwechselt werden darf, Herr Kommissar. Ich mein, Sie dürfen doch bei Ihrer Arbeit auch nichts verwechseln, oder? Sie greifen doch beispielsweise auch nicht zur Waffe, wenn ein Strafzettel reicht.«

»Verwetten Sie lieber nicht Ihren Arsch drauf. Und jetzt weiter im Text.«

»Wie?«, fragt er leicht irritiert.

»Champagner«, helf ich ihm auf die Sprünge.

»Ja, äh, genau, die beiden haben eben Champagner getrunken«, erzählt er nun weiter, während ich mir Notizen mach. »Sie waren, ja, wie soll ich sagen ... ganz gut beschäftigt miteinander, haben viel geredet und gelacht. Und heftig geflirtet.«

»Nach Ihrer Beschreibung, Moritz ... diese Frau, könnte das womöglich eine Professionelle gewesen sein?«, frag ich hier nach. Doch er schüttelt den Kopf.

»Nein, kann ich mir wirklich kaum vorstellen. Ehrlich. Ich kenn diese Sorte Mädels, da passt die nicht rein. Und angenommen, es wär tatsächlich eine gewesen, dann käm sie aus einer Kategorie, die sich der Degen niemals hätte leisten können. Dieses Weib war allererste Sahne, Herr Kommissar, verstehen Sie?«

»Champagner konnte er sich aber doch auch leisten?«, bohr ich nach.

»Haben Sie eine Ahnung, was so eine Edelnutte in der Stunde verdient? Und dabei spielt es überhaupt keine Rolle, ob mit Sex oder auch nur mit Sekt.«

»Champagner«, muss ich jetzt loswerden.

Er grinst.

»Nein, im Ernst. Die beiden waren Minimum zwei Stunden lang bei mir in der Bar. Und was den Champagner betrifft, der war an diesem Abend ohnehin aufs Haus. Übrigens auch für alle anderen Gäste.«

Nobel, nobel, muss ich da sagen. Und ja, diese Geschichte mit der Prostituierten, die verwerf ich sowieso sehr schnell wieder. Erst recht, wie der Moritz dann noch weiter erzählt, dass unser Degen und seine Begleitung, die hätten zwar geflirtet, was das Zeug hält, aber irgendwie hätte er den Eindruck gehabt, sie wären obendrein auch sehr vertraut miteinander.

»Eher eine Affäre also?«, frag ich mich eher selber, doch schon nickt er.

»Wenn Sie mich fragen, ja. Eindeutig«, antwortet er, und jetzt muss ich kurz überlegen. Und plötzlich, da fällt mir seine Familie wieder ein. Diese todtraurige Frau mit den klebrigen Fingern dort in ihrer Backstube und ihre kleine heile Welt, die grad vor ihr zerbricht. Und dann diese zwei süßen Mädels mit ihren dicken Wollmützen, den unzähligen Sommersprossen und dieser unglaublich frechen Zahnlücke.

Dieser Degen. Der Drecksack!

»Ist noch was, Herr Kommissar? Weil sonst … sonst würd ich ganz gern wieder zum Sport gehen«, will der Moritz jetzt noch wissen und lässt kurz seinen Bizeps tanzen.

»Nein, für den Moment nicht«, entgegne ich gedankenverloren, und so verabschiedet er sich kurz, und schon springt er die Treppe ins Untergeschoss hinab.

Auf dem Weg zu meinem Wagen fängt mich dann noch der Nüters ab. Ob ich einen kleinen Moment für ihn hätte, will er wissen. Und anschließend nimmt er mich ja schon beinah verschwörerisch zur Seite und flüstert mir was ins Ohr. Dieser Typ von neulich, sagt er, der wo unbedingt auf der Einhundertvier bestanden hatte, der wär ihm irgendwie suspekt. Der wär zwar auch einer der Gäste bei diesen Esoteriktagen, und die sind ja eh schon allesamt eher sonderlich. Aber der … der ist noch mal ein ganz anderes Kaliber. Außerdem hätte er das untrügliche Gefühl, dass der Kerl hier irgendwie rumschnüffeln würde.

Soso.

»Könnten Sie sich den mal etwas genauer anschaun, Herr Kommissar?«, will er abschließend wissen.

»Sobald es mein straffer Dienstplan erlaubt«, sag ich noch knapp und kann mir dabei ein Grinsen nur sehr schwer verkneifen.

Kapitel 14

Auf meinem Heimweg mach ich einen ganz kurzen Zwischenstopp beim Simmerl, weil schließlich möchte man ja als einfühlsamer Zeitgenosse teilhaben am Leiden seiner Mitmenschen, gell. Ja, sagt der Metzger, während er voll Inbrunst seinen Tresen poliert, und über denselbigen hinweg, der Max, der ist immer noch im Krankenhaus. Die Rippenbrüche und die ausgekugelte Schulter, die wären ja eigentlich gar nicht so tragisch, gell. Was dem armen Buben aber echt regelrecht zusetzt, das ist halt diese depperte Gehirnerschütterung. Kopfschmerzen bis zum Gehtnichtmehr. Die Gisela, die ist auch schon in aller Herrgottsfrüh wieder reingefahren zu ihm. Aber andersrum, sie hat ja eh kein Auge zugemacht die ganze liebe lange Nacht.

»Und du, hättest noch was gebraucht?«, will er dann wissen und deutet mit dem Kinn auf sein Fleisch-und-Wurst-Sortiment.

»Nein, nix«, sag ich, weil ich ehrlich gesagt vom Frühstück her ohnehin fast platz. Der Simmerl aber, der schneidet trotzdem etwa zwei Dutzend Weiße ab und packt sie gemeinsam mit einigen Brezen und vier Tuben Senf in eine Tüte. Hat der grad irgendwas nicht richtig verstanden? Doch anscheinend bin ich derjenige, der hier auf der Leitung steht. Weil er nun nämlich hurtig in seinen Anorak schlüpft und einen Schlüsselbund aus der Jackentasche zieht.

»Sperrst du jetzt ab, oder was soll das werden?«, muss ich deshalb fragen.

»Ja, wonach schaut's denn aus, Eberhofer, ha?«, fragt er retour, schnappt seinen Beutel und geht Richtung Tür.

»Aber es ist doch noch gar kein Ladenschluss nicht«, sag ich mit einem kurzen Blick auf die Uhr.

»Für mich schon. Heut bin ich nämlich mein eigener Chef, verstehst. Will heißen, keine Gisela, keine Vorschriften. Außerdem, und das wirst du wohl am besten wissen, dürfen Weißwürstl ja das Zwölfeläuten sowieso gar nicht hören, gell.«

Gut, wo er recht hat, hat er recht.

Aber wie auch immer, er jedenfalls will nun gleich mal zum Wolfi rüber, wo er dann gemeinsam mit den Herrschaften Flötzinger, Bürgermeister und freilich auch dem Wirt selber ein ganz wunderbares Weißwurstfrühstück abhalten wird. Ja, so schaut's aus.

Und jetzt, wo ich so drüber nachdenk, da stinkt's mir direkt ein bisserl, dass ich noch so dermaßen satt bin. Weil Weißwürstl und resche Brezen, das ist gewissermaßen schon der Himmel eines Bayern, ganz klar. Wobei der Simmerl ohnehin keinerlei Anstalten macht, mich aufzufordern mitzukommen. Ganz im Gegenteil. Er hängt jetzt bloß noch schnell ein Schild in die Tür, dann gehen wir hinaus, und er sperrt die Ladentür ab.

»Wegen Trauerfall heute geschlossen«, les ich so mehr vor mich hin, wie ich auf seine Nachricht schau. »Meinst nicht, Simmerl, dass diese Botschaft vielleicht irgendwie … ja, sagen wir, missverständlich ist?«

»Nein gar nicht, wieso denn? Mein armer Bub, der liegt schwerverletzt im Krankenhaus da herinnen. Und da ist es doch wohl mehr als sonnenklar, dass ich traurig bin, oder?«

Ja, sonnenklar.

»Also dann, servus, Franz«, sagt er knapp, während ich noch immer leicht irritiert auf seine Botschaft starre.

»Ja, servus«, stammele ich so gedankenverloren, doch da ist er auch schon rum ums Eck.

Im Grunde genommen echt komisch, diese ganze Geschichte hier, oder? Weil, nicht nur, dass unser Metzger allein schon Stunden zu früh seinen blöden Laden zusperrt und mit dieser Aktion möglicherweise Kunden und im schlimmsten aller Fälle sogar seine Gisela erzürnt. Welche ja momentan bereits wegen der gesundheitlichen Defizite ihres Sohnemanns ziemlich empfindlich sein dürfte. Aber gut, was geht mich das an? Was mich aber noch deutlich mehr verwundert, ist, dass mich der Simmerl halt noch nicht einmal gefragt hat, ob ich vielleicht mitkommen möchte. Denn immerhin kann er ja gar nicht wissen, dass ich noch vollkommen satt bin. Hätte ja – ganz im Gegenteil – sehr gut sein können, dass ich mir jetzt auch gern ein paar Weiße genehmigt hätte und ein kaltes Bier dazu. Warum also fragt er mich nicht? Wollen die werten Herren heut womöglich lieber unter sich sein? Gibt's da unter Umständen sogar was zu verbergen? Und so mach ich mich auch gleich mal auf den Weg zum Wolfi rüber.

Was mir nun endlich einmal sehr gelegen kommt, ist die Tatsache, dass dieses Wirtshaus hier wohl älter ist als der Böhmerwald, und dementsprechend sind's auch die dazugehörigen Fenster. Sonst ist das ja eher nervig, frag nicht. Besonders im Winter natürlich. Weil, da kann's dir schon mal passieren, dass dir ein eisiges Lüftlein um den Zinken rumweht, grad wennst so gemütlich an deinem Bier rumnuckelst. In diesem Moment aber kommen mir diese maroden Fenster mehr als gerufen. Weil ich somit nämlich eine ganz erstklassige Akustik ins Geschehen rein habe. Keine zwanzig Minuten später, da weiß ich dann längst drüber Bescheid, warum das heute offensichtlich eher den Charakter einer geschlossenen

Gesellschaft haben dürfte. Und mit diesem Wissen, da geh ich mal rein.

»Ich hab noch nicht auf!«, ruft mir der Wirt prompt entgegen, kaum, dass ich auch nur einen Haxen zur Tür drinhab. Und so setz ich erst mal den überraschtesten Gesichtsausdruck auf, den ich überhaupt im Repertoire hab, und das verfehlt seine Wirkung nicht. »Na ja, passt schon, Franz«, sagt er jetzt nämlich weiter, wirkt durchaus ein bisschen verlegen und deutet auf den freien Stuhl genau ihm gegenüber. »Komm rein, wir sind ja eigentlich eh schon fertig.«

»Fertig womit?«, frag ich und gesell mich mal zu dieser illustren Runde.

»Ja, mit dem Dings halt, hähä«, kommt nun der Bürgermeister zu seinem fragwürdigen Einsatz. »Also, hähä, mit unserem feinen Weißwurstfrühstück halt quasi.«

»Mit unserem feinen Weißwurstfrühstück, soso. Und da braucht man den Eberhofer ja nicht dazu einladen, gell. Warum eigentlich nicht, wenn diese delikate Frage gestattet ist?«, frag ich, während ich den Tisch umkreise.

»Nicht einladen, so ein Schmarrn, Franz«, kommt jetzt der Flötzinger zum Zug. »Es hat sich eben einfach nicht ergeben, gell.«

»Hat sich nicht ergeben, Simmerl?«, frag ich, bleib genau vor ihm stehen, beug mich zu ihm hinunter und schau ihm ins Gesicht.

»Mei«, murmelt er bloß und zuckt verschämt mit den Schultern.

Eine Weile lang sagt dann gar keiner mehr was, und so kann ich sie alle miteinander der Reihe nach anschauen. Unser Metzger zum Beispiel, der kriegt jetzt plötzlich überall hektische rote Flecken im ganzen Gesicht und starrt auf seinen leeren Teller runter. Und auch der Flötzinger ist offensichtlich nicht weniger nervös, weil er nämlich zu schwitzen anfängt. Und zwar dermaßen, dass ihm seine Brille sowohl beschlägt als auch von der Nase rutscht. Unser Ortsvorsteher dagegen versucht mit einem schier unerträglich albernen Gekichere die Stimmung hier zu lockern. Was aber letztendlich seine Wirkung verfehlt, und so zwingt er sich noch ein Stückerl Brezen zwischen die Zähne. Damit ist er erst mal aus dem Schneider, weil er jetzt den Mund voll hat. Ja, und sogar unser Wolfi, den normalerweise gar nichts aus der Ruhe bringt, der wirkt im Moment, als wär er unter Hochspannung. Fragt mich dann aber wenigstens, ob ich ein Bier haben will. Und ja, ich will.

»Danke«, sag ich, wie er mir dann mein Glas hinstellt, und werf einen weiteren und zugegebenermaßen relativ vernichtenden Blick auf all die Anwesenden hier. Zermürbungstaktik sozusagen. »Ja, meine Herrschaften«, sag ich dann, zieh mir einen Stuhl hervor, dreh ihn um und setz mich, mit der Lehne vor der Brust. »Was ihr da herinnen grad durchgehechelt habt, das reicht mir im Normalfall locker für den einen oder anderen Haftbefehl aus. Das ist euch schon klar, oder?«

Den Flötzinger reißt es jetzt regelrecht. Er nimmt seine Brille ab, zerrt einen Hemdzipfel aus seiner Hose und beginnt damit die Gläser zu polieren, und zwar derart, dass ich ernsthaft befürchte, sie werden gleich in die Brüche gehen.

»Du … du hast doch nicht etwa da draußen gelauscht, Franz?«, will der Wolfi nun wissen und macht ein furchtbar böses Gesicht, doch ich zuck nur mit den Schultern.

»Hat man noch Töne! Das … das ist ja wohl das Allerletzte«, knurrt mir der Bürgermeister her und steht auf. »Wobei das andererseits natürlich auch direkt lächerlich ist. Was bitte schön wollen Sie uns denn da eigentlich andichten, Eberhofer, ha?«

Anschließend verschränkt er die Arme im Rücken und

fängt an, durch das Wirtshaus zu latschen. Ich kenn das. Auch im Rathaus neigt er gelegentlich dazu.

»Ihr habt mein aktuelles Mordopfer erpresst, Leute. Den Herrn Degen, also diesen Bauleiter vom Heimatwinkel drüben«, werf ich einfach mal so in den Raum.

»Erpresst! Mei, was heißt da erpresst, Franz«, sagt jetzt der Simmerl und starrt dabei auf die Tischplatte runter.

»Erpressen: das heißt, jemanden durch Gewalt oder etwa auch durch Androhung …«

»Ich weiß, was erpressen heißt«, brüllt er mich jetzt an mitsamt seinen hektischen Flecken im Gesicht, die sich offenbar im Sekundentakt verdoppeln.

»Ja, was fragst denn dann so blöd, ha?«, schrei ich zurück, weil's mir jetzt allmählich langt.

Und dann klär ich diese feine Gesellschaft hier erst einmal über den aktuellen Sachverhalt auf. Wenn man nämlich zum Beispiel, wie diese geistig umnachtete Runde hier, bei einem Hotelbau Stromleitungen kappt, dann ist das eine sogenannte Sabotage. Zementsäcke oder Dämmplatten unter Wasser zu setzen ebenfalls. Und auch die Schlüssel vom Bagger zu entwenden, ist genauso illegal wie einige weitere Delikte, auf die ich gar nicht mehr näher eingehen will.

»Warum, zum Teufel, haben wir diesen ganzen Scheiß heute bloß noch einmal durchgesprochen? Die Sache war doch schon längst vom Tisch«, nuschelt der Simmerl am Ende meiner Durchsage und auch eher zu sich selbst.

»Ja, das frag ich mich allerdings auch, Freundchen. Und was ich mich außerdem frag, warum unser werter Herr Bürgermeister da überhaupt seine Finger im Spiel hat? War nicht grad er es, der von Anfang an so dermaßen scharf war auf dieses blöde Hotel und ständig laut Hurra geschrien hat? Oder hab ich da was verpasst?«, muss ich jetzt noch wissen.

»Seine Finger! Also, wie sich das wieder anhört!«, entgegnet er auch umgehend und bleibt nun direkt vor mir stehen. »Grundgütiger, ich hab meine Finger überhaupt nirgends drin, Eberhofer. Generell nicht. Also zumindest nicht in so … Ja, also in solchen kriminellen Sachen nicht. Ich hab doch von dieser … dieser ganzen unsäglichen Aktion erst erfahren, wie das Kind praktisch schon im Brunnen war. Also genau genommen, wie er dann schon tot war, dieser Dings. Also dieser Degen. Da ist den Herrschaften hier nämlich plötzlich der Arsch auf Grundeis gegangen, gell. Und, mein Gott, da haben sie mich halt eingeweiht und bei mir quasi einen fachkundigen Ratschlag gesucht, verstehens? So, und jetzt Ende der Durchsage und Auf Wiederschaun. Weil wenn's noch irgendwas gibt, Eberhofer, dann wissen Sie ja, wo Sie mich finden.«

Soso, einen fachkundigen Ratschlag. Ja, den würd ich mir auch zuallererst mal bei unserem Bürgermeister suchen, ganz klar. Dann fällt die Tür ins Schloss, und schon ist er weg.

»Wir haben doch eigentlich gar nix gemacht, Franz«, jammert der Flötzinger nun unter seinen beschlagenen Gläsern hervor. »Wir wollten diesem Degen doch bloß eins auswischen, weißt. Einen Denkzettel verpassen sozusagen. Einfach, weil er zuerst doch immer gesagt hat, ich würde die gesamte Installation kriegen, und da hab ich mich logischerweise drauf eingestellt. Und plötzlich, von heute auf morgen, wie ich mir dann schon zwei Polen und einen Rumänen besorgt hab, da hat es auf einmal geheißen, ich kann die Bäder machen und sonst nix. Und den Rest, also praktisch die Heizung und den ganzen Wellnessbereich und alles, was halt irgendwie lukrativ ist, das machen jetzt irgendwelche Profis aus Landshut. Mensch, da wär dir doch wohl auch der Hut hochgegangen, oder etwa nicht?«

Seine zwei Mitstreiter nicken einträchtig.

»Machst mir noch eine Halbe?«, frag ich schließlich den Wolfi, trink mein Neigerl aus und halt ihm das leere Glas entgegen.

»Nur, wenn du die Sache hier vergisst«, kommt es zurück.

»Du, Wolfi, du weißt schon, dass das jetzt schon wieder eine …«

»Erpressung ist, ich weiß. Also?«, unterbricht er mich aber gleich und runzelt die Stirn.

»Also noch mal kurz zusammenfassend«, muss ich nachhaken. »Ihr drei Helden hier habt diese albernen Kleinkinderstreiche abgehalten, die übrigens das Hotel wohl viel Kohle gekostet haben dürften und den armen Herrn Grenzbach mit seinem kranken Herzen womöglich sogar das Leben.«

»Ich hab gar nix gemacht«, sagt der Wolfi wie aus der Pistole geschossen. »Ich hab nur meine Räumlichkeiten für die Strategien zur Verfügung gestellt. Das war alles.«

»Mitgefangen, mitgehangen«, knurr ich ihn an und werf noch mal einen Blick in diese räudige Runde hier. Und hab den Eindruck, diese drei Helden würden jetzt zu gern im Boden versinken. Jedenfalls hocken die Kumpanen Simmerl und Flötzinger mit tief gesenkten Köpfen dort am Tisch auf ihren Stühlen, während der Wolfi in recht ähnlicher Haltung hinter seinem Tresen steht. Kriminelle Energie sieht irgendwie ganz anders aus.

»Ja, Scheiße, vergessen wir's«, sag ich schließlich und lös damit fast einen Freudentaumel aus. Und grad will die Stimmung so allmählich wieder steigen, wie die Tür aufgeht und der Rudi reinkommt. Heute im Strickpullover mit einem seltsamen Kreis drauf, alles in Rosa und somit Ton in Ton mit seinem aktuell zarten Teint.

»Vergessen … das kommt ja gar nicht in die Tüte, meine Herrschaften«, sagt er gleich ganz ohne Begrüßung und will prompt wissen, was das werden soll. Eine Verschwörung etwa, oder was sonst? Doch es kann ja wohl nicht möglich sein, dass ich als Polizeibeamter meinen Aufgaben nicht nachkomme, nur weil es sich bei den Straftätern um meine engsten Busenkumpels handelt. Ja, wo kämen wir denn da hin, wenn man immer nur die im Visier hat, die man entweder sowieso nicht mag oder gar nicht kennt. Nein, nein, nein, sagt er weiter, latscht über die Dielenbretter und macht einen auf Oberermittler. Hier muss es natürlich eine vorschriftsmäßige Ladung geben, eine Vernehmung muss stattfinden, hochoffiziell quasi, und zwar in einem ordentlichen Büro samt Protokoll und allem, was dazugehört.

»Sag mal, Birkenberger«, frag ich, wie ihm endlich die Luft ausgeht. »Hast du da draußen etwa grade gelauscht, oder was? Das ist ja wohl das Allerletzte!«

»Ha, da musst du grade reden, du hast doch selber da draußen gelauscht«, entgegnet er und zuckt mit den Schultern.

»Ja, entschuldige mal, das ist ja wohl ein Unterschied. Das hier ist mein Stammlokal in meinem Heimatort, und es sind meine Spezeln, die wo ich belauscht hab.«

»Ach, und du findest, das macht die Sache sympathischer? Aber wie auch immer«, sagt er und gesellt sich nun zu uns an den Tisch. »Es gibt Gesetze, und ob man's glaubt oder nicht, die gelten für jedermann. Sind eigentlich noch Weißwürste da?«

»Nein!«, sagen wir alle vier wie aus einem einzigen Mund.

»Aber in der Schüssel, da sind doch noch welche«, quengelt der Rudi noch kurz, doch es ist schon zu spät. Der Simmerl schnappt sich nämlich die restlichen Würstl, wickelt sie prompt in ein Tempo ein und reicht sie mir über den Tisch.

»Die sind für den Ludwig«, sagt er, steht dann auf und wendet sich zum Gehen ab. »Ach ja, und wegen dieser Vorladung, Franz. Also, meine Adresse, die hast ja, gell. Servus, miteinander.«

»Mein Beileid, Simmerl!«, können wir anschließend von draußen eine Stimme vernehmen. Ja, ich hab gleich kein gutes Gefühl gehabt bei dieser seltsamen Nachricht dort an seiner Ladentür.

»Ist bei denen wer gestorben?«, fragt der Wolfi gleich besorgt.

»Noch nicht«, sag ich und lass ihn kurz an meinem fragwürdigen Wissensvorsprung teilhaben, was ihm ein fettes Grinsen ins Gesicht zaubert.

Dadurch aber scheint nun unser Flötzinger in ein tiefes Loch zu fallen. Wir sollen uns gefälligst nicht lustig machen über Familienangelegenheiten, sagt er. Seine Familie, die fehlt ihm nämlich so dermaßen, das kann er gar nicht sagen. Und obwohl er die Mary bei jedem einzelnen verdammten Telefongespräch inständig darum bittet, mit den Kindern endlich wieder heimzukommen, bleibt sie hart.. Das treibt ihn zum Wahnsinn. Und als ob das nicht schon reichen würde, käm jetzt noch dieser Schmarrn mit diesem Degen. Das würd ihm grad noch fehlen! Eine verdammte Kinderkacke war das, sonst nix. Er hat sich halt einfach den Frust ein bisserl von der Seele geladen. Und weil der Simmerl eben zum einen sein Freund ist, zum anderen aber auch ziemlich sauer war, weil dieses blöde Hotel ums Verrecken sein Fleisch nicht haben wollte, ja, da hat der Metzger halt schließlich irgendwie mitgepfuscht. Das war alles. Und auf einmal, da würde dieser Rudi auf der Matte stehen und aus einer Mücke einen Elefanten machen. Ausgerechnet ein Auswärtiger! Lächerlich wär das Ganze, absolut lächerlich! Ja, unser Gas-Wasser-Heizungspfuscher, der ist grad richtig in Fahrt. Und der Wolfi steht hinter seinem Tresen, poliert Gläser wie eh und pflichtet ihm kopfnickend bei.

»Das mag schon sein, Flötzinger«, sagt der Rudi im Anschluss. »Dass es für dich lächerlich ist. Aber der Franz hier und ich, wir ermitteln momentan in einem Mordfall. Und da muss man eben in alle Richtungen Erkundigungen einziehen, in alle, verstehst.«

Hab ich da grad richtig gehört? In welche Richtungen will er denn da Erkundigungen einziehen, der Birkenberger? Denkt der denn ernsthaft, der Flötzinger und der Simmerl, die hätten was mit dem Mordfall zu tun? Bloß weil sie ein paar Stromleitungen durchgeschnitten haben? Das ist ja wohl der Blödsinn des Jahrhunderts! Und das sag ich ihm auch. Birkenberger, sag ich, wenn du tatsächlich der Meinung bist, dass meine Leut hier unter Mordverdacht stehen, dann sag's lieber gleich.

»Aber das kann man doch nicht generell ausschließen, Franz«, sagt er und stemmt dabei seine Hände in die Hüften.

»Ich schon«, erwidere ich und merk währenddessen, dass dem Wolfi sein Gesicht zu zucken anfängt. Au wei.

»Nein, auch du nicht, Franz. Sei doch bitte einfach mal objektiv, Mensch.«

»Ich, Birkenberger«, kommt nun also der Wolfi zum Einsatz und legt sein Geschirrtuch beiseite. »Ich bin schon rein aus beruflichen Gründen der objektivste Mensch, den es überhaupt gibt. Und wenn ich dir eins sagen kann, der Flötzinger und der Simmerl, das sind zwar nicht die zwei Hellsten unter der Sonne, aber definitiv sind es keine Verbrecher.«

»Das mag schon sein, lieber Wol…«, versucht es der Rudi noch schnell, wenn auch vergeblich.

»Herr Birkenberger«, unterbricht ihn nämlich der Wirt umgehend. »Ich mach jetzt einfach von meinem Hausrecht Gebrauch und erteile Ihnen hiermit Hausverbot. Völlig legalerweise, klar.«

»Und weswegen, wenn ich fragen darf?«, will der Rudi wissen, und mittlerweile ist das Rosa in seinem Gesicht deutlich greller als das von seinem Pullover.

»Mei, sagen wir einfach, weil ich eine Angora-Allergie hab. Oder womöglich ist es auch eine Yin-und-Yang-Sperre«, entgegnet der Wolfi ganz ruhig und deutet mit dem Kinn auf das Oberteil vom Rudi.

»Ihr … ihr solltet euch echt mal entspannen, alle wie ihr da seid. Vielleicht einfach mal den eigenen Namen tanzen oder ein bisschen meditieren. Jedenfalls habt ihr doch alle einen an der Waffel, und das hier, das wird ein Nachspiel haben«, knurrt er noch, schnaubt wie ein Ross, während er uns der Reihe nach anschaut. Dann dreht er sich schließlich zum Gehen ab. »Kommst du mit, Franz?«, fragt er vom Türrahmen her, doch ich schüttle den Kopf. Nun stampft er mit dem Fuß auf, als würde Rumpelstilzchen grüßen lassen, und knallt die Tür hinter sich zu.

»Was ist eigentlich ein Ying und ein Yang, Wolfi?«, fragt der Flötzinger, wie endlich wieder Ruhe ist.

»Etwas Ausgeglichenes, Flötz«, erklärt der Wirt und ist auch schon wieder am Gläser-Polieren. »Etwas sehr, sehr Ausgeglichenes, weißt.«

»Aha«, sagt unser Pfuscher, schaut noch ein Weilchen ganz versonnen in sein leeres Bierglas und verabschiedet sich dann, weil er jetzt unbedingt seine Mary anrufen will. Und nun sind wir zwei ganz alleine, der Wolfi dort hinter seinem Tresen und ich. Mit welcher Ruhe und Sorgfalt er seine Gläser immer und immer noch einmal poliert, das hat ja beinah schon irgendwas Besinnliches, ehrlich. Und hat man erst mal seine Augen auf ihn gerichtet, dann kann man kaum wieder wegsehen. Unglaublich, wirklich. Die reinste Meditation ist das hier. Da würde der Rudi Bauklötze staunen.

»Weißt was, Franz«, sagt der Wolfi plötzlich und reißt mich aus meinen Gedanken heraus. »Geh zu und klär diesen Mordfall auf. Damit endlich wieder eine Ruh ist in diesem depperten Kaff.«

Ja, ein weiser Mann ist das, unser Wirt, da kann man nix sagen. So steh ich also auf, leg mein Geld auf den Tresen und schlüpf in meine Jacke. Und weil er auch unbedingt kurz ein bisschen frische Luft braucht, begleitet mich der Wolfi noch für einen Moment hinaus auf die Straße. Es riecht schon ein bisschen nach Frühling. Das ist schön. Und während ich in den Wagen steig, schnauf ich ein paar Mal tief durch.

»Dein neues Gspusi, oder was?«, will der Wolfi dann mit Blick auf die Rückbank noch wissen.

»Heißer Feger, oder?«, frag ich retour.

»Aber hallo, das kann man wohl sagen! Wo gibt's die zu kaufen?«

Und weil offensichtlich der Wolfi ganz im Gegensatz zur Oma seine helle Freude dran hat, steig ich noch mal kurz aus, hol die Süße von der Rückbank und überreich sie ihm ganz feierlich. Er strahlt übers ganze Gesicht und klopft mir aufs Autodach.

Kapitel 15

Tags darauf ist in Landshut drinnen die Beerdigung von unserem Herrn Degen, und irgendwie komm ich am Morgen gar nicht so recht in die Puschen. Was größtenteils daran liegen mag, dass unser Paulchen samt seiner knackigen Mama hier bei mir übernachtet haben. Und da konnte ich echt kaum ein Auge zukriegen. Weil die erste Hälfte der Nacht die Susi nämlich kein Auge zumachen wollte und die zweite dann unser kleiner Scheißer. Dementsprechend müde komm ich auch am Friedhof an. Doch weil die Sonne heut einfach nur großartig runterknallt, gibt's einen plausiblen Grund, mir meine Sonnenbrille aufzusetzen, wodurch zumindest meine Augenringe unsichtbar werden. Unglaublich viele Trauergäste sind hier anwesend, ich schätze mal gut und gerne zweihundert. Und ich bin durchaus nicht der Einzige, der seine Augen vor den Blicken der anderen hinter einer Sonnenbrille verbirgt. Unter ihnen übrigens auch die Witwe, ganz zuvorderst am Grab, und die beiden kleinen Mädchen haben sich eng an sie geschmiegt. Alle drei halten Blumen in den Händen und die Köpfe tief gesenkt. Gleich daneben stehen zwei ältere Paare, und der Verdacht liegt nahe, dass es sich hierbei um die Großeltern handelt. Und während nun der Pfarrer beginnt, seine Lobeshymne auf den Verstorbenen unters Volk zu schmettern und somit den Tempoverbrauch gleich drastisch ansteigen lässt, kann ich erst mal in aller Ruhe die Lage sondieren. Um ganz genau zu sein, mach ich mich zwischen all diesen Scheiteln hier auf die Suche nach einem dunklen Pagenschnitt. Was schon deshalb gar nicht so einfach ist, weil der eine oder andere eine Kopfbedeckung trägt. Aber ich bin gründlich und versuche, während ich ganz außen und möglichst unauffällig um die Trauergesellschaft herumgehe, jeden einzelnen Schopf exakt unter die Lupe zu nehmen. Werde aber ums Verrecken nicht fündig, und das, obwohl die unterschiedlichsten Menschen hier sind. Junge und alte, sehr schicke und auch eher saloppe und natürlich auch Haarfarben in allen nur erdenklichen Nuancen. Dafür aber finde ich seitlich und ziemlich weit hinten die halbe Belegschaft vom Heimatwinkel. Der Nüters ist da und auch die Frau Grenzbach, genauso wie einige andere Gesichter, die ich ganz eindeutig rein hotelmäßig zuordnen kann. Durch die Bank in tiefstem Schwarz, und auch sie wirken wie alle anderen hier deutlich mitgenommen.

Beim großen Finale dieser traurigen Zeremonie ertönt dann Frank Sinatras ›My way‹ aus irgendwelchen Boxen heraus. Und da bin ich ehrlich gesagt direkt heilfroh, dass es nicht ›New York, New York‹ ist, was nun gespielt wird. Es gibt nämlich wirklich nur ganz wenige Lieder in meinem Leben, bei denen ich ums Verrecken mitsingen muss. Gut, da ist ›TNT‹, vielleicht. Oder auch ›November rain‹. Aber eben auch ›New York, New York‹. Da kann ich mich einfach nicht beherrschen. Beim besten Willen nicht. Und das käm halt in so einem Moment schon eher scheiße, gell.

Die Schlange ist irrsinnig lang bei der anschließenden Kondolenz, und diese arme Frau Degen, die ist wirklich unglaublich tapfer. Jedem Einzelnen drückt sie persönlich die Hand, quält sich ein Lächeln ab, und mit diesem oder jenem wechselt sie sogar einige Worte. Die Mädchen stehen derweil ein, zwei Schritte hinter ihr und haben sich nun an diese zwei älteren Paare geschmiegt. Und somit dürfte wohl endgültig klar sein, dass es tatsächlich die Großeltern sind. Schließlich bin ich dann auch der Letzte, wo der Witwe sein Mitgefühl kundtut, und nehm dafür sogar meine Brille ab.

»Danke, Herr Kommissar«, sagt die Frau Degen sehr leise, und jetzt kippt ihre Stimme weg. »Haben Sie ... haben Sie denn schon irgendwelche ...«

»Nein, leider nicht, Frau Degen. Jedenfalls noch nichts Konkretes«, entgegne ich, und es ist mir fast peinlich. »Obwohl wir natürlich mit Hochdruck dran arbeiten.«

»Ja, ich kann es Ihnen ansehen«, sagt sie noch und stellt mir dann kurz ihre Eltern und Schwiegereltern vor. Wobei Letztere eh kaum in der Lage sind, meine Hand auch nur ansatzweise zu drücken. Im Normalfall, da ist mir ja so ein lascher Händedrücker tatsächlich ein Graus, gell. Einfach, weil ich der Meinung bin, entweder man gibt jemandem richtig die Hand, oder man lässt's lieber bleiben. In diesem Fall aber, da muss ich freilich mal ein Auge zukneifen und Verständnis aufbringen. Ganz klar. Der Friedhof leert sich allmählich, und so wandere auch ich an der Seite der Witwe langsam, aber sicher dem Ausgang entgegen. Ein paar Schritte vor uns gehen die Kinder zwischen ihren Omas.

»Frau Degen, ich hätte da eine Frage«, beginn ich tunlichst behutsam und räuspere mich. Doch sie blickt mich kurz an und nickt auffordernd. »Kann es vielleicht sein, dass Ihr Mann ... ja, könnten Sie sich vielleicht vorstellen, dass er möglicherweise eine Geliebte gehabt hat?«

Ihr Schritt stoppt abrupt, und zwar so, dass uns die nachfolgenden Personen beinah ins Heck laufen.

»Was ... was erlauben Sie sich eigentlich«, sagt sie, nimmt ihre Sonnenbrille ab und wirft ihren Kopf in den Nacken. »Haben Sie eigentlich überhaupt keine Manieren?«

»Doch, eigentlich schon«, sag ich so, weil mir weiter nix einfällt, quetsch mir ein Lächeln ab und zuck wie ein Volldepp mit meinen Schultern. Ganz toll, wirklich.

»Ich hab gerade meinen Mann beerdigt. Den Vater meiner zwei Mädchen hier, verstehen Sie. Und da kommen Sie mit … mit … Ha, das glaub ich jetzt einfach nicht. Ich werde … ja, ich werde mich über Sie beschweren, Herr Kommissar. Ja, das werde ich, darauf dürfen Sie Gift nehmen.«

»Beschweren? Wissens, Frau Degen, das wär dann auch nicht unbedingt das erste Mal, gell«, sag ich und setz meine Brille wieder auf. »Fakt ist jedenfalls, Gnädigste, dass Ihr Gatte exakt am Abend seines Ablebens ein Rendezvous mit einer anderen Frau gehabt hat. Und zwar eines vom Allerfeinsten. Das können Sie jetzt glauben oder auch nicht. Mir persönlich ist das vollkommen wurst. Und wer weiß, vielleicht macht Ihnen diese Tatsache ja sogar den Abschied ein kleines bisschen leichter, gell.«

»Sie … Sie …!«, schreit sie mich nun an und wirft ein weiteres Mal ihren hübschen Kopf in den Nacken.

»Ist alles in Ordnung, Miriam?«, will dann einer der Großväter wissen und hat sich besorgt zu uns umgedreht.

»Das alles hier ist ein einziger Albtraum«, sagt die Frau Degen dann noch kurz, ehe sie anschließend und relativ aufgebracht ihrer Familie entgegeneilt. Und ich … ich bleib noch einen Augenblick stehen und seh ihnen hinterher, wie sie so Richtung Pforte gehen. Sieben traurige Wesen mit tief hängenden Köpfen und dennoch Seite an Seite und Arm in Arm. Irgendwie schön.

Von ganz vorne auf dem Parkplatz kann ich jetzt plötzlich den Nüters erkennen. Und, warte kurz, ja, auch den Rudi. Den hab ich auf der Beerdigung grade doch gar nicht gesehen. Was macht der denn hier? Und was macht der Nüters da? Was machen die beiden hier, um es mal auf den Punkt zu bringen? Die streiten sich doch nicht etwa? Doch, tatsächlich, sie streiten. Und wie sie streiten! Das kann doch wohl nicht wahr sein. Da muss ich dann wohl mal schleunigst hin.

Trotz Sauseschritt und lautem Rufen ist der Rudi aber schon weg, wie ich hinkomm. Ist in sein himmelblaues Töfftöff samt alberner Aufschrift gesprungen und abgedüst. Der Nüters aber, der steht noch immer und offensichtlich leicht echauffiert vor seinem eigenen Wagen und starrt dem Flüchtigen hinterher. Und nachdem wir uns kurz artig begrüßt haben, da will ich freilich gleich wissen, was denn hier vorgefallen ist.

»Ach, das war nichts, Herr Kommissar«, sagt er leicht verlegen und schiebt sich seine Mütze zurecht. »Ein Pipifax, weiter nichts.«

»Herr Nüters«, sag ich und halt ihm die Autotür zu, die er gerade öffnen wollte. Er schaut mir direkt in die Augen und schnauft einmal tief durch.

»Also gut«, sagt er schließlich. »Es war meine Schuld, wissen Sie. Ich habe dem Herrn Birkenberger versprochen, für das Trommelseminar am heutigen Nachmittag eine … eine Partnerin zu organisieren, verstehen Sie?«

»Nur Bahnhof«, sag ich wahrheitsgemäß.

»Also passens auf, bei diesem Trommelseminar, da gibt's eben heut einen sogenannten Paarunterricht. Und jetzt fragens mich in Gottes Namen nicht, was das ist. Ich weiß es nämlich nicht. Dieser … dieser Herr Birkenberger aber, der hat mich jedenfalls neulich um eine Partnerin dafür angefragt, und selbstverständlich wollte ich mich erkenntlich zeigen, und so hab ich ihm einfach zugesagt. Als eine Art Serviceleistung, verstehens. Ja, und dann, vielleicht auch im Schatten dieser Beerdigung heute, da hab ich's einfach vergessen. Das hätte nicht passieren dürfen, ist es aber.«

»Aha«, sag ich. Dieses Bild von einem paartrommelnden Rudi ist grad in meinem Schädel eingezogen, und ich fürchte, es will da so schnell nicht wieder raus.

»Und ja, jetzt ist er halt verständlicherweise schon sauer auf mich, der Herr Birkenberger. Und das, obwohl unser Moritz ja gleich vorgeschlagen hatte, die Rolle des Trommelpartners gern für ihn zu übernehmen. Aber warum fragens eigentlich, Herr Kommissar? Hat das womöglich was mit ... also mit diesem Mord zu tun?«

»Alles hat mit allem zu tun, Nüters«, sag ich noch so, verabschiede mich und geh zu meinem Wagen. Alles hat mit allem zu tun. Kommt das jetzt von mir, oder hab ich das irgendwo mal gehört? Kann es sein, dass dieser ganze Esoterik-Scheiß in irgendeiner Weise ansteckend ist? Wer weiß.

Auf dem Rückweg von Landshut nach Niederkaltenkirchen mach ich noch schnell halt, und zwar beim Metzger meines Vertrauens. Aus dem simplen Grund heraus, weil mich allmählich schon der Hunger packt und ich mir die planmäßige Einladung zum Leichenschmaus wohl grad selber irgendwie verkackt hab. Drum eben Simmerl. Doch schon wie ich zur Tür reinkomm, da merk ich, dass die Simmerl'sche Stimmung momentan wohl so ziemlich gegen den Nullpunkt pendelt. Denn während er sich mal gerade so ein knappes Servus rausquetscht, wetzt er eines seiner Messer, und zwar mit einer solchen Inbrunst, dass ich fürchte, hier werden gleich die Funken fliegen.

»Was brauchst?«, will er dann relativ unfreundlich wissen, ohne mir auch nur einen einzigen Blick zu schenken.

»Mei«, sag ich und schau in die Auslage. »Was hast denn Schönes?«

»Machst deine Glubscher auf, dann siehst es selber.«

Aha. Ja, gut, dann mach ich halt meine Glubscher auf, gell.

»Die Schnitzel, sind die warm oder kalt?«, frag ich völlig überflüssigerweise und deute auf die Wärmevitrine. Jetzt schaut er mich an. Meine Güte, was ist denn bloß mit dem passiert?

»Du … du hast ja ein Veilchen, Simmerl«, sag ich so, und gleich tut's mir auch leid.

»Ja, der Simmerl, der hat ein Veilchen. Und?«, entgegnet er, wendet sein Gesicht jedoch gleich wieder ab. Dann aber legt er endlich sein blödes Werkzeug zur Seite, stemmt sich auf dem Tresen ab und beginnt zu erzählen. Sechsmal, sagt er, sechsmal wär die Gisela gestern angerufen worden. Und jeder einzelne dieser verdammten Anrufer hätte ihr sein aufrichtiges Beileid ausgedrückt. Ob ich mir da vielleicht vorstellen könnte, was dann daheim los war.

Ja, das kann ich.

»Nein«, sagt er, »das kannst du nicht.«

Aber wurst, jedenfalls war es die Hölle. Und heut früh, da wär sie dann auch gleich wieder ins Krankenhaus reingefahren, ohne dass er wenigstens zuvor noch ein anständiges Frühstück gekriegt hätte.

»Ja, das ist scheiße«, sag ich. »Du, dann machst mir halt vielleicht einfach zwei Schnitzelsemmeln.«

»Ja, aber so richtig scheiße ist, dass sie ja schon vor diesen ganzen depperten Anrufen auf hundertachtzig gewesen ist, die Gisela«, erzählt er weiter, während er meine Semmeln aufschneidet. »Weil dieses saublöde Flidscherl, weißt, diese Mia, die hat nämlich unsern armen Max in den Wind geschossen. Und das ausgerechnet, wo er doch eh grad schon so marod rumflaggt. Weil Madam gewissermaßen der Meinung ist, dass sie nicht mit einem solchen Waschlappen zusammen sein will, der schon aus dem Stand heraus und noch dazu von einem uralten Ross auf den Boden knallt. Sie wär ja fast im Erdboden versunken, so hat sie sich geschämt. Besonders wo doch auch die ganze Clique dabei zugeschaut hat. Ja, das hat sie gesagt, dieses Flidscherl, dieses blöde.«

»Mei, Simmerl, so richtig geschickt war er ja noch nie, euer Max, gell.«

»Diese Matz, wenn ich die in die Finger krieg …«

Jetzt fuchtelt er mit seinem Fleischermesser direkt vor meiner Nase rum. Aber so was kann ich nicht haben.

»Simmerl, nimm das verdammte Messer runter«, sag ich, und er nimmt das verdammte Messer runter.

»Und jetzt … jetzt zermartere ich mir halt schon den ganzen Vormittag lang mein Hirn, was ich dem armen Kerl denn wenigstens Schönes zum Geburtstag schenken könnte«, sagt er und schiebt meine Schnitzel zwischen die Semmeln. »Ketchup? Mayo?«

»Beides«, antworte ich, und mir trieft schon der Zahn.

»Weil, mit so einem echten Hammergeschenk, weißt, da könnt ich praktisch gleich doppelt punkten. Wenn ich nämlich dann zur Gisela sag, schau, was ich Schönes besorgt hab für unseren armen Buben, dann freut sie sich bestimmt saumäßig, und die Luft ist wieder rein. Aber mir fällt halt ums Verrecken nix ein.«

Nun langt er mir endlich die Brotzeit über den Tresen, und ich nehm den ersten Bissen. Allerdings kann ich den noch gar nicht so richtig genießen, weil mir das Wasser grad so dermaßen in der Kehle drin steht und somit das Runterschlucken regelrecht wehtut. Beim zweiten Bissen geht es schon besser. Sehr viel besser könnte man durchaus sagen.

Hm, was schenkt man denn jemandem, der relativ interessenlos und talentfrei ist und wo die dazugehörige Mutter gleich mit beschenkt werden soll? Keine Ahnung.

»Sammelt er denn nix, euer Max?«, frag ich und wisch mir den Mund ab.

»Ob der was sammelt? Ja, freilich sammelt der was. Arschkarten, würd ich sagen. Ja, wenn du mich fragst, dann sammelt der Bub Arschkarten«, brummt der leidgeprüfte Vater und beginnt erneut seine Messer zu wetzen.

»Oder ein paar Reitstunden vielleicht«, versuch ich es noch.

»Raus hier!«, brüllt er jetzt, und das ist mein Stichwort, hier das Feld zu räumen.

Und grad wie ich in meinen Streifenwagen steigen will, da düst die Gisela in ihrem BMW vor die Metzgerei, steigt aus und macht ein dermaßen grimmiges Gesicht, das kann man kaum glauben.

»Lang mit her, Eberhofer!«, ruft sie mir entgegen, während sie um ihr Auto rumwackelt und danach die Beifahrertür aufreißt. Und dort hockt jetzt der Max in diversen Verbänden, mit zwei Krücken und einer Reisetasche auf dem Schoß.

»Mein Beileid«, kommt es ganz von selbst aus meinem Hals.

»Ja, diese blöde Matz, diese blöde«, sagt er, drückt mir die Krücken in die Hand und hievt dann seine Haxen nach draußen. Wie war das noch mit dem Apfel und dem Stamm?

»Sag einmal, Max, was wünschst dir denn eigentlich Schönes zum Geburtstag?«, frag ich, wie er sich anschließend an mir festhält und hochzieht.

»Was geht jetzt dich das an?«, keift mir die Gisela her.

»Ja, man wird doch noch mal fragen dürfen, oder?«, antwortet statt meiner der Simmerl, der nun mittlerweile zu uns gestoßen ist.

»Misch dich bloß nicht ein«, knurrt prompt die werte Gattin weiter, und vor lauter Zerren, Ziehen und Schieben verliert der arme Max plötzlich sein Gleichgewicht und knallt uns aufs Kopfsteinpflaster. Schon wieder, könnte man da fast sagen. Allerdings ist die Fallhöhe heute deutlich geringer, und vermutlich hat er mittlerweile auch eine ziemlich gute Abrolltechnik drauf, unser Max.

»Ich hätt einfach gern, dass endlich meine Bio-Ecke fertig ist. *Fresh and Healthy*, verstehst?«, sagt der Bub, wie wir ihn wieder in der Vertikalen haben. »Da drinnen im Laden meine eigene Ecke mit Bio und Obst und Gemüse. Das ist auch schon alles.«

Hinter dem Rücken seiner Gisela sendet mir der Simmerl seinen ausgestreckten Daumen und zwinkert dabei wie ein Irrer. Und am Ende pack ich noch kurz mit an, den Invaliden in die Metzgerei reinzubringen, und verabschiede mich dann.

Kapitel 16

Obwohl ich ja aus bekannten Gründen heraus wirklich todmüde bin, quäl ich mich noch in mein Büro rein. Und das war ein Fehler, wie sich gleich rausstellen wird. Ein paar eifrige Kollegen aus Landshut waren nämlich so freundlich, mir den gesamten Schreibtisch mit allen Geschäftsunterlagen unseres toten Herrn Degen vollzustapeln. Zwei Kartons mit losen Unterlagen sowie sieben Ordner stehen jetzt hier rum, aufs Säuberlichste durchnummeriert und mit einer Aktennotiz versehen: Schreibtisch bzw. Büro/EG/Haus Degen/ Landshut blablabla. Unterschrift Moratschek.

Ja, herzlichen Dank auch. So hock ich also nun in meinem Sessel, die Arbeit stapelt sich bis zur Decke hoch, und ich bin so müd, dass mir fast der Schädel auf die Tischplatte knallt. Und als ob das nicht schon genügen würde, eilt jetzt auch noch der Herr Bürgermeister ganz dienstbeflissen in meine heiligen vier Wände rein und glänzt heut zur Abwechslung nicht nur mit Anwesenheit, sondern auch noch mit Autorität. Das hat mir grad noch gefehlt.

»Was erlauben Sie sich eigentlich, Eberhofer?«, fragt er, während er sich vor mir aufbäumt wie ein Feldwebel, der einen Fahnenflüchtigen stellt. Doch ich ahne bereits, woher der Wind weht. Und so steh ich lieber erst mal auf und geh an ihm vorbei Richtung Tür. Ohne Kaffee übersteh ich das hier nicht.

»Wo wollens jetzt hin, 'zefix?«, brüllt er mir nach. »Ich red mit Ihnen, bleibens gefälligst da!«

»Ich hol mir nur schnell einen Kaffee, Bürgermeister. Schließlich will ich hellwach sein, wenn Sie mich zur Sau machen«, sag ich, wie ich bei unseren Gemeindeschnecken ankomm, kurz die Hand zum Gruß heb und mir dann ein Haferl einschenk. Der Bürgermeister klebt an meinen Fersen und schnaubt direkt vor Wut. Faselt irgendwas von unglaublich respektlos und eigenen Regeln. Und dass er mir den Hals umdrehen würde, wenn er nur dürfte. Normalerweise tät ich bei so was ja zurückschießen, ganz klar. Heute aber bin ich so dermaßen k. o., dass ich einfach nur hoff, er kommt bald zum Punkt und macht dann einen geschmeidigen Abgang.

»Was fällt Ihnen eigentlich ein, Eberhofer, ha? Diese arme Witwe praktisch am offenen Dings, also praktisch am offenen Grab nach einer Geliebten zu fragen? Haben Sie eigentlich noch alle Latten am Zaun, oder was? Ist Ihnen denn mittlerweile jegliches Feingefühl abhandengekommen?«

»Ich bin der feinfühligste Mensch, den es überhaupt gibt«, sag ich und puste in die Tasse.

»Ja, genau! Und ich bin ein Goldfasan. Bringen Sie das in Ordnung, Menschenskinder. Und entschuldigen Sie sich. Und zwar hurtig, wenn ich bitten darf. Was machens jetzt da eigentlich für ein Gesicht?«

»Wenn ich Gesichter machen könnt, dann hätten Sie ein anderes.«

»Ja, danke ebenfalls. Für mich ist es nämlich auch nicht einfach, ständig mit einem Arsch zu debattieren, gell.«

»Sonst noch was?«, frag ich dann relativ freundlich. Schon allein, weil ich hier endlich meine verdammte Ruhe haben will.

»Nein, nix«, sagt er, schaut mich kurz eher misstrauisch an, wartet noch einen Moment und wendet sich dann endlich zum Gehen ab. »Doch!«, scheint ihm aber plötzlich noch was eingefallen zu sein. »Ihr dubioser Komplize, wissens schon, dieser Dings …«

»Der Birkenberger?«, helf ich ihm auf die Sprünge.

»Ja, exakt, dieser Birkenberger. Sorgen Sie gefälligst dafür, dass er hier nicht ständig seine Nase überall reinsteckt, verstanden? Also sozusagen in Angelegenheiten, die nur unser Dorf betreffen. Hab ihn nämlich heut zufällig auf der Straße getroffen, wissens. Und da hat er prompt schon wieder so umeinandergschaftelt und einen auf Oberwachtmeister gemacht. Steht da vor mir wie ein Hanswurst in seinem rosaroten Pullover und droht, er würd schon dafür sorgen, dass unsere Weißwurstconnection zur Rechenschaft gezogen wird. Weißwurstconnection, ha! Allein wie sich das anhört.«

»So, so, der Rudi«, sag ich und muss grinsen.

»Ja, Ihr Rudi«, brummt er noch, ehe er endgültig durch die Türe verschwindet. »Er hat sich da verdammt noch mal nicht einzumischen, kapiert? Ich hab auch mit dem Flötzinger schon drüber gesprochen und mit dem Simmerl, und die sind ganz der gleichen Meinung. Also machens da was, Eberhofer. Nicht dass er am End noch in der Wurst landet, Ihr Rudi.«

Wie soll man denn da bitte schön das Match gewinnen und einen ausgebufften Killer ausfindig machen, wenn einem ständig jemand übers Spielfeld latscht?

Also gut, wo jetzt anfangen? Diese Akten vom Degen hier durchwälzen? Doch eher zu seiner Hinterbliebenen reinfahren? Oder zuerst den Rudi kontaktieren? Ich entscheid mich für Letzteres, schließlich muss man ja irgendwo Prioritäten setzen, gell. Aber ganz offensichtlich hat der werte Herr Birkenberger heute so keinerlei Interesse an irgendwelchen Kontakten zur Außenwelt, zumindest hat er sein Handy ausgeschaltet. Nicht einmal seine sonst so nervtötende – »Sie sind verbunden mit der Privatdetektei Birkenberger. Seriös, diskret und erfolgsorientiert. Vertrauen Sie einem Fachmann. Vertrauen Sie Rudolf Birkenberger. Hinterlassen Sie mir Ihre Telefonnummer, und ich werde Sie umgehend zurückrufen und mit Rat und Tat und für alle anderen völlig unsichtbar an Ihrer verzweifelten Seite stehen«-Ansage läuft heute vom Band. Nein, die Leitung ist toter als tot, könnte man sagen.

Gut, mit Plan A war es also Essig, was käm denn als Plan B so infrage? Akten, Witwe oder Heia? Da muss ich kurz nachdenken. Also denk ich und denke, und dann muss ich wohl irgendwann eingeschlafen sein. Jedenfalls ist es die Oma, die ich als Nächstes wahrnehm. Sie steht in der Zimmertür und plärrt aus vollem Hals, ob ich denn eigentlich weiß, wie spät es schon ist. Nein, keine Ahnung.

»Es ist dreiviertel zehn, Bub«, sagt sie, wie sie auf mich zuwackelt. »Wo bleibst denn bloß? Bist etwa eingeschlafen? Jessas, ein Kreuz ist das mit dir. Jetzt schieb deinen Arsch Richtung Auto, und dann fahren wir heim. Schließlich hab ich dir ein Rehragout gekocht.«

»Ein Rehragout?«, frag ich, und meine Welt schaut plötzlich wieder anders aus.

»Ein Rehragout mit Spätzle und Salat. Also, was ist jetzt, auf geht's«, sagt sie noch, und schon sind wir weg. Wie wir unterwegs beim Wolfi vorbeifahren, seh ich gleich, dass meine Reklamefrau schon zum Einsatz gekommen ist. Sie steht dort vorm Eingang, ist knallbunt beleuchtet und präsentiert mit ihrer Botschaft »OPEN«, dass eben open ist. Und wie man allein schon anhand der zahlreich geparkten Autos glasklar erkennt, macht sie hier wohl durchaus einen guten Job.

»Schau, Bub«, fragt die Oma und zeigt mit dem Finger in ihre Richtung. »Ist das nicht deine Nackerte?«

»Exakt«, sag ich nickend und grins.

»Gell, hab ich mir gedacht. Schaut eigentlich gar nicht so

schlecht aus, wenn's brennt«, stellt sie noch kurz fest, und dann sind wir auch schon gleich daheim, und ich kann mich aufs Essen freuen.

Vor und während und nach dem göttlichen Mahl allerdings versuch ich immer wieder mal den Rudi zu erreichen, was die Oma jedoch beinah auf die Palme bringt. Denn immerhin hat sie sich so eine Wahnsinnsmühe mit dem Kochen gemacht, und ich stopf's eigentlich bloß in mich rein und fuchtle dabei ständig am Telefon rum. Und wo sie recht hat, hat sie recht. Ganz abgesehen davon, dass ich den Rudi sowieso nicht erreich. Womöglich hat er ja mittlerweile sogar jeglichem technischem Zeitgeist gänzlich den Rücken gekehrt und sich stattdessen der Trommeltechnik oder gar den Rauchzeichen verschrieben, wer kann das schon wissen. Oder aber er ist tatsächlich ein bisschen verschnupft mit mir, wegen dieser Sache beim Wolfi, was ihm durchaus stehen würde. Ich jedenfalls geb irgendwann auf, verfluche ihn nach allen Regeln der Kunst und helf der Oma dann lieber beim Abwasch.

»Das Sonnleitnergut ist verkauft worden«, sagt sie derweil. »Hast davon was gehört, Bub?«

»Nein«, antworte ich und schüttle den Kopf. »An wen denn?«

»Ja, ja, verkauft. Ist aber auch Zeit geworden, gell. Die Besitzer, die wollten's ja eigentlich schon ewig loswerden, gell.«

»Wer hat's denn gekauft?«, frag ich noch einmal.

»Wer will das schon haben? Und was das alles kosten wird! Himmel, allein das Dach neu eindecken, das wird ein Vermögen kosten. Und diese unzähligen Fenster, die sind doch auch alle hinüber.«

»Wer hat's denn gekauft?«, schrei ich sie jetzt an.

»Irgendjemand aus Hamburg, hab ich gehört. Aber was Genaues weiß ich auch nicht.«

»Aus Hamburg, aha. Was will denn ein Hamburger bei uns da herunten? Der versteht uns ja noch nicht mal. Und dann ausgerechnet das Sonnleitnergut. Ein völlig heruntergekommener Bunker mitten im Wald, das soll einer verstehen«, red ich jetzt so mehr mit mir selber, und irgendwie sind es eher zwiespältige Gedanken, die grad in mir hochkommen. Zum einen war da diese Sahneschnitte, die sich im Nachhinein eher als falscher Hase entpuppt hat. Andererseits aber auch die bravouröse Aufklärung eines verzwickten Dreifachmordes, den der Birkenberger und ich seinerzeit zu vermelden hatten. Und das, obwohl die Befindlichkeiten in diesem dubiosen Hotel da echt mehr als irritierend waren. Also dort in Spanien quasi.

»Hast eigentlich von deinem Vater wieder einmal was gehört?«, wechselt die Oma plötzlich und wie auf Kommando das Thema, während sie ein paar Teller verräumt. Doch ich schüttle den Kopf. Nein, seitdem der Papa mit seiner Flamme dort in Spanien rumdümpelt, da hört man so gut wie gar nichts mehr von ihm. Zweimal haben wir bei ihm angerufen und er einmal bei uns. Aber das war's dann auch schon. Der Leopold, der ist da selbstverständlich deutlich mehr auf dem neuesten aller Stände. Weil sich der als artiger Zögling jede verdammte Woche nach dem werten Befinden seines Erzeugers informiert. Doch weil er zwar immer erwähnt, dass er mit dem Papa Kontakt hat, dann weiter aber keine Anstalten macht und ich logischerweise auch nicht nachfrag, bleiben die Infos eben da, wo sie sind, nämlich unter Leopoldischem Verschluss.

»Vielleicht sollte ich einfach mal anrufen«, überleg ich so und deut es der Oma, grad wie ich das Geschirrhandtuch weghäng.

»Ja, mach das«, freut sie sich, und aus ihrer Schurztasche heraus kramt sie einen zusammengeknüllten Zettel, wo die

Nummer draufsteht. So schnapp ich mir also das Telefon und hau in die Tasten.

»Hola«, ruft mir der Papa gleich fröhlich entgegen, kaum, dass er von seiner Schnecke weitergereicht wurde.

»Servus, Papa«, sag ich laut. Erstens, damit die Oma ebenfalls was davon mitkriegt, und außerdem ist ja Spanien auch ewig weit weg, gell. »Und, was macht der Lebensabend? Geht's dir gut?«

»Fantastico«, lacht er brummig.

»Fantastico, soso. Ich glaub, ihm geht's gut«, sag ich jetzt mehr so zur Oma. »Außerdem glaub ich, dass er ein bisschen besoffen ist.«

»Ja, Bub, dein alter Vater, der ist tatsächlich ein bisschen besoffen«, lacht er dann weiter. »Und weißt, warum? Weil er mit einer ganz wunderbaren Frau auf der Veranda einer wunderbaren Finca hockt und auf das verdammt wunderbare Meer hinausschaut, wo grad der Mond drübersteht. Wir haben eine schöne Flasche Rioja geköpft und ein paar Kerzen angemacht, und ich schnitz mir grad eine Pfeife aus Olivenholz. Sonst noch Fragen?«

Jetzt muss ich grinsen. Dieser alte Sack, echt! Der weiß ganz genau, wie's geht. Nein, keine weiteren Fragen mehr.

»Nein«, sag ich deswegen.

»Wie entwickelt sich denn mein … äh, also der kleine Paul denn so?«, fragt er, und ich merk deutlich, wie er nach einem passenden Ausdruck sucht.

»Enkel?«, frag ich deswegen nach.

»Enkel, genau! Herrje. Weißt, Burschi, manchmal hoff ich direkt, dass ich im Spanischen wenigstens einigermaßen fit bin, eh ich das Deutsche komplett vergess. Also, was macht er, mein Enkerl?«

Und so erzähl ich halt kurz, dass sich der kleine Lauser ganz prima entwickelt, die Susi eine Hammer-Mama ist und wir grad am Überlegen sind, ob wir nicht vielleicht ein Haus bauen sollten, weil die zwei sonst bald auf der Straße stehen würden. Die Oma nickt jetzt ganz eifrig, was ihre Hördefizite für mich ein weiteres Mal als fragwürdig erscheinen lässt. Ja, das mit dem Hausbau, das findet er großartig, der Papa. Doch wir sollten uns durchaus mal Gedanken drüber machen, ob wir dann nicht gleich ein Doppelhaus bauen. Mit dem Leopold gemeinsam, schlägt er noch vor.

»Wie, mit dem Leopold gemeinsam?«, frag ich hier nach und merk auch, wie die Oma kurz stutzt.

»Ja, überleg doch bloß mal«, sagt der Papa. »Zum einen reduziert's euch die Kosten enorm, und außerdem wär's doch auch für die Kinder ganz wunderbar, oder? Wenn dein Paul nämlich mit den Kindern vom Leopold gemeinsam aufwachsen würde.«

»Der Leopold, der hat nur ein Kind.«

»Bald nimmer«, sagt er und lacht. Ich schau mal zur Oma hin, doch die zuckt nur mit den Schultern. »Und wenn man ehrlich ist, Burschi, dann hat er schon recht, der Leopold. Diese Einzelkinder, die haben nämlich schon oft einen Schlag weg, gell.«

»Aber wenn wir schon grad beim Leopold sind, Papa, dann muss ich sagen, der ist doch auch kein Einzelkind, hat aber trotzdem einen Schlag weg. Und was für einen.«

Nach einem weiteren und ziemlich brummigen Lachen, da erkundigt er sich dann natürlich auch noch nach unserem werten Befinden. Also quasi dem von der Oma und mir. Und grad will ich aus dem Vollen schöpfen und ihn über das Wirken und Werken seiner Zurückgelassenen informieren, da zieht er mir aber prompt schon den Stecker. Nein, sagt er, weder will er was von einem Mordfall wissen noch über irgendwelche dubiosen Connections. Das würd ihn alles nur aufregen, und dann wär gleich die Stimmung im Arsch.

»Geht's der Oma gut?«, fragt er am Ende seiner Durchsage.

»Ja, prima«, antworte ich jetzt wie ein Schulbub.

»Siehst es«, sagt er noch und schnauft einmal tief durch.

»Na gut, dann lass dir die spanische Sonne auf den Arsch scheinen und mach's gut. Servus, Papa.«

»Servus, Burschi. Ach ja, und el saludo la abuela, gell. Grüß mir die Oma schön«, hör ich noch, und dann ist er weg.

Kapitel 17

Jetzt ist es ja nicht so, dass mich Anweisungen jeglicher Sorte übermäßig beeindrucken würden. Nein, gar nicht. Erst recht nicht, wenn sie von unserem Bürgermeister kommen. Aber wenn ich mir diesen enormen Dokumentenstapel so anschau, welcher derzeit meinen Schreibtisch zu zerbersten droht, ist mir ein Besuch bei der Witwe immer noch lieber. Auf dem Weg nach Landshut rein versuch ich dann gefühlte dreitausend Mal den Rudi zu erreichen, aber nix. Wenn, so wie ich befürchte, dieser Handy-Boykott seinem aktuellen Esoterik-Wahnsinn zuzuschreiben ist, dann ist echt was geboten. Schließlich kann er mich doch jetzt hier nicht einfach so in einem Mordfall hängenlassen, nur weil er grad zum Guru mutiert. Andererseits ist es dann vielleicht sogar besser so. Nein, ehrlich. Weil kaum jemand eine Hilfe sein kann, der grad völlig in Trance durch die Weltgeschichte wandelt.

Wie ich vor das Haus der Degens rolle, kann ich hinter dem Gartenzaun die beiden Mädchen spielen sehen. Das ist schön. Aus den Schneeresten haben sie einen Schneemann gebaut und sind grade dabei, einen dicken Schal drüberzuwickeln, wie sie mich schließlich entdecken.

»Hallo«, rufen sie und laufen auch prompt auf mich zu. Also steig ich mal aus.

»Na, ihr zwei Mäuse«, sag ich, während ich den Streifenwagen abschließ. »Und, keine Schule heute?«

Nein, logischerweise keine Schule heute, erzählen sie gleich, weil nämlich Samstag ist. Die Mama, die hätte aber sowieso gemeint, es würde reichen, wenn sie erst nächste Woche dorthin zurück müssten. Ja, das kann ich verstehen. Alle beide stecken in leuchtend bunten Kleidern, und ihre Wangen sind rot, was mich beides sehr freut. Wenn man ihnen aber in die grünen Augen schaut, dann sieht man es gleich, ihre Welt ist nicht mehr sehr heil.

»Ist eure Mama zu Hause?«, frag ich, denn immerhin bin ich ja eher dienstlich hier. Und sie nicken im Duett. Ganz kurz streich ich ihnen noch über die Mützen, dann schnauf ich noch mal durch und begeb mich Richtung Haustür. Wie man sich vielleicht unschwer vorstellen kann, ist die anschließende Begrüßung nicht besonders überschwänglich, allerdings lässt mich die Frau Degen wenigstens prompt herein.

»Sie sind hier, um sich zu entschuldigen?«, fragt sie schon auf dem Weg in den Wohnbereich und hat einen leicht überheblichen Tonfall drauf. So was kann ich nicht haben.

»In erster Linie bin ich hier, um den Mord an Ihrem Gatten aufzuklären, Gnädigste. Und das dürfte ja wohl auch in Ihrem Interesse sein, oder nicht?«, sag ich, während ich durch die Terrassentür hindurch die beiden Mädchen betrachte.

»Darf ich Ihnen … vielleicht einen Tee anbieten?«, will sie dann wissen, und das hört sich nun schon freundlicher an. »Ingwer-Orange oder eher Vanille-Hagebutte?«

»Weder noch, danke«, sag ich und dreh mich zu ihr um. Deute an den Esstisch, und so nehmen wir Platz.

»Frau Degen«, sag ich und versuche ehrlich möglichst behutsam vorzugehen. »Das, was ich bei der Beerdigung zu Ihnen gesagt hab, das war möglicherweise tatsächlich der unpassende Zeitpunkt. Fakt ist es aber trotzdem. Ihr Gatte hatte eine Geliebte, da können Sie sich jetzt auf den Kopf stellen und mit dem Hintern wackeln, es ändert nichts an der Sachlage.«

Jetzt funkeln ihre hübschen Augen ganz furchtbar, und sie steht auf.

»Sie wagen es wirklich, das ist ja kaum zu glauben. Ha! Statt hierherzukommen und sich zu entschuldigen, da platzen Sie einfach rein und …«

»Setzen Sie sich wieder«, muss ich sie hier unterbrechen, weil wir sonst nicht weiterkommen. Einen winzigen Moment stutzt sie noch, nimmt dann aber, wenn auch eher missmutig, Platz. Und die nächsten Minuten verbringe ich damit, sie denkbar schonend über die Abläufe der Todesnacht ihres Mannes dort im Heimatwinkel zu informieren. Wieder und wieder hält sie sich die Ohren zu, und ständig laufen Tränen über ihr Gesicht.

»Es tut mir wirklich leid, Frau Degen«, sag ich abschließend und meine es genau so, wie ich es sage. »Aber diese Frau, mit der er diese letzten Stunden zusammen war, die ist natürlich unsere Hauptverdächtige, verstehen Sie? Und jetzt meine Frage, kennen Sie eine Frau, vielleicht sogar in Ihrem gemeinsamen Bekanntenkreis, auf die meine Beschreibung zutreffen würde?«

Sie sitzt mir noch immer genau gegenüber, schnäuzt sich, und ich merke exakt, dass sie intensiv nachdenkt. Ihr Blick ist auf die Tischplatte gerichtet, und die Augenlider flattern. Ein Schneeball knallt an die Scheibe der Tür, doch das bringt sie nicht aus der Fassung.

»Ein dunkler Pagenkopf, haben Sie gesagt?«, fragt sie nun und schaut mir direkt in die Augen. Ich nicke.

»Es ist lächerlich, Herr Kommissar …«, sagt sie, steht auf und geht zur Terrassentür, weil noch weitere Schneebälle den Weg dorthin finden. »Aufhören, aber plötzlich!«, ruft sie nach draußen, was jedoch seine Wirkung gänzlich verfehlt.

Die Bälle fliegen und fliegen, und einer davon landet knapp vor ihren Füßen. Also steh ich nun selber mal auf und begeb mich ebenfalls zur Türe.

»Mädels, bitte«, sag ich und schau sie abwechselnd an. Irgendwie wirken sie zornig, gleichzeitig aber auch unglaublich erschöpft. Eine der beiden lässt einen Schneeball aus ihrer Hand fallen, dann dreht sie sich ab und rennt weg. Keinen Augenblick später ist die Schwester auch schon hinterher.

»Sie müssen an die frische Luft, wissen Sie«, sagt die Frau Degen, wie wir an den Tisch zurückkehren. »Sie schlafen so schlecht.«

»Verstehe«, sag ich, weil ich's wirklich tu. »Gut, Frau Degen, erzählen Sie mir doch kurz, was Sie grad so lächerlich gefunden haben.«

»Ja, es ist wirklich ein ziemlicher Quatsch, wie ich finde.«

»Wenn Sie die Güte haben und würden die Bewertung mir überlassen.«

»Gut«, sagt sie zögerlich, schaut mich noch kurz an, widmet sich dann aber erneut der Tischplatte. »Die Chefin von Manuel, die schaut ungefähr so aus. Also jedenfalls hat sie so ausgesehen, wie ich sie das letzte Mal gesehen hab, verstehen Sie. Dunkler Pagenkopf und so. Außerdem trägt sie meistens einen Trench. Aber wie gesagt …«

»Name?«, frag ich und zücke mein Notizheft.

»Blessinger. Sabrina Blessinger, also praktisch die Erbin vom Baukonzern Blessinger, sagt Ihnen das was?«

»DIE Baulöwin?«, weil mir dieser Bauriese von den lokalen Medien her bestens bekannt ist.

»Ja«, sagt sie und nickt.

»Gut, diese Blessinger, das war also die Chefin von Ihrem Mann.«

»Nein, nicht wirklich Chefin, er war ja freiberuflich tätig. Allerdings sind gut neunzig Prozent aller Aufträge von ihr gekommen. Sie haben sich unglaublich gut verstanden, die Sabrina und der Manuel. Und auch ich mag sie sehr. Obwohl ich sie eigentlich nur ein paarmal kurz getroffen habe. Auf den Sommerfesten der Firma zum Beispiel oder auch auf den Weihnachtsfeiern.«

»Womit wir für heute auch schon am Ende sind«, sag ich und steh auf.

»Werden Sie sie vernehmen?«, will die Frau Degen noch wissen, während sie mich zur Haustür bringt.

»Natürlich werd ich sie vernehmen.«

»Können Sie vielleicht ... Ich mein, Sie müssen doch nicht sagen, dass Sie diese Info von mir haben, oder?«

»Nein, muss ich nicht«, sag ich noch so, und sie lächelt mich dankbar an.

Nachdem wir uns verabschiedet haben, treff ich am Streifenwagen noch auf die zwei Mädchen. Sie hocken auf der Kühlerhaube und schauen mich erwartungsvoll an.

»Na?«, sag ich, weil mir nix Besseres einfällt, und beide zucken mit den Schultern.

»War sie nett?«, fragt die Linke ein paar Wimpernschläge später.

»Wer, deine Mutter? Ja, sie war nett. Warum?«

»Weiß nicht«, sagt sie weiter und zuckt erneut mit den Schultern. »Weil sie halt irgendwie doof ist, seit der Papi tot ist.«

»Na ja, das kann man doch auch verstehen, oder? Sie ist halt traurig. Ihr seid es ja auch.«

»Sie ist aber nicht nur traurig, sie ist auch doof«, sagt das Mädchen noch, springt dann mitsamt der Schwester von der Kühlerhaube runter, und beide sausen davon.

Auf dem Weg zurück nach Niederkaltenkirchen versuch ich dann gleich den Richter Moratschek telefonisch zu erreichen, doch offensichtlich ist er grad unpässlich, wie er mir durch seinen AB nuschelnd mitteilen lässt. Auch ein erneuter Versuch, den Rudi zu kontaktieren, scheitert, und langsam, aber sicher mach ich mir Sorgen. Und grad in Fällen, da wo ich mir Sorgen mach, da kommt bei mir heftig und völlig ohne Vorwarnung ein Heißhungergefühl auf, das kann man wirklich kaum beschreiben. Einen kurzen Moment lang bin ich direkt hin- und hergerissen. Weil ich jetzt gar nicht recht weiß, ob mein aktueller Appetit nun größer ist als die Sorge um den Rudi oder eher umgekehrt. Also quasi Pflicht gegen Kür. Schweren Herzens entscheid ich mich doch für Pflicht, und so führt mein Weg direkt zum Heimatwinkel. Die freundliche Frau an der Rezeption lässt mich auch gleich wissen, dass sie den Herrn Birkenberger selbst schon vermissen würde. Jedenfalls hätte er bereits gestern beim Abendessen gefehlt und auch heute beim Frühstück. Außerdem hinge sein Schlüssel am Brett, was eindeutig zeigt, er ist gar nicht im Haus. Und so schnapp ich mir halt erst mal diesen Schlüssel, eile auch schon die Treppen hinauf und öffne seine Zimmertür. Es ist leer. Nein, leer ist es eigentlich nicht, seine Klangschalen stehen auf dem Tisch, ein Rucksack aus Jute hängt über der Stuhllehne, und auf dem Nachttisch stapeln sich Bücher jeglicher esoterischer Sorte. Nur der Rudi selber, der ist eben nicht da. Glücklicherweise verrät mir ein Blick ins Badezimmer, dass er wenigstens nicht tot in der Wanne rumdümpelt, und so schließ ich wieder ab und sause nach unten. Schnurgerade auf dem Weg zum Büro von der Grenzbach, vielleicht weiß ja die was oder der Nüters. Immerhin kann der Rudi ja nicht vom Erdboden verschluckt worden sein. Ich tret gleich ganz ohne Anklopfen ein, und das ist jetzt sicherlich nicht die nobelste Art, kriminalistisch gesehen, aber vielleicht umso wertvoller. Wer weiß. Immerhin erwisch ich die beiden nämlich, also die Grenzbach samt Nüters, auf dem kleinen Sofa sitzend, und zwar enger, als es die Situation erfordern würde. Und sie rücken auch prompt ein Stück auseinander, wie sie mich sehen.

»Herr Kommissar«, sagt die Grenzbach etwas zu laut. »Warum zum Teufel klopfen Sie denn nicht an?«

»Vergessen«, entgegne ich und trete näher. »Gibt's was zu feiern?«, frag ich dann in Hinblick auf die zwei Gläser dort am Tisch und das Fläschchen Sekt im silbernen Kühler. Oder zum Geier, ist es gar Champagner?

»Ich ... nun ja, ich hab heute Geburtstag«, sagt sie nun fast schüchtern, und ich merke deutlich, dass ihr die Lage hier grad irgendwie unpassend scheint. »Es ist mein Fünfzigster, wissen Sie.«

»Gratuliere«, sag ich und setz mich in einen Sessel den beiden direkt gegenüber. »Dieser Birkenberger, der war die letzten Stunden nicht im Hotel. Auch über Nacht nicht. Abgereist ist er aber auch nicht. Wissen Sie was darüber?«

Sie zuckt kurz mit den Schultern, dann wandert ihr Blick zum Sitznachbarn rüber.

»Womöglich«, sagt nun der Nüters, lehnt sich nach vorne und greift nach seinem Sektglas. »Womöglich hat er sich ja bei seinen Atemübungen einfach in Luft aufgelöst, hähä.«

Dann prostet er in meine Richtung, setzt an und trinkt auf ex. Daraufhin nimmt sie ihm vehement das Glas aus der Hand und stellt es außer Reichweite.

»Wenn ich mir Sie beide so anschau, meine Herrschaften, dann frag ich mich ernsthaft, ob der arme Herr Grenzbach tatsächlich an einem Herzinfarkt gestorben ist oder ob da jemand nachgeholfen hat, ganz ehrlich.«

»Also!«, sagt sie nun und steht auf. »Das ist ja wirklich allerhand.«

»Finden Sie?«, frag ich und merke, wie der Nüters nun bleich wird.

»Tut mir leid«, sagt er, steht auf und eilt dann Richtung Zimmertür. »Mir … mir ist grad furchtbar schlecht.«

»Sie müssen ihn entschuldigen, Herr Kommissar«, sagt sie kaum, dass wir zwei alleine sind. »Er trinkt ja sonst nie einen Tropfen Alkohol, verstehen Sie. Und … ja, was Sie uns da unterstellen, das ist … ja, mir fehlen direkt die Worte.«

»Ich unterstelle doch gar nichts. Trotzdem würd mich interessieren, in welchem Verhältnis Sie zum Nüters stehen, Gnädigste. Über ein normales Chef-Angestellten-Verhältnis geht das doch allemal hinaus, wenn Sie mich fragen.«

Mittlerweile hat sie wieder Platz genommen, die Hände in den Schoß gelegt, und auf denen ruht nun ihr Blick. Dann erzählt sie mir in ihrer feinen und kompetenten Art und dadurch auch glaubhaft, dass der Nüters schon vor dem Tod ihres Mannes ein treuer und souveräner Freund der Familie war. Und hinterher nur umso mehr. Niemals hätte sie das hier alles schaffen können, wüsste sie ihn nicht so zuverlässig an ihrer oft hilflosen Seite. Ich weiß nicht recht, warum, aber ein Restzweifel bleibt dennoch in mir.

»Gut«, sag ich, während ich aufsteh. »Über den aktuellen Aufenthaltsort von unserem Herrn Birkenberger, da ist Ihnen wirklich nichts bekannt?«

»Nein«, antwortet sie und erhebt sich nun ebenfalls. »Bedaure.«

»Ja, ich auch«, werf ich noch so in den Raum, und schon bin ich draußen.

Nachdem ich also diese Pflicht wohl mehr schlecht als recht hinter mich gebracht hab, freu ich mich auf die Kür, die nun vor mir liegt. Wie ich schließlich und endlich beim Simmerl vorroll und auf das Taferl schau, da knurrt mir schon mein Magen, frag nicht!

Rollbraten, steht da drauf. Und resches Wammerl vom Grill. Schinken im Bierteig, Bratwürstl rot und weiß ebenfalls. Gut, Kartoffelsalat steht auch drauf, aber da mag ich bloß den von der Oma. Was aber jetzt nehmen? Die Entscheidung fällt schwer. Da bin ich trotz Magenknurren direkt froh, dass noch eine andere Kundschaft vor mir dran ist und somit Zeit zum Nachdenken bleibt.

»Was ist denn heut in euerm Schlachthaus los?«, fragt die Frau vor mir, während der Simmerl ihre Ware verpackt. »Da klopft ja ständig jemand.«

Und ja, sie hat recht. So lausch ich halt mal.

»Mei, Frau Fürstenberger, wissens«, sagt der Simmerl und langt ihr den Beutel über den Tresen. »Wir haben doch grad die Handwerker im Haus. Weil unser Max, der kriegt seine eigene Gemüseecke da herinnen. Er freut sich ja schon so drauf. Aber einen Mordslärm macht es halt auch, gell.«

Aha.

»Und du, Eberhofer?«, will der Metzger dann wissen, wie wir schließlich allein sind und ich somit an der Reihe bin. »Was kann ich dir Gutes tun?«

»Handwerker?«, frag ich. Er hebt kurz die Schultern und nickt, wobei seine Oberlippe zu zucken anfängt. Ich lausche noch einmal.

»Ja, was ist jetzt?«, hakt er zuckenderweise nach.

»Du, Simmerl, wenn das Klopfen da hinten tatsächlich von irgendwelchen Handwerkern kommt, dann haben die grad HILFE, ICH BIN HINTEN IM SCHLACHTHAUS EINGESPERRT geklopft. Also praktisch so rein morsetechnisch gesehen, verstehst.«

Danach geht eigentlich alles ganz schnell. Nachdem der Simmerl zunächst versucht, die Situation wegzulachen, versucht er anschließend noch kurz, mir den Weg abzuschneiden. Doch sportlich, wie ich nun eben mal bin, hüpf ich kurzerhand über den Tresen, und schon bin ich auf dem Weg ins Schlachthaus hinter. Der Birkenberger ist ziemlich froh, wie er mich schließlich sieht, wenigstens die ersten Atemzüge lang. Wie ich ihm letzten Endes dort an den Wasserrohren die Fesseln von Händen und Füßen durchtrenne, reißt er sich das Klebeband gleich selber vom Mund, schnauft einmal tief durch, und schon kriegt er einen Schreianfall der heftigsten Sorte. Irgendwas von Anarchie brüllt er äußerst erzürnt, und von allen möglichen Konsequenzen faselt er dann. Ein »Waschlappen vom Amt« kommt ihm auch über die hitzigen Lippen, und wahrscheinlich hat er damit mich gemeint. Außerdem hätte er sich mit der ganzen Klopferei seinen nagelneuen Pulsmesser ruiniert, und das Trommelseminar, das hätt er auch verpasst. So richtig ernst nehmen kann ich ihn dennoch nicht wirklich, wie er da so in seinem esoterischen Outfit durchs Schlachthaus rennt, wie am Spieß schreit und sich die Handgelenke reibt. Eher macht er auf mich einen ... ja, einen eher Mitleid erregenden Eindruck. Doch, tatsächlich. Und wenn ich mal so zum Simmerl rüberschau, dann geht's dem wohl nicht anders als mir.

»Magst eine Leberkässemmel?«, fragt der dann auch prompt, wie unser Rumpelstilzchen grad mal eine Verschnaufpause einlegt.

»Ich will keine verdammte Leberkässemmel nicht«, fängt der Rudi aber gleich wieder zu schreien an. »Ich will Gerechtigkeit, sonst nix. Immerhin leben wir in einem Rechtsstaat. Außerdem ist mir eh schon ganz schlecht von den ganzen geschissenen Leberkässemmeln, mit denen ich in den letzten Stunden so großzügig versorgt worden bin. Wahrscheinlich kann ich bis zu meinem Lebensende keine Leberkässemmeln mehr essen.«

»War ja nur ein Vorschlag«, sagt der Metzger eher kleinlaut.

»Mach mir eine Leberkässemmel«, sag ich, und anscheinend ist er darüber jetzt direkt dankbar, jedenfalls kann ich kaum so schnell schauen, wie er zur Tür draußen ist.

»Schau, Rudi«, sag ich dann und hol mal mein Handy hervor. »Ich hab, warte … sechzehn-, nein, siebzehnmal bei dir angerufen. Ich hab mir schon Sorgen gemacht.«

Er wirft einen kurzen Blick drauf, lehnt sich dann aber an die Wand, zwischen all die Wasserleitungen, wo er grad noch dran gefesselt war, und schaut zur Decke hinauf.

»Franz«, sagt er, und zwar in einem Tonfall, den ich noch nicht an ihm kenne. »So geht das nicht. Auch nicht hier in eurem verschissenen Scheißoberdumpfing. Deine Kumpane, die können nicht einfach ihre eigenen Regeln machen, verstehst. Und vor allem können sie einen völlig, wirklich völlig arglosen Menschen wie mich nicht so mir nix, dir nix kidnappen, bloß weil er ihnen ungemütlich wird.«

»Wie: gekidnappt? Wie bist du eigentlich in diesem Schlachthaus gelandet?«

»Wie ich da … Warte. Ich bin, wie es eigentlich dein Job wäre, gestern hier eingetroffen, um dem Herrn Simmerl noch einmal die Sache mit dem Degen vor Augen zu führen. Ich hab das auch sehr dringlich gemacht, weil es ja schließlich auch dringlich ist. Doch der blöde Metzger, der ist nur dagestanden, hat seine Arme verschränkt und mich dämlich angegrinst. Und plötzlich, da ist dann auch noch der Flötzinger hier reingeschneit. Ja, und dann haben sich die Dinge irgendwie überschlagen. Der Simmerl hat die Schnauze voll gehabt und ist ins Schlachthaus gerannt. Und ich natürlich hinter ihm her. Und der Flötzinger, der ist hinter mir her. Und dann war auf einmal die Tür zu.«

»Aha«, sag ich.

»Es war furchtbar, Franz. Eisig kalt. Ich hab die ganze Nacht lang gefroren wie ein Hund. Schau, meine Hände sind immer noch blau. Großer Gott, wenn ich das gewusst hätte, zu welchen Methoden deine Volksgenossen hier zu greifen im Stande sind …«

»Mei, du hättest es ja vielleicht auspendeln können.«

»Franz! Verdammt! Es ist dein Job, bei solch dubiosen Geschichten einzugreifen. Immerhin hast du darauf einen Eid geleistet, oder hast du das ernsthaft vergessen.«

»Nein, aber …«

»Nix, aber. Entweder du kümmerst dich jetzt gefälligst drum, oder ich mach es. Und zwar jetzt erst recht. Und dann mal eine ganz simple Frage: Hast du eigentlich das Alibi für die Mordnacht schon überprüft, beim Simmerl meinetwegen oder auch beim Flötzinger, dieser Pfeife?«

»Aber wir sind doch keine Mörder, der Flötzinger und ich«, sagt nun der Simmerl, grad wie er zurück ist und mir meine Brotzeit herreicht.

»Senf drauf?«, frag ich und lüpfe die obere Seite der Semmel.

»Senf drauf«, bestätigt der Metzger meine aktuellen Forschungsergebnisse.

»Himmelherrschaft, wo bin ich denn hier? Lieber Gott, schau runter! Ehrlich, wenn Bayern ein neues Irrenhaus bräuchte, dann müsste man dieses verdammte Kaff hier einfach überdachen.«

»Rudi, jetzt entspann dich halt mal. Wo ist denn deine ganze meditative Energie hingekommen?«, sag ich und merk deutlich, dass es dem Simmerl nun auch allmählich langt.

»Meine meditative Energie, Franz, die bleibt mir bei diesem ganzen Wahnsinn hier echt langsam in der Gurgel stecken!«

»Apropos Gurgel«, kommt jetzt der Simmerl zu einem fragwürdigen Einsatz. »Der Max, der hat solche Halsschmerzen seit …«

»Simmerl!«, rufen der Rudi und ich direkt gleichzeitig, und der verdreht kurz seine Metzgeraugen.

»Rudi, pass auf. Ich jedenfalls, ich hab mittlerweile eine Hauptverdächtige, wenn du's genau wissen willst. Und wenn du jetzt nicht ständig den Hampelmann abgeben würdest, dann hätt ich die wohl schon längst verhören und abführen können.«

»Den Hampelmann, den nimmst du zurück! Sofort«, quietscht er mich jetzt an, und so nick ich halt kurz.

»Nein, ich will es hören!«

»Ich spreche nicht mit vollem Mund.«

»Franz!«

»Also gut, den Hampelmann nehm ich zurück.«

»Schwör's!«

»Ja, Mann, ich schwör's«, sag ich, damit endlich wieder Ruhe ist.

»Also gut, was … was ist das für eine Frau, die du da plötzlich auf dem Schirm hast?«, will er anschließend wissen und findet allmählich zu einer regelmäßigen Atmung zurück. Weil ich aber weder in einem Schlachthaus noch vor dem dazugehörigen Schlächter über aktuelle Ermittlungsergebnisse sprechen will, schlag ich vor, fürs Erste hier mal die Zelte abzubrechen. Und nachdem ich unsern dorfeigenen Metzger noch kurz informier, dass diese Sache hier mit dem Rudi noch ein Nachspiel haben wird, verabschiede ich mich.

»Mein Telefon!«, knurrt der Rudi mit ausgestreckter Hand noch in Richtung Simmerl. Der greift wortlos in seine Schurztasche, zieht dort ein Telefon hervor und reicht es dem rechtmäßigen Besitzer rüber.

Kaum in meinem Streifenwagen, da schlag ich gleich zwei Fliegen mit einer einzigen Klappe, nämlich indem ich in der Anwesenheit vom Rudi den Moratschek anrufe und dieses Mal auch tatsächlich erreich.

»Die Blessinger Sabrina, sagen Sie? Vom Baukonzern Blessinger? Aber das ist doch nicht möglich, Eberhofer«, kann ich den Richter vernehmen, gleich wie ich meine Informationen fließen hab lassen, und er klingt durchaus fassungslos. »Die Sabrina, die kenn ich doch schon als ganz kleines Mädchen, Grundgütiger. Mit ihrem Vater, dem Bau-Mogul Blessinger, da war ich ja zigmal auf der Rennbahn seinerzeit. Das muss ein Irrtum sein.«

»Rennbahn hin oder her«, sag ich und starte den Wagen. »Vernehmen muss ich sie aber trotzdem, Moratschek, gell. Also ich fahr da mal hin.«

»Ja, ja«, sagt er weiter und schnäuzt sich dann. »Natürlich muss alles seine Richtigkeit haben, das sehen Sie völlig korrekt, Eberhofer. Aber sinds mir bitte ein bisserl vorsichtig, habens mich verstanden?«

»Das bin ich doch immer, Richter«, sag ich noch so, dann häng ich ein.

»Ja, alles muss seine Richtigkeit haben, Franz«, brummt der Rudi jetzt in seinem Beifahrersitz und blickt aus dem Seitenfenster. »Auch diese Sache mit deinen dubiosen Komplizen.«

»Ja, ja, aber alles der Reihe nach, Birkenberger. Wo soll ich dich rauslassen?«

»Beim Hotel, wenn's keine Umstände macht. Ich hab ja das ganze Zimmer Einhundertdrei mittlerweile schon auf den Kopf gestellt, und die Esoteriktage sind eh vorbei. Und jetzt will ich endlich wieder in die Zivilisation zurück. Großer Gott, ja, einfach wieder ganz normale Menschen um mich haben! Hosianna!«

»Das glaub ich dir echt zu gern. Wie du das nur tagelang ausgehalten hast, ist mir unbegreiflich. Also ich … ich würd schon nach einer halben Stunde einen Vogel kriegen mit diesen ganzen Esoterik-Spinnern.«

»Ich rede eigentlich eher von den ganzen Dorfdeppen hier. Und so wie ich das sehe, hältst du die ja schon dein ganzes

Leben lang aus, lieber Franz«, sagt er nun so, und jetzt muss ich nachdenken.

Ein paar schweigsame Augenblicke später rollen wir dann schon beim Heimatwinkel vor, und eigentlich will ich ihn jetzt nur noch aussteigen lassen. Weil, ehrlich gesagt, geht er mir momentan schon leicht auf den Zeiger, und ich denke, so eine kleine Auszeit, die ist für uns beide bestimmt mehr als erfrischend.

»Warte noch kurz«, sagt er, während er die Autotür öffnet. »Ich hab was für dich beziehungsweise für die Spusi. Viel ist es nicht, aber besser wie gar nichts. Ach, und noch was, die Fotos aus der Einhundertdrei, die hast du doch sicherlich schon ausgewertet, oder?«

»Logisch«, lüg ich, wende meinen Blick von ihm ab und starr durch die Frontscheibe.

»Und?«, fragt er und beugt sich weit ins Wageninnere.

»Nix«, sag ich und zuck mit den Schultern. »Jedenfalls nix Relevantes.«

»Franz, in diesem Zimmer, da hat's ausgesehen wie auf dem Schlachtfeld, und du sagst: ›Nix Relevantes‹?«

»Ja, was ist jetzt? Du wolltest mir doch noch was geben, oder? Ich hab nämlich nicht den ganzen Tag Zeit, hier umeinanderzustehen. Schließlich gibt's noch eine dringend Tatverdächtige zu vernehmen. Womöglich besteht sogar Fluchtgefahr, Mensch.«

Der Rudi schüttelt noch kurz seinen Kopf, schlägt dann die Autotür zu und eilt ins Hotel rein.

Kapitel 18

Schon ein ganzes Weilchen hock ich jetzt in meinem dämlichen Streifenwagen und warte auf den Herrn Birkenberger. Und frag mich allmählich, was denn da so dermaßen lang dauern kann, wenn man ein Pendel, einige geschmacklose Klamotten und ein paar Klangschalen in einen Jutesack wirft. Ich weiß es nicht. Beim besten Willen nicht. So steig ich halt mal aus und geh ins Hotel rein. Immerhin hab ich ja noch was zu tun heut, gell. Die Rezeption ist verwaist, und so geh ich gleich schnurstracks in Richtung der Treppe. Und vermutlich ist es dann rein meinem kriminalistischen Spürsinn zu verdanken, der meinen Schritt langsamer werden lässt. Denn exakt aus dem Gang, der vorm Treppenhaus liegt, da kann ich dann ein Getuschel vernehmen, und so blinzle ich mal vorsichtig ums Eck. Aha, da schau einer an. Die Grenzbach und der Nüters stehen dort auf dem feinen Parkett und erneut praktisch Wange an Wange, sprich äußerst vertraut, und sind grad ganz aufgeregt am Flüstern.

»Beruhige dich doch, Liebste«, kann ich den Nüters sehr leise vernehmen.

»Das sagst du so leicht«, entgegnet sie daraufhin, keinen Deut lauter, und so muss ich etwas näher kommen. Doch just in diesem Augenblick hüpft jetzt der Rudi die Stufen hinunter, und somit ist es mit meiner kleinen Observierung hier erst mal Essig.

»Ach, da sind Sie ja, Herr Birkenberger, man hat Sie schon vermisst«, sagt die Frau Grenzbach. »Der Kommissar Eberhofer hat nach Ihnen gesucht.«

»Aha«, sagt der Rudi und wandert Richtung Rezeption.

»Sie verlassen uns?«, kann ich die Grenzbach noch vernehmen, dann geh ich durch den Hinterausgang hindurch und zum Wagen zurück.

Und kurz darauf, wie der Rudi dann am Streifenwagen eintrifft, sind es diese zwei Sektgläser aus der Einhundertdrei, die er mir ordnungsgemäß eingetütet feierlich überreicht.

»Lass die mal checken, Franz«, sagt er, am Fahrerfenster lehnend und mit seinem Rucksack über den Schultern.

»Mach ich. Du, sag mal, Rudi, der Nüters und die Grenzbach, ist da was am Laufen?«, frag ich, während ich die Gläser auf dem Beifahrersitz ableg.

»Bin mir nicht ganz sicher«, sagt er und zuckt mit den Schultern. »Aber was ich so mitgekriegt hab, geht es über ein rein normales Arbeitsverhältnis hinaus. Franz, sei mir nicht bös, aber ich muss jetzt endlich weg aus diesem Kaff. Sonst werde ich echt depressiv, kein Scheiß.«

Dann klopft er mir aufs Autodach und geht durch den Hinterhof hindurch Richtung Mülltonnen, wo er passenderweise seine Kiste abgestellt hat. Wirft sein Gepäck auf die Rückbank, steigt ein und düst ab. Ja, liebe, lache, atme, Rudi.

Auf dem Weg zum Baukonzern Blessinger mach ich noch einen ganz kurzen Zwischenstopp und überlass den Landshuter Kollegen diese Sektkelche für die Spusi mit der Bitte auf zeitnahe Bearbeitung. Ja, professioneller geht's wohl wirklich nicht.

Apropos professionell, da kann man sich bei der Firma Blessinger tatsächlich eine fette Scheibe abschneiden. Denn bevor mir die Ehre zuteilwird, zur Firmeninhaberin, also dieser Sabrina, vorzudringen, muss ich an einer Schranke samt Pförtner vorbei, meinen Dienstausweis hinterlegen und im Vorzimmer mit einer unglaublich wild gelockten Sekretärin einen ebenso unglaublich guten Kaffee trinken, welcher direkt aus der Wand herauszukommen scheint. Dann aber ertönt endlich durch eine Sprechanlage hindurch die Ansage, man möge den Herrn Kommissar nun doch hereinbitten. Und so erhebt sich das Lockenköpfchen prompt und fordert mich auf, ihr zu folgen.

»Herr Kommissar, wie war Ihr Name noch mal?«, sagt ein dunkler Pagenkopf aus einem Drehstuhl heraus.

»Eberhofer«, sag ich. »Sabrina Blessinger?«

»Ja, die bin ich. Worum geht's?«, fragt sie sehr sachlich, während sie einige Utensilien von ihrem Schreibtisch aufsammelt und in einer Aktentasche versenkt.

»Kann ich mich vielleicht auf den Stuhl hier setzen?«, frag ich, einfach weil ich in diesem mordsnoblen Büro rumsteh wie bestellt und nicht abgeholt.

»Nein, tut mir leid. Seien Sie so gut und kommen Sie gleich auf den Punkt«, entgegnet sie mit einem kurzen Blick auf eine Armbanduhr, die wohl mehr kosten dürfte als unser gesamter Hof daheim.

Auf den Punkt kommen, also gut.

»Frau Blessinger«, sag ich und nehm jetzt halt auf ihrem Schreibtisch Platz. Von dem war ja schließlich keine Rede. Jetzt plötzlich wirkt sie schon gleich nicht mehr so souverän wie gerade, sondern eher verdutzt. Und das nutz ich prompt mal, um ein Foto von ihr zu machen.

»Was … was erlauben Sie sich eigentlich?«, keift sie mich nun an und hebt eine ihrer perfekt geschwungenen Augenbrauen, was mich jedoch relativ wenig beeindruckt. Und so hol ich mal mein Notizheft hervor. Es ist mittlerweile recht zerfleddert, und ich merk gleich, dass sie dies entsprechend bewertet.

»Ja, Gnädigste«, sag ich. »So wie's ausschaut, handelt es sich bei meinem aktuellen Mordfall um einen Mitarbeiter von Ihnen, nämlich einen gewissen Herrn Degen.«

»Kenn ich nicht«, kommt es wie aus der Pistole geschossen, und so zeig ich ihr eben mal ein Bild von ihm.

»Das ist kein Mitarbeiter von uns. Soweit ich weiß, kriegt er gelegentlich ein paar Aufträge, das ist alles. Aber was zum Teufel geht mich das an? Hören Sie, Herr ... äh, Kommissar, ich hab heute Abend eine wichtige Charity-Veranstaltung, verstehen Sie. Und wär davor noch gern zum Frisör. Wenn ich Sie also bitten dürfte, endlich mal auf den Punkt zu kommen und mir nicht meine wertvolle Zeit zu stehlen.«

Ja, darf sie.

Und so erklär ich ihr halt den aktuellen Sachverhalt. Und zwar so exakt und ausführlich wie nötig und so freundlich wie möglich, was freilich einen Moment in Anspruch nimmt, und frag sie abschließend nach ihrem Alibi für die Tatnacht. Hat sie aber keins. Stattdessen aber hat sie ganz offensichtlich gleich ein ganzes Komitee an Staranwälten in ihrem engsten Freundeskreis und knallt mir auch die entsprechenden Visitenkarten prompt auf den Tisch.

»Suchen Sie sich einen aus«, sagt sie noch schnippisch, hievt sich dann die Aktentasche unter den Arm und wandert Richtung Türe. »Wie gesagt, ich kannte den Herrn kaum, und dass ich abends alleine zu Hause bin, das kommt öfters mal vor. Alles Weitere klären Sie mit meinen Anwälten.«

»Moment einmal, wir sind noch nicht durch«, ruf ich und eil hinter ihr her. »So geht das aber nicht, Frau Blessinger. Sie sind momentan meine einzige Hauptverdächtige.«

»Machen Sie sich doch nicht lächerlich, Herr Wachtmeister. Sowohl der Degen selber als auch dieses Etablissement, dieser … dieser Heimatwinkel, großer Gott, allein schon der unsägliche Name! Aber wie dem auch sei, beides ist wahrlich nicht meine Liga, das können Sie mir ganz getrost glauben.«

»Was ich Ihnen glaube oder nicht, das müssen Sie schon mir überlassen.«

»Renate, ich bin dann mal weg. Würden Sie diesen Herrn bitte hinausbegleiten«, sagt sie noch ganz knapp, und schon ist sie weg. Und ich steh jetzt da wie ein Volldepp und versuche wenigstens gegenüber der lockigen Renate nicht komplett an Format zu verlieren.

»Sagen Sie, Renate, Ihre Chefin und der Herr Degen hier«, sag ich und halte nun auch ihr dieses Bild vor die Nase. »In welchem Verhältnis standen die beiden denn zueinander?«

»In gar keinem«, entgegnet sie und wirft einen nur ganz kurzen Blick auf das Foto. »Die Frau Blessinger, die steht nämlich zu niemandem in irgendeinem Verhältnis. Im Grunde genommen ist sie ja noch nicht einmal die Chefin hier.«

»Inwiefern?«

»Na, sie hat halt diese Firma einfach von ihren Eltern geerbt und aus. Aber eigentlich ist es eher ihr Mann, der die Geschäfte hier leitet. Der Herr Gruber, ein toller Chef, wirklich. Der hat die Firma hier eigentlich groß gemacht. Wie Sie sehen, arbeiten wir ja sogar im Schichtbetrieb, und die Aufträge stapeln sich bis an die Decke. Sie … sie spielt dabei rein geschäftlich eher die zweite Geige und ist mehr so galamäßig unterwegs, wenn Sie wissen, was ich meine.«

»Verstehe. Ihre Sympathie für die Blessinger hält sich wohl in Grenzen?«, frag ich noch so nach und muss grinsen.

»Wie kommen Sie darauf?«, fragt sie retour und grinst ebenfalls.

»Aber gekannt haben sich die beiden wohl schon, oder? Also der Degen und die zweite Geige?«, will ich hier noch wissen, und sie nickt.

»Ja, ja, sicher. Auf den Sommerfesten oder an Weihnachten, da ist sie immer schwer auf Tour, die Blessinger. Schmeißt sich in Klamotten in der Preisklasse eines Mittelklassewagens und gibt dann die volksnahe Gute. Macht artig Smalltalk mit allen und jedem und weiß dabei von keinem Einzigen den Namen. Aber es funktioniert auch so ganz prächtig, einfach, weil sie alle *mein Liebster* oder *meine Liebste* nennt. Ja, so was hören die Leute halt gern«, erzählt die Renate dann weiter, während sie dort an der Fensterbank an einigen Orchideen rumzupft.

»Hat denn der Degen so was auch gern gehört?«, hak ich hier nach und notier mir derweil die Infos.

»Komisch. Jetzt, wo Sie mich so fragen, Herr Kommissar, da muss ich wohl sagen, der eigentlich gar nicht. Der Degen und seine Familie, die sind ja sowieso aus einem ganz anderen Holz geschnitzt, wie man so sagt. Sehr liebe Menschen, wirklich. So offen und herzlich. Sind die nicht auch in irgendwelchen karitativen Missionen unterwegs? Keine Ahnung. Jedenfalls sind die von den Charaktereigenschaften einer Frau Blessinger ungefähr so weit entfernt wie die Venus vom Neptun.«

Aha. Das ist ja nicht uninteressant, gell. Und weil jetzt einerseits ihr Telefon läutet und es andererseits hier eh nichts mehr zu tun gibt, kratz auch ich nun die Kurve.

Kapitel 19

Der Richter Moratschek erreicht mich noch auf meinem Weg zum Streifenwagen. So schnell hab ich echt nicht damit gerechnet. Zwei Anrufe von mordswichtigen Anwälten hätt er mittlerweile bekommen, sagt er, und einer davon ist sogar ein »von und zu«. Da schau einer an! Und ja, dieses juristische Duett lässt es sich aufs Vehementeste verbitten, seine geschätzte Mandantin erneut zu inkommodieren.

»Sie verbitten sich was?«, frag ich, weil ich echt keinen Plan hab, wovon er grad spricht.

»In Ruh lassen sollen Sie die Frau Blessinger, Himmelherrgott noch eins«, kann ich den Richter prompt durch die Muschel hindurch vernehmen.

»Sie ist die Hauptverdächtige in einem Mordfall, Moratschek«, sag ich. »Und obendrein die einzige Verdächtige überhaupt. Wie stellen Sie sich denn das vor, dass ich sie in Ruh lassen soll?«

»Sie ermitteln jetzt einfach weiter, Eberhofer, und beruhigen sich erst einmal. Bei der Frau Blessinger, da besteht keine Fluchtgefahr, verstehens. Den Anwälten hab ich gesagt, sie soll momentan das Land nicht verlassen, aber das hat sie grad eh nicht vor.«

»Sie entspricht exakt der Beschreibung unseres Zeugen, verdammt. Und sie hat ja noch nicht einmal ein lausiges Alibi«, schrei ich jetzt schon fast in den Hörer.

»Ja, ich hab auch keins«, entgegnet der Richter und wirkt hörbar genervt. »Also, ermittelns jetzt erst einmal irgendwas anderes und lassens gefälligst die Frau zufrieden.«

»Moratschek, es kann doch nicht sein, dass Sie sich von ein paar juristischen Hanswursten einfach so bevormunden lassen? Oder sind es etwa gar Ihre alten Seilschaften zu den Vorfahren dieser kaltblütigen Meuchlerin, die Ihnen jetzt die Wadeln hinterbinden? Ja, Scheiße«, sag ich noch so, dann häng ich ein.

Wie ich gegen Abend im Heimatwinkel eintreff, da hat die Bar erwartungsgemäß schon geöffnet, und auch der Moritz ist bereits hier. Er grüßt mich freundlich, während er ganz professionell einige Gläser poliert, in etwa so, wie's auch der Wolfi immer macht, wenn auch nicht mit der gleichen Andacht. Ob ich denn was zu trinken möchte, will er auch sofort wissen. Einen längeren Aufenthalt hab ich hier aber eigentlich nicht auf dem Schirm. Und so hol ich mal mein Handy hervor und zeig dem eifrigen Barmann das Foto von der Frau Blessinger, das ich bei meiner Visite gemacht hab.

»Und«, frag ich, während er es ganz konzentriert anschaut. »War das die Frau, die mit dem Degen den letzten Abend hier verbracht hat?«

»Hm«, sagt er mit zusammengekniffenen Augen. »Rein optisch eigentlich schon.«

»Aber?«

»Aber diese Frau hier, die schaut ja aus wie ein … keine Ahnung. Wie ein bissiger Drache vielleicht. Die mit dem Degen hier war, die war aber eher ein Engel, wissen Sie. Lustig und offen und sexy und auch irgendwie süß.«

»Gut, wie ich dieses Foto gemacht hab, da war die Gnädigste halt auch nicht unbedingt so in allerbester Stimmung«, stell ich mal so in den Raum. Doch er schüttelt den Kopf. »Was?«

»Ich hab 'ne echt erstklassige Menschenkenntnis, Herr Kommissar. Das bringt allein schon mein Job so mit sich. Und wenn es sich bei diesen zwei Frauen tatsächlich um ein und dieselbe handeln sollte, dann muss sie entweder eine gespaltene Persönlichkeit sein, oder aber sie ist eine Schauspielerin, die den Oscar verdient hätte.«

»Aber ausschließen können Sie es nicht?«, muss ich hier noch mal nachhaken.

»Ich kann auch nicht ausschließen, dass die Merkel demnächst Vierlinge kriegt, halt es aber dennoch für eher unwahrscheinlich.«

»Moritz, passen Sie auf, Sie haben mir da eine ziemlich exakte Zeugenbeschreibung gegeben, und ich hab die perfekte Person dazu ausfindig gemacht. Und jetzt soll ich mich auf Ihre ... auf Ihre Menschenkenntnis verlassen, oder was?«, frag ich und bin grad irgendwie verwirrt.

»Warten Sie«, sagt er dann, stellt ein Glas zur Seite und wischt sich die Hände an seiner pechschwarzen Schürze ab. »Kann ich das Foto noch einmal sehen?«

Klar kann er das. Und so wirft er nochmals einen Blick drauf, und jetzt huscht ihm ein fettes Grinsen übers Gesicht.

»Was ist?«, knurr ich ihn an.

»Sie trägt ihre Armbanduhr auf der linken Seite«, triumphiert er mir her und poliert dann unbeirrt weiter.

»Ja, das tun die meisten Menschen.«

»Genau, die meisten Menschen. Und allein deswegen tu ich es eben nicht«, entgegnet er und präsentiert mir seinen rechten Arm. »Und drum fällt mir auch sofort jemand auf, der seine Uhr ebenfalls rechts trägt. Und diese Frau, die mit dem Degen hier war, die trug ihre Uhr eben auch am rechten Handgelenk.«

»Na ja, man kann doch auch mal durchwechseln, oder?«

»Wechseln Sie durch, Herr Kommissar?«

Nein, Scheiße, tu ich natürlich nicht, verdammt! Gut, ich sehe, wir drehen uns hier im Kreis, und es ist mir ein Rätsel, warum er meine Hauptverdächtige einfach nicht akzeptieren will. Weil ich das aber vermutlich heut nicht mehr rausfinden werde, brech ich hier ab.

Auf dem Weg durch die Empfangshalle hindurch kann ich die Frau Grenzbach entdecken. Sie steht hinter ihrer Rezeption und blättert in einem Ordner. Wie sie mich sieht, grüßt sie mich freundlich, widmet sich aber gleich erneut ihren Unterlagen. So bleib ich mal stehen. Das merkt sie natürlich, sie muss es einfach merken. Dennoch blickt sie nicht ein weiteres Mal in meine Richtung. Stattdessen starrt sie in den Leitz, und zwar so konzentriert, als würde der Weltfrieden davon abhängen. Was ich äußerst ungewöhnlich find. Und nach diesen ganzen seltsamen Tuscheleien mit dem Nüters in jüngster Zeit, da nimmt mein kriminalistischer Spürsinn natürlich jetzt prompt Witterung auf. Und das, obwohl's mir eigentlich für heute schon reicht.

»Frau Grenzbach«, sag ich, wie ich auf sie zukomm.

»Ach, Herr Kommissar, Sie sind ja noch da«, erwidert sie, nimmt ihre Lesebrille ab und will die dann am Empfangspult ablegen. Doch sie gleitet ihr aus den Händen und fällt zu Boden.

»Sag's ihm doch endlich«, sagt sie dann, nachdem sie die Brille aufgehoben und auf ihre Stirn geschoben hat. Und ich weiß nicht im Geringsten, wem ich was sagen soll und warum sie mich auf einmal duzt. Dann aber merk ich, dass der Nüters plötzlich neben mir steht und er es wohl sein muss, der etwas zu sagen hat. Deswegen schau ich ihn an. Er nickt kurz und bittet mich daraufhin nach hinten in sein Büro.

»Was sollen Sie mir denn endlich sagen, Nüters?«, frag ich, obwohl ich mich ehrlich in Anbetracht der letzten Stunden schon kaum mehr konzentrieren kann und auf etwaige Neuigkeiten nicht mehr wirklich scharf bin. Dann aber erfahr ich, dass es die Frau Grenzbach und ihn selber schon seit Tagen umhertreibt. Weil sie nämlich mit Sicherheit wissen, dass diese Dame, die mit unserem Degen die letzte Nacht verbracht hat, definitiv nicht seine Gattin gewesen ist.

»Sie kennen seine Frau?«, frag ich, und er nickt.

»Seine Familie, die hat ihn einige Male hier auf der Baustelle besucht. Soweit ich mich erinnern kann, liegen wir nämlich genau auf dem Weg zu ihrem Badesee. Reizende Familie, wirklich. Umso entsetzter waren wir dann natürlich auch, als wir ihn mit dieser … na ja, mit dieser anderen Frau gesehen haben, Herr Kommissar.«

»Nüters, ich weiß das schon längst. Also das mit dieser anderen Frau.«

»Ja, ja, das ist mir schon klar, dass Sie das wissen, Herr Kommissar. Schlimm ist nur, dass es offensichtlich auch alle anderen wissen und diese Geschichte nun überall die Runde macht, verstehen Sie? Erst der Tod von ihrem Gatten und nun diese hässlichen Gerüchte. Was, bitte schön, muss diese arme Frau Degen denn noch alles erdulden?«

»Das war alles?«, frag ich abschließend.

»Nein, nicht ganz«, antwortet er. »Es hat auch noch einen Streit gegeben zwischen dem Herrn Degen und seiner … na, seiner Begleitung eben.«

»Einen Streit? Was war da los?«

»Alles hab ich ja nicht hören können, wissen Sie. Ich war zu diesem Zeitpunkt an der Rezeption, und die beiden sind von der Bar her in Richtung Aufzug gegangen und waren wohl auf dem Weg ins Zimmer. Freundlich war es allerdings nicht, was ich mitgekriegt hab.«

»Herr Nüters, denken Sie nach, fällt Ihnen vielleicht noch irgendwas Konkretes ein?«

»Also, dieses Weibsbild, das hat den armen Degen jedenfalls total runtergemacht. Das wird Konsequenzen haben, hat die Dame ihn angezischt, und er hat nur seinen Kopf eingezogen und ist wie ein kleiner Schulbub hinter ihr her in den Aufzug gestiegen. Das war alles.«

Das war alles. Das nenn ich doch mal eine ganze Menge, oder etwa nicht?

»Das sind kriminalistische Informationen, Nüters, die elementar wichtig sein könnten. Hier geht's um einen Mordfall, ist Ihnen das bewusst? Warum kommen Sie damit erst jetzt um die Ecke, verdammt?«

»Herr Kommissar, wir … wir können uns hier einfach keinen Skandal leisten, es wär unser Ende«, sagt er und schaut mich ganz eindringlich an.

Jetzt aber läutet mein Telefon, und drum bedank ich mich trotzdem noch kurz, mach hier einen Abgang und geh ran. Es ist die Spusi von Landshut, und sie hätten grad die Sektgläser ausgewertet. Griff ins Klo, sagt der Kollege. Und, dass sich da jemand richtig viel Mühe gemacht haben muss, weil die Gläser praktisch porentief rein sind. Na bravo!

Auf dem Heimweg geb ich alle kriminalistischen Neuerungen des heutigen Tages noch kurz an den Birkenberger weiter. Und obwohl er nicht minder verblüfft ist, als ich es selber bin, ist er trotzdem optimistischer. Er wird eine Nacht drüber schlafen, morgens heiß duschen und dann ein wenig meditieren. Und danach sehe die Welt gleich wieder anders aus, wie er meint.

»Meine Welt, Rudi«, sag ich und unterdrück mir ein Gähnen. »Meine Welt schaut morgen genauso beschissen aus wie heute. Ich hab nämlich morgen noch immer einen unaufgeklärten Mordfall, eine bombensichere Hauptverdächtige, die auf oberste Anordnung hin trotzdem keine sein darf, und einen Stapel mit ungefähr einer Million Dokumenten vom Degen auf meinem Schreibtisch, die ich durchsehen müsste. Dabei hab ich noch nicht mal die Fotos aus der Einhundertdrei ausgewertet.«

»Hast du nicht?«

»Nein, hab ich nicht«, muss ich hier zugeben.

»Du Lügner, du miserabler. Kannst du sie mir schicken, dann seh ich mal drüber?«, sagt er, und jetzt könnt ich ihn küssen.

»Du bist ein Schatz«, sag ich.

»Ich weiß. Ach ja, hast du eigentlich den Moratschek informiert über diesen Streit zwischen dem Degen und seiner Tussi?«

»Es ist Samstagabend, Rudi. Also maximalstes Wochenende. Und das sollten wir zwei jetzt auch mal haben.«

»Eh klar«, sagt er noch so, dann hängen wir ein.

Und noch bevor ich daheim aus meinem Wagen steig, sende ich die Tatortbilder auf das Handy vom Rudi, und somit bleibt mir wenigstens diese nervige Durchsicht erspart.

Kapitel 20

Nachdem ich mir am Montagmorgen bei unseren Verwaltungsschnepfen einen heißen Kaffee geholt hab, setz ich mich wohl oder übel an meinen Schreibtisch und nehm mir den ersten dieser dämlichen Ordner endlich mal vor. Es handelt sich um Unterlagen für irgendwelche Bauvorhaben mitsamt Kostenvoranschlägen, Plänen und Verträgen. Für einen wie mich also alles böhmische Dörfer. Nach der dritten Tasse bin ich noch keinen Deut schlauer und auch nicht wirklich scharf drauf, mich weiterhin mit unliebsamem Papierkram herumzuplagen. So schnapp ich mir also kurzerhand einige der vorhandenen Dokumente und bring sie mal nach vorne zur Jessy.

»Was … was ist das?«, fragt sie, gleich wie ich ihr die Papiere auf den Schreibtisch leg, und nimmt ihr Strickzeug zur Seite.

»Schau doch mal bitte, Jessy«, sag ich. »Du kennst dich doch mit so was aus, oder?«

Sie wirft einen kurzen Blick drauf und nickt. Wusste ich's doch! Immerhin war sie nicht umsonst jahrelang im Planungsamt der Stadtverwaltung Freising tätig, eh sie zu uns her geheiratet und diese heißbegehrte Stelle hier ergattert hat. »Kannst das vielleicht einmal für mich durchschauen?«, frag ich deswegen nach.

»Ja, mei, warum nicht, ist ja eh grad ruhig«, entgegnet sie freundlich.

Und so geh ich also erneut in mein Büro, hol mir ein Rollwagerl und hiev die restlichen Dokumente und Ordner drauf. Damit roll ich dann zurück.

»Was ist das?«, fragt sie nun wieder, und ich zuck mit den Schultern. »Nein, nein, nein, Eberhofer. So haben wir nicht gewettet! Außerdem hast du doch selber grad auch nix zu tun, immerhin ist ja deine einzige Hauptverdächtige sozusagen unter Verschluss, oder etwa nicht?«

Mein Telefon läutet. Das muss der Herrgott selber sein. Nein, es ist ein Kollege aus Landshut, der mir mitteilt, dass die Klamotten vom Degen, also die, wo ich aus der Einhundertdrei sichergestellt hatte, soeben von der Spusi zurückgekommen sind.

»Willst du sie der Witwe selber vorbeibringen oder soll ich jemanden schicken?«, will er dann wissen.

»Nein«, sag ich und mach ein sehr ernstes Gesicht. »Die Witwe, die hat oberste Priorität, und drum muss ich da selber hin. Ich komm und hol die Sachen gleich ab. Bin praktisch schon da.«

»Eberhofer!«, schreit mir die Jessy noch nach, doch da bin ich schon draußen.

Auf dem Weg nach Landshut rein versuch ich noch schnell, den Günter zu erreichen. Weil wenn die Kleidungsstücke nun freigegeben werden, heißt das ja auch, dass die entsprechenden Untersuchungen mittlerweile abgeschlossen sind. Leider geht nur der Anrufbeantworter ran, und das, obwohl weder Mittagszeit noch Feierabend ist. Womöglich aber ist er mittlerweile ebenfalls stolzer Besitzer eines dieser unsäglichen Segways und irrt damit durch die Weiten der Großstadt, wer weiß.

Jedenfalls führt der Weg zu den Degens exakt am Gerichtsgebäude vorbei, und wie durch Zufall treff ich genau in dem Moment dort ein, wie der Moratschek sein Auto einparkt. Er entdeckt mich auch gleich und kommt auf mich zu.

»Habens was Neues oder nur Zeitlang nach mir?«, will er auch gleich wissen, und so erzähl ich ihm freilich von der Aussage, die der Nüters gestern gemacht hat.

»Soso, Streitereien hat's also gegeben zwischen dem Opfer und einem dunkelhaarigen Pagenkopf im Trench. Das ist ja interessant, Eberhofer. Und wieso fällt ihm das jetzt erst ein, diesem Nüters, ha? Und überhaupt, haben Sie sich eigentlich diese Hotelleut schon einmal genauer angeschaut? Vielleicht hat's ja zwischen denen und unserem Degen auch irgendwelche Kontroversen gegeben. Der dunkle Pagenkopf jedenfalls ist bislang nichts weiter als eben ein dunkler Pagenkopf und aus. Und Eberhofer, noch was, machen Sie Ihre verdammte Arbeit bitte wie ein Profi und nicht wie ein gottverdammter Anfänger.«

»Sagens einmal, Moratschek, würden Sie jetzt genauso reagieren, wenn meine Hauptverdächtige nicht ausgerechnet das Töchterchen von Ihrem ehemaligen Busenkumpel, also diesem Bauguru, wär?«

»Jetzt machens aber mal einen Punkt, gell!«

»Aber ...«, versuch ich es noch.

»Nix ›aber‹. Und servus«, sagt der Moratschek noch. Dann eilt er von dannen. Ja, herzlichen Dank auch!

So start ich also den Wagen und ruf noch schnell beim Birkenberger an. Zum einen, weil ich eh wissen will, ob seine Welt heute tatsächlich anders ausschaut. Zum andern, damit er auch bei mir auf dem neuesten Stand der Dinge ist. Ja, sagt er, seine Welt schaut heute anders aus, genauso wie meine. Ein neuer Tag ist nämlich wie ein neues Leben. Man muss nur die Augen aufmachen. Ja, eh klar.

»Hast du die Fotos schon auswerten können?«, frag ich, nachdem er mit seiner Andacht fertig ist.

»Ja«, entgegnet er. »Doch mal abgesehen davon, dass die Aufnahmen ohnehin stümperhaft sind, ist nichts weiter drauf, was ich nicht vor Ort schon selbst in Augenschein genommen hätte.«

»Stümperhaft, was willst du damit sagen?«

»Nix, vergiss es!«

»Nein, Rudi, jetzt sag schon?«, frag ich weiter, weil ich das nun echt wissen will.

»Na ja, wenn du das Bett fotografierst, aber ein fetter, leerer Lehnstuhl davorsteht ... Einen geschlossenen Koffer zu fotografieren macht wohl auch wenig Sinn, wenn du mich fragst. Oder den Fernseher. Ganz abgesehen davon, dass alle Bilder unterbelichtet sind. Aber lassen wir das.«

»Danke.«

»Hat er echt ›gottverdammter Anfänger‹ gesagt, der Moratschek?«

»Rudi!«

»Schon gut!«

»Und was treibst du so, Privatdetektiv? Hast du einen neuen Auftrag?«, frag ich jetzt, allein schon um das Thema zu wechseln.

»Nichts Konkretes.«

»Nichts Konkretes? Ein einfaches Ja oder Nein wär wohl informativer.«

»Das geht dich eigentlich nichts an, Franz.«

»Also nein.«

»Das hab ich nicht gesagt, Franz. Immerhin gibt's ja auch noch so was wie ein Privatleben«, knurrt er mir nun in den Hörer. Ein Privatleben, ja klar, da hätt ich auch selber draufkommen können. Wahrscheinlich muss er seinen Namen tanzen, das Mittagessen auspendeln, seine Kloschüssel ausräuchern und einen Meditationskopfstand machen. Und das braucht halt seine Zeit.

»Jetzt pass mal gut auf, Rudi. Ich geb dir jetzt die Daten von dieser Blessinger durch.«

»Und was soll ich damit?«

»Observieren, Rudi. Du sollst sie observieren. Das ist doch dein Job, oder nicht? Du sollst sie einfach ein bisschen unter die Lupe nehmen. Grad nach den Neuigkeiten von gestern, und weil, wie du ja weißt, mir auf oberste Anordnung hin meine verdammten Hände in diesem Fall gebunden sind.«

»Wieso hast du dich denn ausgerechnet auf diese Blessinger so eingeschossen? Ich mein, was ist mit dem Nüters? Den hattest du doch anfangs so auf dem Schirm. Und ich persönlich, ich finde ihn ja immer noch megaverdächtig, grad so als ehemaliger Krankenpfleger. Wer weiß, was der dem Degen verabreicht hat, ehe der in die Wanne ist. Und überhaupt, diese ganze Sache mit der Frau Grenzbach, das ist doch mehr als merkwürdig, Mensch. Obendrein zaubert ausgerechnet der jetzt diesen seltsamen Streit aus dem Ärmel, überleg doch mal, Franz«

Und ja, da muss ich ihm schon irgendwie recht geben. Aber ich kann mir nicht helfen, diese Blessinger will und will mir nicht recht aus meinem Hirn. Dieser dunkle Pagenkopf und die Sache mit dem Trench. Dann diese kalte Souveränität, die sie ausstrahlt. Ich könnte fast schwören, die geht über Leichen. Und das mit den Konsequenzen, das sind doch genau ihre Worte, oder etwa nicht? Aber der Nüters, der kennt sie doch gar nicht. Woher also, wenn nicht vom Tatabend her, könnte er davon wissen? Natürlich frag ich mich auch nach einem möglichen Motiv. Denn dass ausgerechnet sie und unser toter Herr Degen eine Affäre hatten, das will mir eigentlich gar nicht recht in den Schädel. Andererseits hab ich rein beruflich schon Pferde kotzen sehen. Gut, privat leider auch. Aber es hilft alles nix, irgendwo müssen wir ja anfangen, gell. Und nachdem der Rudi dann noch ein bisschen rumzickt von wegen, wer ihm seine Arbeit denn eigentlich bezahlen würde und dass ich mich ohnehin immer nur melde, wenn ich irgendwas von ihm will, sind wir uns schließlich irgendwann einig. Also ich bin mir einig, und er möchte einfach an diesem neuen Tag ein neues Leben finden, und zwar das von der Frau Blessinger. Prima! Obendrein verspricht er noch hoch und heilig, mir umgehend Bescheid zu geben, falls er irgendwas rausgefunden hat. Großartig. Ja, das wär doch gelacht, wenn wir zwei, also praktisch so als Dreamteam, dieses Weibsbild nicht dingfest bekämen.

Ein weiterer Versuch beim Leichenflädderer ist leider auch nicht wirklich von Erfolg gekrönt, doch wenigstens geht einer seiner Mitarbeiter jetzt ran. Nein, sagt er, bedaure, aber der Günter, der ist heute und morgen auf einer Weiterbildung und somit nicht erreichbar. Und außerdem bedaure er es ebenfalls, dass er mir persönlich nicht weiterhelfen kann, weil er in diesen Badewannenmord einfach nicht involviert ist.

Aha.

Ja, gut, da muss man wohl einfach abwarten und Tee trinken, gell.

Wie ich dann schließlich vor der Haustür der Degens steh, mit diesem Plastikbeutel in der Hand, wo die Kleider des Opfers drin sind, da trau ich mich beinah gar nicht zu läuten. Ich kenn diese Situation nämlich nur zu gut. Die meisten Hinterbliebenen, die kriegen noch mal einen richtigen Schock, wenn sie die Kleidungsstücke überreicht bekommen, die ihre Liebsten zuletzt getragen haben. Und das ist meistens nicht lustig, frag nicht.

Die Tür geht auf, aber nur einen winzigen Spalt, und dieser wird durch eine Kette auch prompt dran gehindert, größer zu werden. Eines der Mädchen lugt dort hindurch, doch wie sie mich erkennt, schließt sie die Tür kurz, um sie dann völlig zu öffnen.

»Die Mami ist beim Einkaufen«, sagt sie.

»Wann kommt sie denn wieder zurück?«, will ich wissen, und sie zuckt mit den Schultern.

»Ich kann aber einen Kaffee machen«, sagt sie weiter und deutet nach drinnen.

»Echt?«

»Ja, sogar einen ganz guten. Der Papi hat immer gesagt, dass ich den besten Kaffee machen kann von allen.«

Und so gehen wir halt nach drinnen.

Ihre Schwester liegt bäuchlings auf dem Fußboden, die Waden in die Höh gestreckt, und sieht fern. Nachdem sie meine Anwesenheit zur Notiz genommen hat, grüßt sie nur kurz und widmet sich erneut ihrem Zeichentrick.

»Wie geht es euch denn?«, frag ich die eifrige Kaffeeköchin, und sie zuckt wieder mit den Schultern.

»Ich kann nicht so gut schlafen«, sagt sie dann, während sie auf die Arbeitsplatte kraxelt und eine Tasse aus dem Oberschrank holt. »Das letzte Mal, wo ich richtig gut geschlafen hab, das war die Nacht, wo der Papi ... na ja, wo der halt gestorben ist.«

»Das weißt du noch so genau?«

»Ja, weil wir da nämlich bei Oma und Opa übernachtet haben und ›Ice Age‹ anschauen durften«, sagt sie und gießt nun meinen Kaffee ein. Ich nehm einen Schluck, und ja, er ist wirklich erstklassig.

»Schmeckt er denn?«, will sie auch gleich wissen.

»Ich hatte noch keinen besseren«, sag ich wahrheitsgemäß. Dann läutet es kurz, und sofort wird die Tür aufgeschlossen.

»Warum habt ihr denn die Kette weggemacht, Mäuse?«, kann ich die Frau Degen schon vom Flur her vernehmen, und keinen Wimpernschlag später trifft sie bereits bei uns ein.

»Ach, Herr Kommissar«, sagt sie, während sie ihre Tüten neben meiner Tasse abstellt, und registriert dabei sofort dieses Päckchen, das hier vor mir liegt. Ihre Augenlider beginnen zu flattern, und sie fordert die Mädchen auf, an die frische Luft zu gehen. Ein wenig Murren und Motzen gibt es schon, aber gleich darauf schlüpfen sie doch in ihre bunten Gummistiefel und ziehen die Haustür hinter sich zu.

»Sind das die Sachen von Manuel?«, fragt die Frau Degen dann, kippt dabei ein wenig nach hinten und stößt gegen die Einkaufstüten, die prompt umfallen.

»Ja«, sag ich, überreiche ihr die Sachen ihres Gatten und bring dann die Beutel wieder in eine stabile Position. Ein Apfel kullert über den blanken Granit und fällt zu Boden. Ich heb ihn auf. Mittlerweile hat die Frau Degen die Tüte mit den Klamotten geöffnet, einen Pullover herausgezogen, und an dem riecht sie nun lange und mit geschlossenen Augen. Saugt den Geruch regelrecht ein. Ich räuspere mich mal.

»Entschuldigen Sie, Herr Kommissar«, sagt sie und schaut mich nun an. »Aber es riecht noch genauso wie er … Ich meine, wie er immer gerochen hat.«

»Ja, ja, ich versteh schon.«

»Wissen Sie, ich hab ja noch nicht mal sein Bett abziehen können bis heute. Ich hab's schon ein paarmal versucht, aber es geht einfach nicht«, sagt sie, während sie nun auch die anderen Kleidungsstücke der Reihe nach auspackt. Fast zärtlich streift sie über den Stoff einer Hose und schnuppert am Kragen eines Jacketts.

»Apropos Bett. Frau Degen«, sag ich und kann sie dabei kaum anschauen.

»Ja?«

»Sie … Sie haben mir neulich erzählt, dass Sie diese Nacht, in der Ihr Mann … also, äh, getötet wurde …«

»Ja«, sagt sie wieder und schaut mich ganz eindringlich an.

»Dass Sie in dieser Nacht mit den zwei Mädchen hier zu Hause waren. Ist das korrekt?«

»Ja, natürlich ist das korrekt. Aber warum fragen Sie?«

»Eines Ihrer Mädchen war nämlich der Meinung, dass es diese Nacht gemeinsam mit ihrer Schwester bei den Großeltern übernachtet hätte.«

»Tatsächlich?«, überlegt sie kurz, schüttelt aber umgehend den Kopf und beginnt nun, die einzelnen Textilien aufs Sorgfältigste zusammenzufalten. »Nein, da muss sie sich irren. Wir waren hier zu Hause. Alle drei. Ganz sicher. Aber was anderes, Herr Kommissar, haben Sie sich diese Frau Blessinger eigentlich schon vorgenommen?«

»Ja, wir sind dran«, antworte ich relativ knapp, weil ich über laufende Ermittlungen eh nix erzähl.

»Aha«, sagt sie, legt den Kleiderstapel zur Seite und beginnt dann ihre Einkäufe zu sortieren. »Ist sonst noch was, Herr Kommissar? Sonst würde ich die ... die Sachen von meinem Mann gern nach oben bringen. Ich hab da so einen kleinen ... na ja, so einen kleinen Altar für ihn aufgestellt.«

»Nein, schon gut, Frau Degen, das war's wohl fürs Erste«, sag ich, schüttle den Kopf, und dann verabschiede ich mich auch schon. Die Mädchen sitzen wieder auf meiner Kühlerhaube und lassen die Beine runterbaumeln.

»Musst du jetzt wieder Verbrecher jagen?«, will meine Kaffeemaid gleich wissen.

»Gut möglich«, geb ich retour. »Aber sag noch mal, diese Nacht, wo euer Papa gestorben ist, habt ihr da wirklich bei der Oma und dem Opa übernachtet?«

»Ja, ganz bestimmt. Bei Degen Omi und Opi«, sagt sie wie aus der Rakete geschossen, und das Schwesterchen nickt.

Irgendjemand muss da echt was verwechseln. Aber das wird sich ja wohl rausfinden lassen.

Kapitel 21

Wie man sich unschwer vorstellen kann, bin ich ziemlich platt, als ich mich auf den Heimweg mach. Tausend Gedanken kreisen mir durch den Schädel, und das Einzige, was mich grad am Leben erhält, ist das Wissen um ein feines Abendessen. Der Ludwig läuft mir schon mit wedelndem Schwanz übern Hof entgegen, und so begeben wir zwei Hübschen uns auch schnurgerad auf den Weg in die Küche. Die ist zwar verwaist, zumindest rein menschlich gesehen. Geruchsmäßig aber ist hier die Hölle los. Ich geh mal zum Herd rüber und lüpfe den Deckel vom großen Bräter. Tatsächlich Rinderschmorbraten, und das mitten unter der Woche. Das muss doch einen Anlass haben. Wird doch nicht etwa der Leopold … Gott behüte. Doch kaum hab ich diesen Gedanken zu Ende gegruselt, da geht die Tür auf, und die Oma kommt rein.

»Ah, bist ja schon da, Bub«, sagt sie und drückt mir einen Wäschekorb in die Arme. Holt einen Tiegel hervor, füllt ihn mit Wasser und setzt ihn schließlich auf. »Ich räum nur noch schnell die Bettwäsche weg, derweil wird das Knödelwasser kochen. Und dann kriegst was Feines zum Essen.«

Wie fröhlich sie heut ist und so emsig. Mit ihren roten Wangen. Und schon schnappt sie sich den Korb retour und eilt die Stiegen hinauf.

»Oma«, sag ich, kaum, dass sie zurück ist, und mach derweil den Tisch zurecht. »Rinderschmorbraten und Semmelknödel, und das mitten unter der Woche?«

»Und Krautsalat«, entgegnet sie, während aus ihrer Hand heraus der letzte Knödel ins Salzwasser plumpst. »Das ist doch eine von deinen Leibspeisen, oder etwa nicht?«

»Doch, doch«, sag ich und wundere mich noch nicht mal drüber, dass ihre akustischen Defizite heute offensichtlich auf Urlaub sind. Doch noch ehe ich diese sowohl erfreulichen als auch seltsamen Umstände hier genauer unter die Lupe nehmen kann, da radelt die Susi in den Hof, lehnt ihren Drahtesel an die Hauswand und hievt unser Paulchen aus dem Kindersitz raus.

»Was für ein Wahnsinnswetter, Leute«, sagt sie gleich, wie sie reinkommt. Und damit hat sie wohl recht. Für diese Jahreszeit ist es wahnsinnig warm. Ganz zielstrebig geht sie zur Oma, gibt ihr ein Bussi auf die Backe und anschließend auch mir, und zwar auf den Mund. Der kleine Mann hier will nun umgehend zum großen, und so landet er prompt auf meinem Schoß. Süß schaut sie heut aus, meine Susi. In ihrem Jeanshemd, den winzigen Shorts, den Sneakers und dem frechen Pferdeschwanz. Wie sie so an der Arbeitsplatte steht und den Krautsalat abschmeckt. Hm. Irgendwie alles arg plüschig heute.

Kurz darauf lass ich meinen ersten Knödel in der Soße ersaufen und warte einen Moment lang, bis er ganz vollgesaugt ist. Erst dann nehm ich den primären Bissen. Großer Gott, lass mich daran ersticken!

Dann aber dauert es gar nicht mehr so arg lang, bis ich den Grund herausfinde für dieses ganze Spektakel. Denn obwohl die Susi und die Oma sich wirklich die allergrößte Mühe geben, alles so harmlos und nebenbei wirken zu lassen, ein Profi wie ich kommt ihnen recht schnell auf die Schliche.

»Gut, Mädels«, sag ich deswegen, leg mein Besteck kurz

beiseite und falte meine Hände vor dem Gesicht. Ich muss das Thema hier dringlich machen, sonst ist das Ende wohl grauenhaft. »Ich hör immer nur ›Leopold und Doppelhaus‹. Ihr redet von einem ›kostenlosen Grundstück‹ und irgendwelchen ›Bausparern‹. Und was für eine Riesenfreude das für die Kinder doch wär. Aber nur dass eines klar ist, ich werde in meinem ganzen Leben kein Doppelhaus bauen. Mit niemandem, verstanden? Und mit dem Leopold am allerwenigsten.«

Ende der Durchsage. Die zwei werfen sich nun vielsagende Blicke über den Tisch zu, die ich nur allzu gut kenn. Und ich nehm mein Besteck wieder auf und esse weiter. So besonders ist er heut übrigens gar nicht, der Rinderschmorbraten.

»Aber überleg doch mal, Franz«, sagt die Susi, während sie dem Paul ein Stückerl Knödel erst abpustet und dann ins Goscherl schiebt. »Wir müssten nix fürs Grundstück bezahlen, hätten ausreichend Platz und immer einen Babysitter. Ganz abgesehen davon, dass es für die kleine Sushi und den Paul doch wirklich toll wär, gemeinsam aufzuwachsen, oder? Und eben auch für alle anderen Kinder, die da noch so kommen.«

Alle anderen Kinder, die da noch kommen. Jetzt langt's aber!

Ich steh auf und bring meinen Teller rüber zur Spüle.

»Was hat er denn wieder?«, fragt die Oma nörgelnd und grad so, als wüsste sie's nicht längst. Die Susi zuckt die Schultern und verdreht ihre Augen. So gut schaut sie eigentlich doch gar nicht aus.

Jetzt düst ein Auto in den Hof rein, und als ob das momentan nicht schon reichen würde bis an die Hutschnur, ist es ausgerechnet der Leopold, der uns nun die Ehre erweist. Und nachdem er seiner schon relativ runden Panida beim Aussteigen geholfen hat und die kleine Sushi aus dem Kindersitz gekraxelt ist, zerrt er noch kurz eine fette Papprolle aus dem Kofferraum raus. Die anschließende Begrüßung könnte herzlicher gar nicht sein, wobei man unschwer ausmachen kann, dass sich meine Beteiligung daran in deutlichen Grenzen hält. Selbst die Sushimaus, die ich echt ins Herz geschlossen hab, darf heut nicht auf meinen Schoß rauf, weil den der Paul grad verteidigt, als ging's um sein Leben. Ja, mein Sohn halt. Aus der Papprolle heraus zerrt der Leopold anschließend irgendwelche Pläne für Doppelhäuser jeglicher Sorte. Und gleich nachdem die Susi den Tisch abgewischt hat, beginnt er diese auch schon auszurollen und frenetisch zu erklären. Schlafzimmer, Bäder, Küche, Wohnen und Spielen. Ja, prima. Perfekte Raumaufteilung. Geringe Baukosten Dank erhöhten Bedarfs, blablabla.

Alle sind eifrig am Schauen und Reden und fuchteln ganz aufgeregt mit den Händen herum. Nur ich selber, ich hock wie ein Außerirdischer auf meinem Stuhl und hindere den kleinen Paul daran, mit seinen Haxen nach der Sushi zu treten. Ja, was für eine Freude das doch wär für die Kinder. Gar keine Frage.

»Nur mal so zu meiner Info«, sag ich schließlich, weil mir grad der Kragen platzt. »Wie lange bastelt ihr schon so an diesen Ideen, ohne mich einzuweihen? Weil immerhin ist es ja auch mein Leben, über das ihr da grad so verhandelt, nicht wahr?«

Betretenes Schweigen. Die Panida schaut kurz zu Boden, kommt dann auf mich zu, streicht mir über die Wange und nimmt dann die Sushi auf ihren Arm. Die Susi versucht es mit einem »Ach, Franz!«. Und die Oma schüttelt den Kopf.

»Aber schau's dir doch wenigstens mal an, Bruderherz«, sagt der Leopold schließlich, und so schau ich's mir halt wenigstens an. Die Pläne sind toll, keine Frage. Und für zwei Familien ist wirklich mehr als genug Platz. Unser Garten ist riesig, da fällt so ein Haus eh kaum auf. Und trotzdem ist dieser Gedanke für mich einfach unerträglich. Das letzte Mal, wo wir beide so eng zusammengewohnt haben, ist Lichtjahre her, und einige demolierte Möbelstücke, Fensterscheiben und eingeschlagene Schneidezähne gingen damals auf unser Konto.

»Und hier, der Keller«, sagt der Leopold weiter, vermutlich weil er meine Sprachlosigkeit mit einer Art Zustimmung gleichsetzt. »Beim Keller, würd ich sagen, da machen wir erst gar keine Trennwände rein, was meint ihr? Den lassen wir komplett offen. Da können wir dann eine Art Indoorspielplatz machen für die Kiddies und vielleicht sogar einen kleinen Wellnessbereich. Mit einer Familiensauna meinetwegen.«

»Eine Familiensauna, das wär ja der Wahnsinn«, entweicht es nun der Susi, und sie kriegt ganz glänzende Augen dabei.

»Nur über meine Leiche«, kommt es von völlig allein aus meinem Mund.

»Aber ich kann mir doch auch ein Handtuch …«, versucht sie es noch mal.

»Genau«, pflichtet die alte Schleimsau nun bei. »Sie kann sich doch ein Handtuch rummachen.«

»Ich muss aufs Klo, Mami«, können wir nun die Sushi vernehmen, und prompt verlassen die beiden Mädchen die Küche.

»Weiß eigentlich der Papa schon von euren irrwitzigen Plänen?«, muss ich jetzt hier fragen. Wieder betretenes Schweigen. Das glaub ich nicht. Der war auch eingeweiht. Alle waren eingeweiht, nur ich bin derjenige, der wieder mal im Trüben fischt.

»Ha!«, ist das Einzige, was mir momentan noch so einfallen will.

»Franz«, sagt nun die Oma, nachdem sie sich neben mich hinsetzt. »Du bist ein alter Egoist, weißt. Alle sind begeistert von dieser Idee, nur du schießt quer.«

»Ja, entschuldige mal …«

»Nein, du hörst mir jetzt zu, Franz. Dieses Doppelhaus, das wird nun gebaut und aus, Äpfel, Amen. Dieser Grund hier ist nämlich genauso für den Leopold, wie er für dich ist. Und auch für den kleinen Paul. Und der wird mit seiner Mama dort einziehen, ob dir das nun passt oder nicht. Es zwingt dich ja keiner zu irgendwas. Außerdem hast ja immer noch deinen Saustall, da kannst ja meinetwegen mit dem Ludwig drinbleiben bis zum jüngsten Tag, alter Depp.«

Nun steht sie auf und begibt sich zum Abwasch. Die Susi folgt ihr. Und die Blicke, die mir der Leopold nun zuwirft, sind an Überheblichkeit kaum mehr zu toppen. Ich geb dem Paul ein Bussi und versenk ihn in seinem Kinderstuhl. Dann schnapp ich mir den Ludwig und mach mich grußlos vom Acker. Draußen im Flur treffe ich noch kurz auf die Mädels. Einen kleinen Moment lang nehm ich die Sushi auf meinen Arm.

»Ich hab dich lieb«, sagt sie und schaut mir ganz, ganz tief in die Augen. »Auch wenn du heute ein bisschen grollig bist. Dann trotzdem.«

»Franz«, lächelt nun die Panida und nimmt mir die Kleine wieder vom Arm. »Es wid nix so eiß gessen wie kocht.«

Anschließend verschwinden die zwei hinter der Küchentür.

»Und hier, Susi«, kann ich den Leopold noch kurz vernehmen. »Hier würd ich euch einen hammermäßigen Kachelofen reinmachen, was meinst. Mein Freund und Architekt, der …«

Nach meiner Runde mit dem Ludwig, wir brauchen einsachtzehn dafür, will ich mich grad auf dem kürzesten Weg in den Saustall machen, wie der Flötzinger anrollt.

»Servus, Franz«, ruft er mir gleich entgegen, kaum, dass

er aus seinem Lieferwagen rausspringt. »Bin ein bisschen spät dran. Hab nämlich noch gleich die Kostenvoranschläge gemacht, und die hab ich dabei. Ist er noch da, der Leopold?«

»Flötzinger«, sag ich und bleib neben ihm stehen. »Neben welchem Wagen hast du grad eingeparkt?«

»Äh, neben dem vom Leopold?«

»Und was sagt dir das?«

»Bist du schlecht gelaunt, oder was ist mit dir, Franz?«

Nein, der Franz, der ist nicht schlecht gelaunt. Der ist stinks-drecks-miserabel-sauer, und den zerreißt's auch gleich. Weil sich seine gesamte Verwandtschaft nämlich klammheimlich hinter seinem geschundenen Buckel gegen ihn verschworen hat.

Im Saustall drüben hau ich mich aufs Kanapee, schalt die Kiste ein und zapp mich durch sämtliche Kanäle, runterbringen tut mich das aber trotzdem nicht wirklich. Ganz im Gegenteil. So geh ich halt mal zum Kühlschrank, um mir ein Bier zu holen, und das lass ich dann zischen, während die Tagesschau läuft. Das ist schön. Ein zweites Bier kann ich leider nicht trinken, einfach weil keines mehr da ist. Ganz toll, wirklich.

Weil mir nun gar keine andere Wahl bleibt, mach ich mich auf den Weg zum Wolfi. Schließlich und endlich muss ich ja morgen wieder fit sein wie ein Turnschuh, und da ist niemandem geholfen, wenn ich mich jetzt die ganze Nacht lang nur von einer Seite auf die andere wälz und kein winziges Äuglein zumach, gell. Nein, dann lieber Wolfi.

Noch bevor ich das Wirtshaus überhaupt betrete, da bin ich auch schon verblüfft. Es sind heute nämlich ungewöhnlich viele Autos, die davor parken. Deutlich mehr, als es für einen gewöhnlichen Wochentag üblich wär, und eigentlich sogar mehr, wie es an den meisten Freitagen der Fall ist, wo ja in der Regel das Nonplusultra einer jeden Wirtshauswoche darstellen. Auch drinnen ist was los, das kann man kaum glauben, und als ob das nicht schon genug wäre, ist es nicht der Wolfi, der heute hinterm Tresen steht. Nein, es ist eine üppige Brünette mit tiefem Dekolleté und dafür umso höherer Stimme.

»Wer bist'n du?«, will sie auch gleich wissen, kaum, dass ich mich an die Theke quetsche.

»Der Franz«, sag ich staunend. »Und du?«

»Die Sanni«, grinst sie mir über ein paar Gläser hinweg zu. »Magst ein Bier?«

»Ja«, nick ich. »Wo ist denn der Wolfi heut?«

»Genau hinter dir«, sagt der blöde Wirt jetzt höchstpersönlich über meine Schulter hinweg und stellt vier leere Bierkrüge ab. »Auffüllen, Sanni, und machst mir noch vier Kurze dazu.«

Und während seine Neuanschaffung Bier zapft, klärt er mich dann ausführlich drüber auf, dass er künftig seine geschäftlichen Konzepte gründlich umorganisieren will. Den Anfang, den hätte übrigens meine Leuchtfrau da draußen gemacht, sagt er. Seitdem die nämlich vor seiner Wirtshaustür blinkt, da käm echt deutlich mehr Kundschaft. Vorwiegend Männer, das schon, sagt er weiter. Aber scheiß drauf, immerhin saufen die ja sowieso wesentlich mehr als die Mädels, gell. Demzufolge hat er sich halt weiter überlegt, wenn so eine Tussi aus Metall und Plastik schon so gut funktioniert, wie wär das dann erst mit einer richtigen, also einer aus Fleisch und Blut? Und bingo, so wie's ausschaut, geht die Rechnung ja auf. Und was die Kundschaft so rein frauentechnisch betrifft, da wird sich auch bald einiges ändern. Weil's ab sofort nämlich Cocktails geben wird, so weit das weibliche Auge reicht. Vom Hugo bis zum Aperol sprizz ist demnächst absolut alles erhältlich. Dann stemmt er auch schon seine vier frisch gefüllten Krüge sowie das Tablett mit den Schnäpsen und wandert nach hinten, wo er samt seiner hochprozentigen Fracht auch schon frenetisch in Empfang genommen wird.

»Sanni, gell«, sag ich, wie sie mir jetzt mein Glas herstellt.

»Ja, Sanni«, grinst sie. Doch dann kommt bereits die nächste Order. Und zwar diesmal vom Flötzinger.

»Servus, Eberhofer«, sagt er, gleich wie er von einem der hinteren Tische zu mir rankommt und sein leeres Weißbierglas abstellt. »Sannimaus, geh, sei doch so gut und lass da mal die Luft raus.«

»Sannimaus?«, frag ich, wie ich ihn anschau. Doch er grinst nur und nickt. »Und wie schaut's aus, warst recht erfolgreich beim Leopold?«

»Mei, sagen wir einmal so, wir sind auf einem guten Weg, der Leopold und ich. Unser nächstes Treffen wird ohne die Weiber sein. Genauer ohne deine Oma. Und da werden wir uns dann schon einig, wir zwei.«

Ja, das war klar. Wenn die Oma da mitmischt, dann verdient unser Gas-Wasser-Heizungspfuscher wohl keinen einzigen Cent. Da kann er froh und dankbar sein, wenn er am Ende nicht draufzahlt.

»Gell, Sannimaus«, sagt er, und sein Blick klebt exakt zwischen den drallen Argumenten unserer brandneuen Bedienung hier. Sie stellt ihm sein Bier hin und lächelt. Und dem Flötzinger beschlagen seine Brillengläser.

»Sag einmal«, sagt dann die Sanni. »Hast du dir schon mal überlegt, deine Augen lasern zu lassen? Ich hab das vor ein paar Jahren schon gemacht und möchte es echt nicht mehr missen.«

»Nicht missen, gell«, antwortet er, ohne jedoch sein Panorama zu vernachlässigen. »Ja, ich wüsste da auch so einiges, was ich nicht mehr missen möchte. Aber nein, Sannimaus, meine Augen, die kann man nicht lasern, weil ich nämlich eine gekrümmte Vorhaut habe.«

Aha.

»Und«, frag ich, einfach schon, um das Thema zu wechseln. »Ist wieder alles in Ordnung mit deiner Mary und euren drei Kindern?«

»Alles paletti«, entgegnet er, nimmt die Brille ab und beginnt sie an seinem Hemdsaum zu putzen.

»Kommens zurück oder bleibens doch noch länger da in England drüben?«, hak ich hier nach.

»Mei, früher oder später müssen sie ja wohl zurückkommen. Ich hab ihr nämlich jetzt den Geldhahn abgedreht, verstehst. Und sämtliche Konten gesperrt, meiner lieben Mary«, entgegnet er, und sein Schädel verschwindet erneut im Dekolleté.

»Du hast was? Du hast deiner Frau das Konto gesperrt?«, will die Sanni nun wissen.

»Alle Konten«, sagt er und nickt.

»Du hast ernsthaft deiner Frau, mit der du drei gemeinsame Kinder hast, die Konten gesperrt?«

»Sag ich doch.«

»Was bist du denn für ein bescheuertes Arschloch?«, fragt sie noch.

Bums, das sitzt.

Der Schädel vom Flötzinger schnalzt im gleichen Tempo aus dem wuchtigen Ausschnitt, wie er errötet.

»Ich bin kein Arschloch«, versucht er noch die Kurve zu kriegen.

»Doch!«, sagt sie und knallt ihm das Bier vor die Nase, dass die wunderschöne Krone gleich über den Glasrand und auf den Tresen schwappt. »Zum Wohl!«

»Du, Wolfi, deine neue Bedienung da vorne, die hat grad

zu mir Arschloch gesagt«, können wir ihn noch auf seinem Rückzug vernehmen, während die Sanni die Pfütze aufwischt.

»Ja«, entgegnet der Wirt. »Sie hat eine ausgesprochen gute Menschenkenntnis.«

Zwei oder drei Bier später, die Sanni und ich, wir hauen grad einen echt geschmeidigen Ratsch raus, da geht die Tür auf, und ein weiterer Gast stößt noch in die späte Runde. Er trägt einen pechschwarzen Anzug und einen ebensolchen Schnauzer. Und obwohl er nicht wirklich hier reinpasst, steuert er zielgerade den Tresen an. Dort wirft er einen »Guten Abend!« in die Runde und nimmt ausgerechnet genau neben mir Platz. Dann ordert er ein Bier.

»Hätt ich mir ja eigentlich gleich denken können, dass du hier rumhockst, statt eine gepflegte Eintracht mit deinem Bettzipfel zu bilden«, sagt mein brandneuer Nachbar jetzt und meint damit offenbar mich. Die Stimme, die mir durchaus irgendwie bekannt vorkommt, stimmt aber ums Verrecken nicht mit dem Rest überein.

»Kennen wir uns?«, frag ich deswegen erst mal.

»Zum Wohl«, sagt nun die Sanni sehr freundlich, stellt sein Krügerl vor ihm ab und eilt dann mit einigen weiteren von der Sorte in die hintere Hemisphäre des Lokals.

»Zum Wohl«, entgegnet der Schnauzbart prompt, schaut auffordernd zu mir rüber, und so stoßen wir halt an.

»Sinds doch so gut und helfen mir auf die Sprünge«, versuche ich ihm seine Identität zu entlocken. Er grinst.

»Du kommst echt nicht drauf, oder?«, will er dann wissen, und dies auch noch auffallend leise. Was zum Teufel soll das hier denn werden, wenn's fertig ist?

»Nein. Aber ich geh mal davon aus, wenn wir uns duzen, dann haben wir ganz offensichtlich miteinander schon Schweine gehütet«, sag ich noch und merke, dass ich mich deutlich unwohl fühl. Wer ist dieser Typ, und was will er von mir?

»Ich frag mich ehrlich gerade, ob meine Tarnung so großartig oder deine kriminalistische Spürnase so miserabel ist, Franz.«

»Rudi?«, frag ich und bin ehrlich fassungslos.

»Psst«, zischt er und schaut prompt über beide seiner Schultern.

»Was machst du hier, verdammt?«, frag ich und starre ihn an. Dieser dunkle Schnauzer und die volle Haarpracht. Das ist doch nicht möglich.

»Ich hab Hausverbot hier«, flüstert er und deutet mit dem Kinn auf ein Bild über dem Tresen, das ich zuvor noch gar nicht gesehen hab. Er selber ist da drauf, allerdings im Originalzustand und mit dem Hinweis **WANTED**. »Schon vergessen?«, fragt er und wird noch einen kleinen Ticken leiser, wie die Sanni wieder bei uns eintrifft.

»Alles in Ordnung bei euch beiden, Jungs?«, will die dann auch gleich wissen.

»Alles paletti«, entgegnen wir beide wie aus einem einzigen Mund. Und wenn ich bisher wahrlich noch skeptisch war, jetzt ist alles ganz klar. Bei diesem düsteren Gesellen hier handelt es sich eindeutig um den Birkenberger Rudi.

»Birkenberger«, können wir gleich drauf den Wolfi vernehmen. »Du hast Hausverbot hier, schon vergessen?«

Hat der einen Röntgenblick, oder was?

Kapitel 22

Wie wir kurz darauf in meinem Saustall eintreffen und der Rudi sich letztlich seiner seltsamen Verkleidung entledigt, kommt endlich wieder der Typ zum Vorschein, wie ich ihn kenn. Also wie ich ihn richtig kenn. Die Saison esoterischer Modesünden dürfte somit wohl Geschichte sein. Zuvor hab ich freilich noch ein paar Fotos von ihm gemacht, weil derartige Auftritte nicht in Vergessenheit geraten dürfen. Warum er eigentlich hier ist, können wir auch relativ schnell klären. Er hat nämlich brandheiße Neuigkeiten für mich und konnte mich telefonisch nicht erreichen. Mal sehen. Ja, tatsächlich, mein Handy liegt genau dort, wo es meistens ist, wenn ich's nicht am Mann hab. Und zwar in den Ritzen vom Kanapee. Vierzehn Mal hat er angerufen, der Rudi. Alle Achtung. Das müssen ja echt bedeutende Infos sein. Da bin ich jetzt aber mal gespannt.

»Neugierig?«, fragt er nun, während ich ihm ein Kaffeehaferl rüberreich.

»Geht so«, lüg ich. Er grinst überheblich und nimmt dann einen Schluck.

»Iih, der ist ja kalt«, brummt er und stellt die Tasse ab.

»Ist von heut früh. Also, was ist jetzt?«, muss ich hier nachbohren.

»Also, pass einmal auf, Eberhofer«, sagt er, lehnt sich auf dem Kanapee ganz weit nach hinten und legt beide Arme auf die Rückenlehne. »Deine Blessinger, die hat ein astreines Alibi. Ob du das nun hören willst oder auch nicht.«

»Die hat kein Alibi, Rudi«, entgegne ich und trink meinen Kaffee. Ich finde ihn eigentlich noch ganz passabel. »Sie hat es mir selber gesagt. Sie war ganz allein daheim, es gibt keine Zeugen.«

»Wenn man natürlich der Meinung ist, dass sie ganz eindeutig die Mörderin ist und man gar keine Zeugen sucht, dann findet man auch keine, da geb ich dir recht«, scheißt er wieder mal klug. »Kann ich jetzt bitte einen Kaffee kriegen, der nicht den Ersten Weltkrieg schon miterlebt hat?«

Herrgott noch eins!

So steh ich also mal auf und setz dem Herrn Wichtig einen frischen Kaffee auf. Ja, erzählt er dann weiter, grad wie die braune Brühe so durch den Filter blubbert. Er hat nämlich als Privatdetektiv vom Feinsten das Umfeld dieser Blessinger einmal ganz genau unter die Lupe genommen. Also zumindest von außen. Sprich: ihr riesiges Anwesen samt Garten und einer meterhohen Thujenhecke. Und um diesen ganzen Komplex herum, da gibt's eigentlich nur eine einzige Stelle, wo ein Maschendrahttor diese blickdichte Hecke durchbricht, wohl um die Grasabfälle entsorgen zu können. Und genau dort an diesem dämlichen Tor, da wär der Rudi über etwas gestolpert.

»Trittstellen«, sagt er, wie ich ihm seinen neuen und sehr heißen Kaffee überreich.

»Trittstellen?«

»Oh, verdammt, ist der heiß«, jammert er jetzt, und langsam reicht's mir.

»Du kannst ihn ja mit dem kalten mischen«, schlag ich so vor, und er zeigt mir einen Vogel. »Also pass auf, Franz, exakt vor dem Tor, also praktisch außerhalb von diesem Garten, da befinden sich Trittstellen, und zwar deutlich ausgeprägtere als auf der Innenseite. So dass man davon ausgehen kann, dass dort wohl öfters jemand rumsteht. Und vermutlich auch länger.«

»Aha«, sag ich, weil mich irgendwelche Trittstellen außerhalb des Gartens einer Hauptverdächtigen jetzt nicht so wahnsinnig interessieren.

»Und was hat der schlaue Rudi da gemacht?«, fragt er und schaut mich auffordernd an. »Der schlaue Rudi, der hat sich dann nämlich auf die Lauer gelegt. Eine ganze Weile sogar. Und bingo, jetzt kommt's. Kaum, dass bei der Blessinger im Haus drinnen das Licht angegangen ist, da ist auch schon ganz bald so ein Typ aufgetaucht. Exakt dort auf meinen Trittstellen. Hat ihr dann durchs Fenster geglotzt und angefangen, an seinem Hosentürl herumzuspielen. Ein Spanner, verstehst.«

Nein, ich versteh im Grunde nur Bahnhof. Dabei sollte ich viel eher Sauna verstehen, erklärt mir der Rudi dann weiter. Weil dann nämlich hat er sich dieses Bürschchen erst einmal zur Brust genommen und natürlich gleich nach seinen aktuellen Aktivitäten befragt. Und verdattert, wie der nun mal logischerweise war, hat er dem Rudi frank und frei erzählt, dass die Frau Blessinger ein richtiges Wahnsinnsweib ist und immer montags und freitags ihre Saunaabende abhält. Und zwar im Wellnessbereich in ihrem Erdgeschoss. Und dass sie es außerdem immer sehr genießt, zwischen ihren einzelnen Gängen splitterfasernackt durch den Garten zu wackeln. An jedem Montag und an jedem verdammten Freitag. Immer. Ohne Ausnahme. Ach ja und übrigens bis weit nach Mitternacht. Ja, das hat er alles erzählt, der kleine Spanner.

»Und was folgern wir daraus, Franz?«, will der Rudi abschließend wissen.

»Der Degen ist an einem Freitag ermordet worden«, sag ich.

»Exakt.«

»Du sagst an jedem Montag und an jedem Freitag, ohne Ausnahme?«, frag ich noch mal nach.

»Ohne Ausnahme, da war er sich hundertprozentig sicher, dieser kleine Spanner.«

»Ja, du sagst es. Er ist ein Spanner, Rudi. Ist er … ist er denn glaubwürdig?«

»Er ist siebzehn, Franz. Pickelig bis in die Ohrmuscheln rein und hat vermutlich obendrein einen ganz kleinen Schwanz. Aber ja, er ist glaubhaft.«

»Dann haben wir jetzt keine Hauptverdächtige mehr«, murmele ich so mehr zu mir selber.

»Ja, Scheiße, das tut mir echt leid für dich«, sagt der Rudi, trinkt seinen Kaffee aus und erhebt sich.

»Alles wieder auf Anfang?«, frag ich.

»Alles wieder auf Anfang«, klopft er mir auf die Schulter. »Machen wir morgen weiter, es ist ja schon gleich Mitternacht.«

»Du willst doch jetzt im Ernst nicht noch heimfahren, Rudi?«

»Ich werde zumindest nicht hier übernachten, wenn du das meinst.«

»Also nicht heim. Aber wen willst du denn um diese Uhrzeit noch observieren?«, will ich nun noch wissen.

»Ob du das endlich mal glauben willst oder auch nicht, lieber Franz. Aber sogar ich hab so was wie ein Privatleben«, kann ich ihn grad noch vernehmen, und dann fällt auch schon die Tür ins Schloss. Ein Privatleben, soso. Warum er da aber so ein Mysterium draus macht und nix erzählt, ist mir ein Rätsel. Er wird doch da nicht was am Laufen haben? Das hätt ich doch mitkriegen müssen, oder etwa nicht? Ja, das hätte ich mitkriegen müssen, verdammt. Und überhaupt, mit wem auch? Mit einer dieser Esoteriktussen womöglich?

Keine Ahnung. Der Ludwig gähnt jetzt tief durch, schaut mich kurz an, dreht sich einmal im Kreis und plumpst dann vor dem Kanapee nieder. Auch ich merk allmählich, wie die Müdigkeit in mich kriecht und das Sandmännchen anklopft. Und obwohl ich mich gleich hinleg und die Augen fest zumach, will und will mir der Rudi jetzt nicht aus dem Kopf.

Kapitel 23

Ein Anruf von der Susi weckt mich am nächsten Morgen. Und nein, heute ist sie nicht verschmust und lieb, und auch der kleine Paul plappert mir nicht munter in die Muschel. Stattdessen verlangt sie unbedingt, dass ich mich gefälligst nicht lumpen lassen soll. Und ich steh wohl wieder explizit auf der Leitung, jedenfalls weiß ich nicht, was sie meint. So versuch ich erst mal, in die Vertikale zu kommen, und schau auf die Uhr. Dreiviertel acht. Na bravo. Der Ludwig liegt auf meinen Hausschuhen, und drum muss ich ihn zur Seite schieben. Sein Blick könnte vorwurfsvoller gar nicht sein.

»Hörst du mir eigentlich zu, Franz?«, kann ich die Susi durch den Hörer vernehmen.

»Ja, ich soll mich nicht lumpen lassen«, geb ich retour und latsch rüber zum Fenster. Die Sonne knallt schon erstklassig auf den heimatlichen Hof.

»Bis nach zwei in der Nacht ist die arme Jessy über deinen blöden Ordnern gehockt. Da darfst dir echt was einfallen lassen«, sagt die Susi weiter. »Hast du mich verstanden, Franz.«

»Ja, ja«, sag ich.

»Kaufst ihr halt was Schönes. Diese Champagnertrüffel, weißt schon, die mag sie recht gern. Oder vielleicht auch eine Orchidee, weil sie die nämlich sammelt.«

»Orchidee, verstehe.«

»Ja, oder eben Champagner…«

»Trüffel, ich weiß«, muss ich sie hier unterbrechen. Außerdem lass ich sie noch kurz wissen, dass ich spät dran bin und deshalb gleich losmuss. Dann häng ich ein. Wieso eigentlich hat mich die Oma denn heut zum Frühstück nicht geweckt? Seltsam. Die Dusche muss aus zeittechnischen Gründen leider ausfallen, und so geh ich nur noch kurz ins Wohnhaus rüber. In der Küche treff ich dann auch erwartungsgemäß auf die Oma. Allerdings ist sie grad nicht wie sonst um diese Uhrzeit am Rühreier- oder auch Speckbrutzeln. Stattdessen schiebt sie grad ein Kuchenblech in den Ofen. Zwei Linzer Torten stehen schon vor mir auf dem Küchentisch. Und im ganzen Raum duftet es himmlisch.

»Finger weg«, schreit sie gleich, wie ich an die Linzer ran will.

»Was wird das, wenn's fertig ist?«, frag ich hier nach.

»Die sind doch alle schon für dem Leopold seinen Geburtstag«, sagt sie, wie sie jetzt ihre Rührschüssel ein weiteres Mal zum Einsatz bringt. »Heut gibt's kein Frühstück, Bub. Fahrst halt beim Simmerl vorbei und holst dir ein paar Warme, gell. Ich hab dir schon einen Fünfer auf den Tisch gelegt.«

Ja, stimmt. Da liegt er. Also einschieben und abhauen hier, eh mir noch der Zahn zu triefen anfängt. Mit drei Leberkässemmeln im Gepäck treff ich schließlich am Rathaus ein, und beim Blick durchs erste Fenster fällt mir schon siedend heiß ein, dass ich das Dankeschön für die Jessy vergessen hab. Weil sie mich aber mittlerweile auch entdeckt hat, gibt's jetzt freilich kein Zurück mehr. So wink ich ihr kurz durch die Scheibe und treff keine Minute später in ihrem Büro ein.

»Eine Sauarbeit war das, Franz«, sagt sie gleich ohne Einleitung. »Das kannst dir gar nicht vorstellen.«

»Ja, ich hab's schon von der Susi gehört«, sag ich ein bisserl kleinlaut. »Magst vielleicht eine halbe Leberkässemmel?«

»Ob ich vielleicht …«, lacht sie. »Du bietest mir jetzt nicht tatsächlich eine halbe Leberkässemmel an, oder? Nein, Franz, das glaub ich einfach nicht.«

»Mei, eine ganze ist dir doch eh viel zu viel, oder? Du immer mit deinen ganzen Gewichtsproblemen und so.«

»Raus hier«, schreit sie nun und wird ganz rot im Gesicht.

»Ja, gut. Dann nimmst halt eine ganze«, sag ich und hol eine der Semmeln aus dem Beutel.

»Her damit!«, fordert sie nun, streckt die Hand aus, und schon beißt sie herzhaft hinein. »Und jetzt raus hier!«, sagt sie kauenderweise.

»Du, Jessy, nur noch ganz kurz. Was … was war jetzt eigentlich mit diesen Unterlagen vom Degen? Hast da was finden können?«

»Dieser Degen, der war so sauber wie ein neugeborener Säugling, Franz. Da könnt sich der Papst sogar noch eine Scheibe davon abschneiden. Und jetzt verzieh dich, ich hab was zu tun«, antwortet sie, und dann schnappt sie sich ihr Strickzeug.

»Keine Tageszeitung heute?«, frag ich noch mit einem kurzen Blick auf den leeren Ständer.

»Hat der Bürgermeister«, entgegnet sie noch knapp, und dann setzt sie ihre Kopfhörer auf.

Ja, man soll ja bekanntlich immer dann aufhören, wenn's am schönsten ist, gell.

Und so schenk ich mir nur noch einen Kaffee ein und mach mich auch schon wieder vom Acker. Ich pack die zwei einsamen Semmeln aus, und mangels fehlender Zeitung hol ich halt stattdessen mein Handy hervor und schau mir mal ein paar Fotos an, während ich esse. Da, der Rudi, in seiner albernen Maskerade. Zum Brüllen, wirklich. Wie er da in meinem Saustall steht mit seinem dämlichen Schnauzer und gekreuzten Beinen und in die Kamera schaut, als wär er

Charlie Chaplin höchstpersönlich. Und als könnte er meine Gedanken lesen, ruft er auch just in diesem Moment bei mir an. Er sagt, er hätte sich auf der Fahrt gestern noch ein paar Gedanken gemacht.

»Jetzt, Franz, wo diese Blessinger ja quasi durch unser Raster gefallen ist, da könntest du dir doch beispielsweise deine zwei Busenkumpels noch mal zur Brust nehmen«, schlägt er so vor.

»Den Flötzinger und den Simmerl?«

»Ganz genau die.«

»Jetzt fang doch nicht schon wieder mit dieser Geschichte an, Rudi. Nur, weil wir keinen Verdächtigen haben, können wir uns nicht einfach einen basteln, gell.«

»Wieso basteln? Wie du ja wohl selber mitgekriegt haben dürftest, sprühen die doch regelrecht vor lauter krimineller Energie.«

»Sie haben dir bloß einen Denkzettel verpassen wollen, das war alles.«

»Das war alles! Es war die Hölle, Franz. Und ich will, dass du der Sache nachgehst, wie es schließlich und endlich als verdammter Bulle auch deine verdammte Aufgabe ist.«

»Ja, mach ich, und jetzt Ende Gelände«, sag ich, weil er sonst wohl nie aufhört

»Versprochen?«

»Ja, versprochen. Aber Rudi, jetzt mal ganz abgesehen von den Herrschaften Simmerl und Flötzinger, fällt dir vielleicht noch irgendwas Brauchbares ein?«

»Versprochen ist versprochen und wird nicht gebrochen, gell.«

»Ja, Mann! Also?«

»Nehmens die Haxen vom Tisch«, knurrt der Bürgermeister, gleich wie er jetzt reinkommt, und wirft mir die Tageszeitung entgegen. *»Geht in Niederkaltenkirchen noch immer* *ein Mörder um? Die Polizei tappt im Dunkeln.* So steht's auf dem Titelblatt, Eberhofer. Da, lesens selber. Und Sie … Sie hocken in Ihrem Büro wie ein Waschbär und führen Privatgespräche, 'zefix.«

»Ich führ keine Privatgespräche, Bürgermeister. Ich ermittle. Und jetzt raus hier, sonst geht in Niederkaltenkirchen gleich ein zweiter Mörder um«, sag ich, und schon ist er wieder verschwunden. Na also, geht doch.

»Wo waren wir stehengeblieben«, muss ich den Rudi jetzt fragen.

»Na ja, pass mal auf, was mir grad einfällt, diese beiden Mädchen, Franz. Also die von den Degens, die haben doch behauptet, in der Tatnacht bei den Großeltern gewesen zu sein. Das hab ich doch richtig verstanden, oder?«

»Ja, völlig richtig, Rudi.«

»Aha. Die Witwe aber, die hat gesagt, dass sie mit den Kindern zu Hause gewesen ist. Irgendetwas stimmt da nicht, Franz. Entweder es handelt sich um eine schlichte Verwechslung. Oder aber …«, mutmaßt er nun und macht dann eine nervtötende und, wie er vermutlich denkt, vielsagende Pause. Was mir aber wurst ist, weil eh grad eine E-Mail bei mir reinkommt. Der Günter schreibt:

Servus, Franz Eberhofer aus Niederkaltenkirchen.
Bin grad auf einem Kongress und melde mich die Tage noch ausführlicher. Nur ganz kurz, bei diesem langen, dunklen Haar handelt es sich eindeutig um ein Modell aus Indien. Will heißen, könnte auch gut von einer Perücke sein.
Hoffe, das hilft! Günter

»Oder aber eine der Aussagen ist gelogen«, kann ich den Rudi nun wieder vernehmen.

»Rudi«, sag ich, und jetzt kommt mir sein Foto mit dieser

Verkleidung wieder in den Sinn. »Wenn da einer gelogen hat, dann waren es definitiv nicht die Mädchen. Mal angenommen …«, überleg ich jetzt so, während ich mit meiner Maus hantiere.

»Mal angenommen was, Franz?«, kann ich den Rudi vernehmen.

»Gleich!«

Ein Bild von der Frau Degen muss her, und zwar augenblicklich. Mal schauen … Einwohnermeldeamt. Landshut … weiter … weiter … Hier? Jawohl, da ist sie! Und schon saust sie durch meinen Drucker.

»Mal angenommen was, Franz?«

»Gleich, sag ich!«

Wo zum Teufel ist mein dicker Edding? Ah, da!

»Du, Rudi, pass auf«, sag ich und male der Frau Degen derweil einen astreinen Pagenkopf, und zwar in Schwarz. »Ich schick dir gleich mal was rüber. Hockst du zufällig am Computer?«

»Ja, spiel grad Moorhuhn. Level siebenundsiebzig. Grad wenig los in der Firma.«

»Und, hast du's schon?«

»Ja, warte … nein, oder?«, fragt er, und seine Verwunderung ist deutlich hörbar.

»Dieses schwarze Haar, Rudi, das aus der Einhundertdrei, weißt du noch? Das stammt womöglich von einer Perücke. Der Günter, der hat mir das grad geschrieben.«

»Wer soll das sein auf diesem Foto?«

»Die Frau Degen soll das sein, ich hab ihr nur mal kurz 'ne neue Haartracht verpasst, verstehst du?«

»Die Frau Degen? Komisch. Ich weiß nicht, Franz … überleg doch mal, was … was hätte die denn bitte schön für ein Motiv?«

»Das heißt es nun wohl herauszufinden, Rudi. Kannst du

mal überprüfen, ob an diesem Abend ›Ice Age‹ im Fernsehen gelaufen ist?«

»Kleinigkeit«, sagt er noch knapp, dann legen wir auf.

Keine zwei Minuten später klopft es kurz an der Tür, und die Oma kommt rein.

»Da ist ein Brief aus England da«, ruft sie gleich, wie sie an meinen Schreibtisch watschelt. »Schau, von der Flötzinger Mary, die mag nämlich nimmer zurück zu ihrem Alten. Aber das kann man ja auch irgendwie verstehen, gell.«

Und ja, tatsächlich ist der Brief von der Mary, den sie mir nun in die Hand drückt. Das dazugehörige Kuvert legt sie mir auf den Tisch. An Franz Eberhofer persönlich, steht da drauf.

»Oma«, sag ich deswegen erst mal und deute auf den Text. »Da steht persönlich drauf. Da schau her, an Franz Eberhofer persönlich. Du kannst doch nicht einfach meine Post aufmachen.«

»Jetzt hab dich nicht so«, brummt sie und steht auf. »Ist ja schließlich bloß von der Mary und nicht vom Britischen Geheimdienst, gell. Außerdem hätte es ja auch was Wichtiges sein können, und dann liegt der Brief da bis zum Abend, und die Mary ist womöglich in Lebensgefahr oder so was.«

»Oma!«, versuch ich es noch mal. Doch sie winkt nur ab.

»Ein kalter Braten ist übrigens daheim im Kühlschrank, und ein paar Semmerl liegen im Brotkorb. Und jetzt fahrst mich bitte schön zum Aerobic, bin eh schon spät dran. Ich muss doch heut meine neuen Turnschuh ausprobieren. Ein Angebot vom Tchibo, weißt. Also, was ist jetzt, auf geht's! Mein Kartonagenclub, der wartet nicht gern.«

»Dein wer?«

»Ja, meine alten Schachteln halt«, sagt sie noch, und schon eilt sie in Richtung Ausgang. Eigentlich hab ich für so einen Schmarrn ja echt keine Zeit. Aber es ist halt die Oma, gell.

Und nachdem ich die Prinzessin auf der Erbse schließlich an der Turnhalle aussteigen hab lassen, düs ich auch hurtig nach Haus. Schnapp mir dort meine Brotzeit und ein Bier, hock mich nieder und nehm mir endlich diese Zeilen von der Mary vor.

Lieber Franz, schreibt sie.
Heute ich schreibe zu dir, weil du bist Ignatz' beste Freund und ich hoffen du kann sagen ihm diese Neuigkeit besser als ich. Und besonders schonen, too. Du weißt, unser Ehe war schwierig von das Anfang. Weil ich komme aus anderes Land und du weißt die Sitte ich manchmal is different und ich versteh nicht alle von denen. Ich really hab probiert zu geben mein Best und hoffen alles kommt gut irgendwann. Besonders wegen die Kinder. Und manchmal Ignatz versucht Mühe zu geben und dann war alle schöne. Aber vielleicht das ist das Punkt. Muss wer geben Mühe in Liebe? However.
Am Ende waren die viele andere Frauen ich schaffe nicht mehr, du verstehst? Ich kann nicht mehr vertrauen zu ihm. Nun ich bin zuhause mit meinen Eltern in England und ich merken jede Tag ich bin besser und besser. Ich muss nicht warten weiter für Ignatz. Wird er heimkommen oder nicht? Da ist nicht fremde Parfum an sein Shirts. Oder Lippenstift. Das ist hinter mich. Ich will nicht eine Mann zu teilen mit andere Frauen immer. Besonders für Kinder ich will nicht das. Wenn kein richtige Papa da ist, da muss ein fröhliches Mama da sein. Wir werden nicht zurückkommen. Ich hab Scheidung gereicht und Ignatz wird haben mit Post nächste Tage. Du musst bald mit ihm sprechen deshalb. Es tut mir leid

wegen diese Angelegenheit. Besonders weil du und deine liebe Susi ich sehr mag. Aber ich wünsche Ignatz ist nicht alleine wenn erfährt das. Er soll nicht erfahren von ein Anwalt. Besser ein Freund, du weißt. Besonders sein Englisch is nicht gut wie meine Deutsch vielleicht. Sorry about that. Thank you so much.
P. S. Vielleicht du denken über dein eigene Zukunft über das hier. Nicht so viel kaputt machen ein Herz. Wenn gebrochen dann gebrochen. Forever.

Aha.

Also ganz abgesehen davon, dass ich mich nie im Leben als bester Freund vom Flötzinger bezeichnen würde, find ich diese Bitte ziemlich seltsam. Wenn ich mir die Sache umgekehrt vorstell, dann käm doch die Susi niemals auf den Gedanken, dem Flötzinger solche Zeilen zu schreiben. Oder etwa doch? Wobei die Voraussetzungen ohnehin nicht vergleichbar sind. Schließlich bin ich meilenweit davon entfernt, unter jedem Weiberrock abzutauchen, und ganz egal, wie dünn die Luft dort auch wird, einfach nicht wieder hochzukommen. Aber gut.

Ich les den Brief ein zweites und drittes Mal, bin hinterher aber noch immer nicht schlauer. Was soll ich jetzt machen? Einfach zum Heizungspfuscher hinfahren und ihm sagen, dass die holde Familie dort bleibt, wo sie jetzt ist? Und das möglichst schonend. Soll ich ein Bier mitnehmen? Und vielleicht eine DVD, damit ich ihn irgendwie ablenken kann? Oder ist es besser, einfach kurz und knackig anzurufen? Eine SMS schreiben? Ja, das erscheint mir sinnvoll.

Flötzinger, schreib ich. Deine Familie bleibt in England. Du kannst also in Zukunft getrost mit wem auch immer so viel rumvögeln, wie du möchtest. Und das völlig ohne ein schlechtes Gewissen haben zu müssen. Also herzlichen Glückwunsch!

Hm.

Vielleicht doch lieber erst mal die Susi fragen.

»Du, Susi«, sag ich gleich, wie sie abnimmt. »Ich glaub, ich hab da ein Problem.«

»Das passt momentan wirklich ganz schlecht, Franz«, entgegnet sie, und im Hintergrund kann ich einige Stimmen vernehmen. »Ich bin nämlich grad mit dem Leopold und dem Paulchen hier beim Flötzinger. Wegen dem neuen Bad und der Heizung, verstehst?«

Nein, tu ich nicht. Sie ist mit dem Leopold und dem Paulchen beim Flötzinger. Ausgerechnet.

»Bleib, wo du bist«, sag ich noch knapp und schnapp meine Jacke von der Stuhllehne. »Ich komm gleich dazu.«

Und keine fünf Minuten später braus ich auch schon vor die heiligen Hallen der Installationsfirma Flötzinger. Gleich wie ich reinkomm, kann ich es schon sehen. Der Leopold hat den Paul auf dem Arm, welcher ganz offensichtlich und ziemlich entspannt an seiner Onkelsbrust ein kleines Nickerchen macht. Und die Susi und der Pfuscher sind aufs Eifrigste am Diskutieren und über einen Katalog gebeugt.

»Die spanischen Fliesen hier, die sind aber auch schön«, kann ich nun die Susi vernehmen. Bislang hat keiner hier meine Anwesenheit überhaupt zur Notiz genommen.

»Ja, ja, sehr schön sogar«, entgegnet der Leopold auffallend leise. »Aber vermutlich kosten die auch ein Vermögen.«

»Ganz billig sind sie tatsächlich nicht, aber wie gesagt, ihr kriegt natürlich einen sensationellen Sonderpreis«, kommt nun der Flötzinger zu seinem fragwürdigen Einsatz.

»Warum werden hier Fliesen für mein Bad ausgesucht?«, frag ich, wie ich nun schließlich in die erlesene Runde stoße.

»Und das ganz ohne mein Beisein?« Der Paul hebt nun sein Köpfchen und blinzelt mit den Augen.

»Ach, Franz«, lacht mir die Susimaus entgegen. »Wir treffen doch heute nur eine Vorauswahl, weil du doch mit deinem blöden Mordfall eh schon so viel zu tun hast. Aber schön, dass du jetzt da bist. Schau mal, was meinst, wie findest du die denn? Die sind aus Spanien.«

»Aus Andalusien«, verbessert der Flötzinger. »Allererste Wahl, sag ich dir, Franz. Und ein Klassiker obendrein. Allerdings müssten wir die dann schon relativ zeitnah bestellen, weil die eine wahnsinnige Lieferzeit haben.«

Ich geh mal zum Leopold rüber, um den Paul zu begrüßen. Wie klein er da ausschaut auf diesem Männerarm. Viel kleiner, als wenn die Susi ihn trägt. Ob er bei mir auch so winzig wirkt? Keine Ahnung. Jedenfalls strahlt er prompt, wie er mich jetzt sieht. Und ob man's glaubt oder nicht, der Leopold ist auch gleich so zuvorkommend, ihn mir zu reichen. Doch nicht, bevor er ihm noch einen fetten Schmatzer aufgedrückt hat.

»Also«, sagt er im Anschluss und trommelt auf das Bild mit dem andalusischen Steingut. »Ich persönlich tendiere ja auch zu denen. Weil, wie der Flötzinger schon sagt, das hat einfach Klasse. Und wenn wir die gleich für alle Bäder bestellen, dann gibt's auch noch einen ordentlichen Rabatt obendrauf.«

»Sag halt was!«, strahlt die Susi mich an.

»Ich will nicht das gleiche Bad wie der Leopold«, sag ich.

»Aber das ist jetzt wirklich kindisch, Franz«, antwortet sie lachend und wirft ihren Kopf in den Nacken.

»Ja, das finde ich aber auch«, mischt sich nun unser Pfuscher wieder ein. »Ich finde nämlich schon, dass du ein bisschen Rücksicht nehmen könntest auf die Wünsche deiner Liebsten.«

»Ach, da spricht wohl der Fachmann«, sag ich, geh zum Flötzinger rüber, noch während ich den Brief aus meiner Jackentasche zerr und ihm den dann auf diesen dämlichen Fliesenkatalog schmeiß.

»Aber das ist ja«, sagt er daraufhin leicht verwirrt. »Das ist doch die Handschrift von meiner Mary. Die kenn ich genau.«

»Das bezweifle ich jetzt leider völlig, Flötzinger«, muss ich hier noch loswerden. »Dass du die Handschrift von deiner Frau tatsächlich kennst. Nein, davon hast du echt keine Ahnung.«

Kapitel 24

Da bin ich ja fast schon erleichtert, dass ich neben der existenzentscheidenden Fliesenfrage ganz nebenbei noch was anderes zu tun hab. Nämlich meinen Job.

Und bevor ich jetzt bei der Frau Degen quasi mit der Tür ins Haus fall und mich womöglich mit meiner Perückentheorie komplett zum Deppen mach, muss ich meine These logischerweise erst mal wasserdicht machen. So bleibt mir und vor allem den Eltern unseres Mordopfers ein Besuch leider nicht erspart. Schon wie ich mit dem Streifenwagen vor das Haus rolle, kann ich die beiden erkennen. Das ältere Ehepaar befindet sich nämlich grad im Vorgarten, er schneidet an einem unglaublich schönen Rosenbaum rum, der schon voller Knospen ist, während die Gattin dicht daneben auf einem Bänkchen sitzt und ins Leere starrt.

»Herr Kommissar«, erkennt mich der Degen senior gleich und kommt von seinen Rosen her direkt zum Gartentürl. »Sind Sie zufällig in der Nähe oder …?«, fragt er, und seine Stimme kippt weg.

»Nein, kein Zufall, Herr Degen«, sag ich, und so öffnet er mir, und ich trete ein.

»Inge, schau, der Herr Kommissar ist da«, wendet er sich nun um. »Sei doch so gut und bring uns einen Kaffee, magst?«

Ich grüße kurz zu ihr rüber, doch sie schaut nur durch mich durch. Erhebt sich wie in Zeitlupe und schwankt Richtung Haustür. Dahinter verschwindet sie dann.

»Es … es geht ihr nicht gut, seit …«, versucht der Gatte überflüssigerweise zu erklären, und ich nicke.

»Herr Degen, was ich Sie jetzt frage, das ist wirklich sehr wichtig«, sag ich und schau ihn eindringlich an. »Versuchen Sie sich bitte ganz genau zu erinnern.«

»Wenn eines bei mir funktioniert, Herr Kommissar, dann ist das meine Erinnerung. Das dürfen Sie mir glauben. Fragen Sie unsere Mädchen, die spiel ich bei jedem Memory glatt an die Wand«, sagt er, und ein wehmütiges Lachen kommt aus seiner Kehle. »Ja, meine verdammte Erinnerung, die funktioniert wie ein Uhrwerk.«

»Ihre Mädchen, Herr Degen, die übernachten doch dann und wann bei Ihnen und Ihrer Frau, nicht wahr?«

»Ja«, nickt er. »Das stimmt. Ich weiß eigentlich gar nicht recht, wer das mehr genießt. Meine Frau und ich oder unsere Mädchen.«

»In der Nacht … also, in dieser Nacht, wo Ihr Sohn praktisch ums Leben gekommen ist, waren da die Kinder hier oder bei der Mutter?«

Er stutzt kurz und schaut mich dann an. Genau in diesem Augenblick kommt seine Gattin zurück, und er eilt ihr gleich entgegen und übernimmt das Tablett. Reicht mir dann den Kaffee in feinstem Porzellan und pustet in seine eigene Tasse, während seine Frau erneut auf ihrem Bankerl Platz nimmt und ins Leere starrt.

»Herr Degen«, muss ich hier aber nachhaken.

»Sie … sie waren bei uns«, sagt er, und sein Kopf fällt ihm nun auf die Brust. »Die Mädchen haben hier übernachtet, Herr Kommissar. Und wir haben einen Zeichentrickfilm angeschaut. Aber …«

»Danke«, sag ich und fass ihn kurz am Oberarm. »Dieser Rosenbaum, Herr Degen, der ist wirklich unglaublich. So was Schönes hab ich echt selten gesehen.«

»Den … den haben wir von Manuel zur Silberhochzeit bekommen. Gell, Inge, erinnerst du dich? Den haben wir doch von Manuel …«, wimmert er, doch seine Gattin zuckt mit keiner Wimper.

Zurück im Streifenwagen muss ich erst ein paarmal tief durchatmen, ehe ich den Rudi anrufen kann. Durch das Autofenster hindurch kann ich sehen, dass sich der Herr Degen nun ganz dicht neben seine Gattin gesetzt und den Arm um sie gelegt hat. Sie legt den Kopf an seine Schulter und schließt die Augen. Er weint jetzt. Verdammte Scheiße.

So wähl ich eben dann die Nummer vom Rudi und geb ihm nur kurz und knapp die neuesten Infos weiter. Doch auch er war erfolgreich, denn ja, es ist tatsächlich ›Ice Age‹ gelaufen an besagtem Abend.

»Frau Degen«, sag ich ein paar Augenblicke später, gleich wie sie ans Telefon geht. »Eberhofer hier. Ich äh, ich müsste noch mal ein Ver… also ein Gespräch mit Ihnen führen. Und zwar am besten bei Ihnen zu Hause.«

»Aha«, antwortet sie. »Worum geht's denn?«

»Na ja, um den Tod Ihres Mannes natürlich. Eine Frage, sind Sie denn allein daheim, oder sind die Kinder bei Ihnen?«

»Nein, ich bin allein. Die Mädchen, die sind ja noch in der Schule. Aber …«

»Gut, dann bleiben Sie bitte, wo Sie sind, ich bin gleich bei Ihnen«, sag ich noch so. Dann häng ich ein.

Schon auf der Fahrt, da hab ich irgendwie ein ungutes Gefühl, wobei ich es gar nicht recht einordnen kann. Gleich aber, wie ich dann vor dieser dekorierten Haustür steh und läute und läute, da wird's mir schlagartig klar. Hier ist nun offenbar überhaupt niemand mehr … Denn so lang ich auch läute, weit und breit keine Frau Degen. Ein Blick durch die Fenster hindurch ist es letztendlich, der mir aufzeigt, dass es dort wohl grad jemand verdammt eilig gehabt haben dürfte. So hol ich mir mal mein Handy hervor und geb dem Rudi Bescheid.

»Das Vögelchen ist ausgeflogen«, sag ich. »Und vermutlich wird sie auch nicht so schnell retour kommen, jedenfalls hat sie gepackt.«

»Da schau einer an. In welche Schule gehen die Mädchen?«.

»In die Karl-Heiß-Schule«, sag ich, während ich mit einem alten Einbrechertrick die Terrassentür öffne und mich nach innen begeb.

»Alles klar, bin eh grad in der Gegend«, entgegnet der Rudi noch knapp, dann ist er weg.

Ein kurzer Blick über den Wohnbereich hinweg zeigt mir nicht viel mehr, als ich auch von draußen schon gesehen hab, drum steig ich relativ zielorientiert ins Obergeschoss rauf. Es gibt eine Art Altar für den toten Herrn Degen, wie seine Gattin neulich erzählt hat. Also, mal sehen.

Oben angekommen gibt es ein Bad, zwei Kinderzimmer und das elterliche Schlafzimmer. Und dort werd ich dann fündig. Auf einer uralten Bauernkommode, wie wir daheim auch eine haben, stehen unzählige Kerzen, ein frischer Blumenstrauß und ein Foto vom Degen. Das nenn ich mal eine Gedenkstätte.

Ich öffne die oberste Schublade und find hier diese Klamotten, die ich ausgehändigt hab. Aufs Ordentlichste gestapelt. Eine Flasche Rasierwasser, eine Haarbürste und einen Geldbeutel. Aha. Die zweite der Schubladen ist voller Fotos. Von unten her kann ich nun Schritte vernehmen. Verdammte Scheiße, wer kann das denn nur sein? Die letzte Schublade klemmt. Das ist doch nicht möglich. So sehr ich auch zerre und ziehe, es rührt sich nichts.

Die Schritte kommen näher. Sind sie schon auf der Treppe? Ich halt kurz inne und lausche. Es ist nichts mehr zu hören. Ganz langsam dreh ich mich um und blicke zur Tür.

»Was machen Sie da?«, fragt ein älterer Herr, und soweit mich mein Gedächtnis nun nicht komplett boykottiert, ist es der Vater von der Frau Degen.

»Wir kennen uns«, sag ich und steh auf. »Wir haben uns auf der Beerdigung von …«

»Ich weiß, wer Sie sind, aber noch immer nicht, was Sie hier zu suchen haben.«

»Ich ermittle in einem Mordfall, Herr … Aber Gegenfrage, was machen Sie hier?«, will ich jetzt wissen und geh auf ihn zu.

»Der Schwiegervater meiner Tochter hat mich angerufen, und da … da wollte ich einfach kurz nach dem Rechten sehen. Aber bitte sagen Sie, ist etwas passiert? Ist mit Miriam alles in Ordnung? Ich konnte sie telefonisch nicht erreichen«, fragt er nun, und ich merk deutlich, dass er sich sorgt.

»Das wollen wir hoffen«, sag ich, geh zur Kommode zurück und streiche über das Holz. »Kennen Sie dieses Stück?«

»Ja, natürlich. Das ist ein Erbstück von meiner Großmutter. Aber was ist denn nun mit …?«

»Wissen Sie, wie die unterste Schublade aufgeht?«, frag ich und schau ihm genau ins Gesicht. Er kommt auf mich zu und geht in die Hocke. Fixiert diesen Knauf und nickt dann kaum merklich.

»Also«, sag ich und deute mit dem Kinn, mir diese dämliche Schublade aufzumachen. Er wirft einen kurzen Blick über seine Schulter, als müsste er sich vergewissern, dass nur ja keiner zuschaut, greift unter die Kommode, und weiß der Geier wie, aber plötzlich geht der Schub endlich auf.

»Danke«, sag ich, steh auf und zieh ihn mit mir in die Höhe. »Bitte gehen Sie jetzt. Gehen Sie nach Haus zu Ihrer Frau. Tun Sie's einfach, schon im Interesse Ihrer Familie.«

Etwas unentschlossen und zaghaft geht er hinaus und dann die Stufen hinab. Erst jetzt, wo er weg ist, zieh ich dieses Schubfach komplett heraus. Und bingo.

»Fidirallala«, meldet sich der Rudi am Telefon, grad wie ich ihn vom Streifenwagen aus anruf.

»Du bist unglaublich fröhlich«, sag ich. »Darf ich erfahren, warum?«

»Weil ich nämlich just in diesem Moment vor dieser Karl-Heiß-Schule steh und die Degen grad mit Hundertfuchzig Minimum hier angedüst ist. Dann ist sie ausgestiegen, und ich schätze mal, in den nächsten Augenblicken wird sie mit ihren Mädchen zurückkommen. Was aber egal ist, weil ich mittlerweile exakt so hinter ihrer Kiste geparkt hab, dass sie eh nicht mehr wegfahren kann.«

»Gut, ich bin auch gleich da, und ich hab eine Überraschung dabei.«

»Eine Überraschung! Erzähl! Komm, spann mich nicht so auf die Folter, Franz!«

Aber nix!

Und wie ich gleich darauf hinkomm, da sitzen die zwei Mädchen bereits auf der Rückbank von Rudis Wagen, und er steht mit der Frau Degen ein paar Schritte seitlich. So fahr ich mal dicht neben sie ran und lass das Fenster runter.

»Ich hab ihr empfohlen, erst mal gar nix zu sagen, Franz«, erklärt er mir gleich. »Bis du sie über ihre Rechte aufgeklärt hast. Ich darf das ja leider nicht mehr, gell. Und jetzt erzähl von deiner Überraschung.«

Und so deut ich mit dem Kinn kurz in die Richtung meiner Rückbank, wo ich zuvor meine Fundstücke in Plastik verpackt deponiert hab. Nämlich eine dunkle, pagenköpfige Perücke und einen Trenchcoat in Beige.

»Allerhand!«, sagt der Rudi und zwinkert mir dann zu.

»Wo wolltens denn hin?«, frag ich weiter, und sie zuckt mit den Schultern.

»Bin ich jetzt festgenommen?«

»Vorläufig ja«, sag ich und schau in den Boden.

»Was ... was passiert jetzt mit den Mädchen?«, fragt die Frau Degen fast tonlos. Sie ist so blass wie der Tod und hat Tränen in den Augen.

»Mein Kollege hier«, sag ich, deute zum Rudi und notiere ihm derweil die Adresse, wo er anschließend hin soll. »Der wird die Mädchen wohl am besten erst mal zu den Großeltern bringen. Das ist ja nicht weit, und dort sind sie fürs Erste gut aufgehoben. Und wir zwei Hübschen, Frau Degen, wir müssen jetzt wohl oder übel erst mal in mein Büro fahren, gell.«

Sie nickt und starrt auf den Boden. Ziemlich lange sogar. Irgendwann räuspere ich mich.

»Ich ... ich muss den beiden aber noch sagen, dass sie bei Ihnen mitfahren dürfen«, sagt sie schließlich zum Rudi und putzt sich dann die Nase. »Mein Mann und ich, wir haben es nämlich strengstens verboten, mit fremden ...«

»Natürlich«, sagt der Rudi ganz ruhig. »Gehen Sie nur.«

Es muss mittlerweile wohl auf Schulschluss zugehen. Jedenfalls düsen grad so nach und nach elterliche PKWs an, und bei den meisten Lenkern hat man den Eindruck, sie würden ihren Spross nur zu gern direkt im Klassenzimmer abholen. Unter ihnen übrigens auch unser Leander, den ich anhand seines Leichenwagens schon glasklar erkenn. Er mich wohl auch, jedenfalls nickt er prompt in meine Richtung. So geh ich halt kurz zu ihm rüber.

»Servus«, sagt er, gleich nachdem seine Scheibe runterfährt. »Bist du dienstlich unterwegs?«

»Kann man so sagen«, sag ich, und mein Blick schweift rüber zur Frau Degen. »Was meinst, könnte das eine Mörderin sein?«

»Nie im Leben, Eberhofer. Nein, das ist keine Mörderin«, antwortet er wie aus der Pistole geschossen.

Gleich darauf, als sie dann in meinen Streifenwagen steigt, wirft auch sie einen raschen Blick auf die Rückbank. Ganz kurz zuckt sie zusammen, grad so, als hätte sie einen elektrischen Schlag abgekriegt. Dann aber schnauft sie einmal tief durch, schaut noch einmal zu den Mädchen, die ihr zuwinken, und nimmt schließlich Platz. Auf dem Weg ins Rathaus mach ich noch einen ganz kurzen Zwischenstopp in einer Konditorei und hol zwei Stück Käsekuchen. Und obendrein eine echt riesige Schachtel mit Champagnertrüffel für die Jessy. Kostet mich ein Vermögen, aber allein wegen der Susi ist es das schon wert. Dann bring ich die Frau Degen, die mir einen ziemlich mitgenommenen Eindruck macht, in mein Büro rein.

»Setzen Sie sich bitte, Frau Degen«, sag ich und schieb den Besucherstuhl unter meinem Schreibtisch hervor. »Ich bin gleich bei Ihnen.«

Dann saus ich nach vorn zu den Verwaltungsschnepfen und überreich der Jessy die Pralinen. Und die staunt Bauklötze.

»Für mich?«, fragt sie, und ich nicke. »Okay, Eberhofer, was willst du dafür? Soll ich irgendwelche Archive durchforsten oder gar die Stadtbücherei?«

»Geh, wir haben doch gar keine Stadtbücherei, Dummerchen«, sag ich. »Außerdem will ich gar nix von dir. Es ist einfach nur eine kleine Aufmerksamkeit für dein Engagement gestern Nacht.«

»Eine kleine Aufmerksamkeit für das Engagement gestern

Nacht?«, kann ich jetzt unseren Bürgermeister heckwärts vernehmen. »Was hat er von Ihnen verlangt, Jessica?«

»Nichts«, sagt die Jessy und wird rot. »Sonst noch was?«

»Äh, ja, ich hab jemanden zur Vernehmung in meinem Büro. Wenn du also frischen Kaffee bringen könntest«, sag ich noch so, und dann bin ich weg.

Und so setz ich mich nun der Frau Degen genau gegenüber und schalt mein Diktiergerät ein. Sie starrt auf die Tischplatte und weint.

»Was passiert denn mit meinen Mädchen, Herr Kommissar, wenn ich ... wenn ich ...«, fragt sie und bricht dann in Tränen aus.

»Ja, so was sollte man sich immer vorher überlegen, gell«, sag ich und leg ihr ein Päckchen Tempo hin.

»Glauben Sie ernsthaft, dass ich mir überlegt habe, meinen Manuel zu ermorden? Glauben Sie das? Er war die Liebe meines Lebens. Es ist alles sinnlos ohne ihn. Ich, ach, ich ...«, und wieder wird sie von einem Weinkrampf geschüttelt. Komisch, aber ich glaube, was ich da sehe. Es ist echt und fast unerträglich. Doch rein aus meiner Erfahrung heraus bleiben ein paar Restzweifel. Müssen ein paar Restzweifel einfach bleiben!

Die Jessy bringt den Kaffee. Und ich hol dann mal den Kuchen hervor und verteil ihn auf zwei Teller. Sie will ihren nicht.

»Frau Degen«, sag ich und nehm einen Schluck von dem Kaffee. Er ist heiß und gut. »Am besten, wir kommen jetzt gleich mal zur Sache. Ich befürchte nämlich ...«

Nun hält sie sich die Ohren zu, schließt ihre Augen, beginnt ein Lied zu summen und schüttelt wie wild ihren Kopf. Und ich ... ich lasse sie einfach gewähren und ess meinen Kuchen. Und einige Wimpernschläge später hat sie sich wieder einigermaßen beruhigt und schaut mich nun sehr wehmütig an.

»Wissen Sie, ich halte Sie nicht für eine eiskalte Mörderin. Sie sind eine wunderbare Mutter, sind gemeinnützig unterwegs, und Sie engagieren sich, wo Sie nur können. Ich glaube, so jemand mordet nicht einfach kaltblütig, und schon gar nicht den Vater seiner Kinder. Niemals. Also, wenn Sie sich jetzt auch noch ein bisschen kooperativ zeigen und sagen, was wirklich passiert ist, und vielleicht sogar gleich ein Geständnis ablegen, dann haben Ihre zwei Mäuse sehr gute Chancen, Sie bald zurückzuhaben.«

Mit beiden Händen umklammert sie ihre Kaffeetasse und nickt.

»Also gut«, sagt sie und schnauft einmal tief durch. »Es ist die Hölle, Herr Kommissar, das müssen Sie mir glauben. Manuel und ich, wir haben uns wirklich so sehr geliebt … er fehlt mir so. Er fehlt den Mädchen. Unsere Familie ist kaputt, und ich hab sie kaputt gemacht. Ja, ich hab sie kaputt gemacht. Ich weiß nicht, wie wir weiterleben sollen.«

»Wie ist es denn passiert, Frau Degen? War es womöglich einfach ein Unfall, ein Missgeschick?«

Sie nickt.

»Es ist … es ist mir so peinlich, Herr Kommissar. Es ist albern und passt so gar nicht zu dem Bild, das alle von uns haben. Es ist mir wirklich so unglaublich peinlich, verstehen Sie?«

»Ihnen muss gar nichts peinlich sein, Frau Degen. Erzählen Sie einfach«, fordere ich sie nun auf und lehn mich in meinem Sessel ganz weit nach hinten. Jetzt muss ich aufpassen, es zählt jedes einzelne Wort.

Wenn ich alles erwartet hätte bei diesem sympathischen und blitzsauberen Vorzeigepaar, sexuelle Rollenspiele wären sicherlich nicht darunter gewesen. Aber exakt das war wohl der Fall. Genau dabei sind die beiden nämlich in ihrer trauten Zweisamkeit aufgeblüht. Ob man das nun glauben mag oder auch nicht. Es ist jedenfalls Fakt. Gelegentlich hat sich dieses Pärchen einfach in die einen oder anderen Personen verwandelt, gern auch in jemanden aus dem gemeinsamen Bekanntenkreis. Ja, das hat sie halt einfach irgendwie heiß gemacht, die zwei. So was soll es ja geben. Und ausgerechnet an diesem verhängnisvollen Abend, da war die Frau Degen nun eben als Frau Blessinger unterwegs. Gut, daran stirbt aber noch keiner, gell.

»Sie mögen Ihren Kuchen wirklich nicht?«, frag ich, sie schüttelt den Kopf, und so schnapp ich mir halt ihren Teller. »Gut, Frau Degen, Sie waren an diesem Abend als Frau Blessinger unterwegs. Das allein ist ja noch nicht strafbar, gell. Was also ist weiter passiert?«

»Wir ... wir haben an diesem Abend wohl einfach viel zu viel Alkohol getrunken, und da bin ich wirklich nicht stolz drauf, Herr Kommissar. Wir hatten ja an der Bar schon einiges, und oben im Hotelzimmer ging es dann weiter. Es war aber einfach so unglaublich lustig mit Manuel, wissen Sie.«

»Wenn es aber so unglaublich lustig war, Frau Degen«, muss ich hier jetzt trotzdem nachhaken. »Wieso hat es dann diesen Streit gegeben? Sie haben gestritten, ehe Sie mit Ihrem Mann in den Aufzug gestiegen sind. Also noch bevor Sie zusammen im Hotelzimmer waren.«

»Wir haben doch nicht gestritten, Herr Kommissar. Wir waren ja albern wie die Kinder, und ich hab ihn doch dort am Aufzug nur gefoppt und ebenso von oben herab angeredet. Also praktisch genau so, wie es auch die Blessinger meistens getan hat. Das hat doch zu dem Spiel gehört.«

Gut, da könnte was dran sein, und so spontan, wie sie grad geantwortet hat, kann man sich das eh kaum ausdenken.

»Weiter«, sag ich, und sie denkt kurz nach.

»Ja, ich weiß auch nicht, irgendwann so gegen halb eins, da ist uns dann die Idee mit dieser verflixten Badewanne gekommen. Großer Gott! Und später … wie … wie ich dann als Erstes wieder rausgestiegen bin, da hat er noch irgendeinen blöden Spruch gemacht, der Manuel. Wegen meiner Cellulite oder so. Aber natürlich war es ja nur ein Spaß gewesen, wissen Sie, und drum wollte ich mich eben auch so spaßmäßig an ihm rächen. Und da, großer Gott … da hab ich ihn dann einfach so an seinen Waden gepackt und ihm die Beine in die Höh gerissen …«

Jetzt weint sie hemmungslos, und mir schmeckt der Kuchen plötzlich nicht mehr. Sie zittert am ganzen Körper, und so steh ich mal auf und geh zu ihr rüber.

»Frau Degen«, sag ich und leg ihr die Hand auf die Schulter. »Sie machen das ganz großartig. Erzählen Sie mir bitte den Rest. Ihre Aussage wird sich auf alle Fälle positiv für Sie auswirken.«

»Danke«, sagt sie und schnäuzt sich ein weiteres Mal. »Bei dieser dummen Aktion, da bin ich wohl selber ins Straucheln geraten und muss irgendwie ausgerutscht sein. Ich weiß es nicht mehr so ganz genau, und ich schäm mich so dafür. Jedenfalls hab ich mich dann wieder hochgerappelt. Und als ich nun in die Wanne geschaut hab, da hab ich noch gedacht, Manuel macht jetzt schon wieder einen Scherz und bleibt unter Wasser, einfach um mich zu erschrecken. Und weil ich ihm diesen Triumph natürlich nicht vergönnt hab, da hab ich nur gekichert, bin ins Schlafzimmer zurück und hab den Fernseher angemacht. Dann muss ich wohl irgendwie eingeschlafen sein. Jedenfalls war es schon kurz nach halb vier, als ich wieder aufgewacht bin, und da war er … da war mein Manuel tot.«

»Sie sind aufgewacht und ins Badezimmer gegangen?«

»Ja, ich bin ins Badezimmer gegangen, weil er nicht neben

mir im Bett war. Und da ist er in dieser furchtbaren Wanne gelegen, und ich hab das erst gar nicht verstanden.«

Immer und immer wieder bricht sie nun in Tränen aus, und mir selber ist auch schon ganz elend. Wie kann denn so was nur passieren? Da machst du dir mit dem liebsten Menschen einen sorglosen Abend, ohne Verantwortung, ohne Kinder, einfach nur Spaß, und am Ende kommt das dabei raus. Großartig, wirklich.

»Ich … ich hatte in meinem ganzen Leben noch nie eine so furchtbare Panik wie in diesem Moment, das können Sie mir glauben. Ich war schlagartig nüchtern, und dann … dann hab ich erst mal stundenlang überlegt. Stundenlang, Herr Kommissar. Denn es ist ja diese eine, diese fundamentale Frage im Raum gestanden. Die Frage, was soll nur aus den Mädchen werden? Was soll nur aus den zwei Mädchen werden?«

Immer wieder muss sie aufhören zu erzählen, weil sie von Weinkrämpfen geschüttelt wird.

»Wissen Sie, Herr Kommissar. Ohne Manuel, da geht es einfach nicht. Wir können das Haus nicht behalten, er hatte ja das einzige Einkommen. Und wenn die Mädchen nun also nicht nur den Vater und ihr Zuhause verlieren, sondern auch noch die Mutter, dann gehen die doch vor die Hunde. Garantiert. Und dieser Gedanke, der war mir einfach ganz unerträglich.«

»Das kann ich verstehen«, sag ich, weil ich es wirklich tu. Sie nickt kurz.

»Und plötzlich war da dieser andere Gedanke. Der Gedanke, ich selber, ich war ja gar nicht hier, verstehen Sie? Ich war nicht in diesem Hotel. Es war ja die Blessinger, die hier war. Ja, die Blessinger. Und die wird eh kein Mensch vermissen. Ist … ist vielleicht noch etwas Kaffee da? Er ist so schön warm.«

Ja, Kaffee ist noch da, und so schenk ich ihr nach. Ihre

Hände zittern. Der Ehering glänzt im Sonnenlicht und wirft helle Schatten hier an die Wände.

»Alles, was Sie erzählen, klingt glaubhaft, Frau Degen. Was mich aber wirklich noch interessieren würde: Hätte es Ihnen denn nichts ausgemacht, Ihren Manuel posthum als miesen Ehebrecher abstempeln zu lassen?«, muss ich hier noch fragen.

»Oh Gott, doch, das hätte es. Sehr sogar. Es hätte mir das Herz gebrochen. Aber ich selber, ich hätte die Wahrheit ja gewusst. Und für die Mädchen wär es immer noch besser gewesen als ein Leben ganz ohne Eltern, verstehen Sie. Wie hätte es denn sonst weitergehen sollen? Ich wäre im Gefängnis gelandet, und diese ganze Geschichte mit dem vielen Alkohol und unseren … na ja, unseren Spielchen eben, die hätte doch überall die Runde gemacht. Nein, das hätte ich den Mädchen nicht zumuten wollen. Niemals.«

Etwas später, als sie dann von den Kollegen abgeholt wird, da hat sie sich ein bisschen beruhigt. Hat noch eine Tasse warmen Kaffee getrunken und den restlichen Käsekuchen verputzt. Wer weiß, hat sie gesagt, ob sie so etwas Feines so schnell wieder bekommt. Und sie hat mich noch gebeten, dass ich doch bitte unbedingt nach ihren Mädchen schauen soll. Das hab ich ihr freilich versprochen, eh klar. Und wie wir das ja schon vom Rudi wissen: Versprochen ist versprochen und wird auch nicht gebrochen.

Kapitel 25

So fahr ich also auf dem Heimweg noch kurz bei den Großeltern vorbei, will aber in Anbetracht der Geschehnisse von heute gar nicht großartig stören. Ich werf einen Blick in das erleuchtete Wohnzimmer rein, wo beide Mädchen in dicke Wolldecken gehüllt auf dem Sofa liegen und schlafen. Ihre Oma sitzt daneben, und ihre rotgeweinten Augen ruhen auf den Enkelinnen. Alles ist ruhig, ein bisschen trostlos und rührend.

Es ist schon sauspät, wie ich schließlich mit dem Streifenwagen in unsere Einfahrt reinroll, und sonderbarerweise läuft mir heut der Ludwig gar nicht entgegen. Was aber wohl der nächtlichen Kälte zuzuschreiben ist. Das Wohnhaus ist bereits dunkel, was um diese Zeit weiter kein Wunder ist, und so geh ich gleich mal in den Saustall rüber. Doch auch dort kann ich den Ludwig nicht finden. Und das ist halt seltsam. Also noch mal raus und rüber übern Hof. Kaum, dass ich im Korridor steh, kann ich schon lang verschollene Klänge vernehmen. Die Beatles sind zurückgekehrt und mit ihnen der Papa. Der nämlich hockt in unserem Wohnzimmer vor einem Glas Rotwein und einer brennenden Kerze mit geschlossenen Augen und dem Ludwig vor seinen Haxen. Beide scheinen zu dösen und nehmen mich mit keinem Wimpernschlag wahr. Eine kleine Weile bleib ich so stehen und betrachte dieses Stillleben hier. Gut schaut er aus, der Papa. So kräftig und braun. Hat der womöglich Sport gemacht? ›Yesterday‹ geht nun langsam zu Ende, und das ist es wohl auch, was ihn ins Leben zurückholt.

»Burschi«, sagt er jedenfalls plötzlich und schaut mich an.

»Servus, Papa«, sag ich, und jetzt schaut mich auch der Ludwig an, macht allerdings überhaupt keine Anstalten, seine Stellung aufzugeben. Ganz im Gegenteil, er gähnt einmal tief durch und rollt sich dann zusammen wie ein Wurm.

»Geh, setz dich doch noch ein bisserl her zu mir, magst?«, sagt der Papa und rutscht ein wenig mehr in die Vertikale. So schnapp ich mir mal die Rotweinflasche, die hier am Boden rumsteht, einfach um kurz sowohl die Quantität zu überprüfen als auch die Qualität. Und beides passt. In der Küche drüben will ich mir rasch noch ein Weinglas holen. Und dort trifft mich dann beinah der Schlag. Unzählige Luftballonherzen kleben hier an der Zimmerdecke, von den vielen Welcome-Home-Girlanden mag ich gar nicht erst reden. Von der Oma kann diese ganze Inszenierung hier nicht sein, die käm ja noch nicht mal da rauf. Und sowieso ist es viel eher die Handschrift vom Leopold.

»Das nenn ich mal einen Willkommensgruß«, sag ich grinsend.

»Ja, vom Leopold«, brummt der Papa und grinst nun genauso.

»Echt? Da wär ich wohl nie draufgekommen«, sag ich und schenk mir ein. »Bist schon lang da?«

»Heut Mittag hat mich dein Bruder vom Flughafen abgeholt. Danach hat's Weißwürst gegeben und am Nachmittag natürlich jede Menge Kuchen. Das halbe Dorf war schon hier, wirklich unglaublich. Und ich frag mich, woher die überhaupt alle wissen können, dass ich wieder da bin. Aber heutzutage scheint sowieso immer und jeder über alles Bescheid zu wissen, Franz. Gruselig, wirklich.«

»Transparenz nennt man das jetzt«, sag ich, und dann stoßen wir an.

»Soso, Transparenz. Da wennst mir nicht gehst! Und sogar mit der Mooshammerin hab ich noch reden müssen, stell dir das vor. Und zwar durch der Oma ihr Telefon hindurch. Narrische Welt, wirklich. Das überrollt mich heut regelrecht nach dieser Ruhe dort in diesem spanischen Kaff, weißt. Da gibt's so was nicht.«

»Ist sie gar nicht dabei, deine Herzdame?«, frag ich, und der Papa schenkt Wein nach.

»Nein«, sagt er und schüttelt den Kopf. »Die ist nicht scharf auf Deutschland. Besonders nicht seit diesem ganzen Unheil mit ihrer Tochter, verstehst?«

Ja, das kann ich durchaus verstehen. Das war eine schlimme Geschichte.

»Hast denn den kleinen Paul schon gesehen?«, will ich jetzt wissen.

»Ja, freilich. Die Susi, die war doch auch dabei bei diesem ganzen Empfangstamtam. Prächtig hat er sich entwickelt, der Bub, da kannst schon stolz sein. Und dem Leopold seine Sushi, die scheint ja ganz vernarrt zu sein in das Kerlchen.«

Ja, ja, da ist schon was dran. Unsere Sushi, die kriegt nämlich immer ganz glänzende Augen, wenn sie ihrem Cousin begegnet, und manchmal sogar hektische rote Flecken im ganzen Gesicht.

»Wie lang wirst bleiben?«, frag ich und nehm einen Schluck Wein.

»Ein bisserl werd ich jetzt schon dableiben. Über den Sommer vielleicht. Schließlich kann ich euch ja nicht ständig einfach so eurem Schicksal überlassen, gell«, lacht er und zwinkert mir zu.

»Apropos Schicksal, Papa«, muss ich jetzt noch loswerden. »Die Susi und der Leopold, die wollen jetzt ein Haus bauen, weißt.«

»Die Susi und der Leopold?«, ruft er nun ziemlich laut, so dass der Ludwig gleich seinen Schädel hochreißt. »Wie lange läuft das schon?«

»Nein, nicht so, wie du meinst. Die wollen ein Doppelhaus bauen, kapiert? Eine Hälfte für den Leopold samt Familie, und die andere wär dann halt für uns.«

»Aha. Und was genau passt dir daran nicht?«, fragt er und beugt sich dabei ganz weit nach vorne.

»Willst du's alphabetisch?«

»Bleib ernst!«

»Ich bin ernst!«

»Burschi, jetzt pass einmal auf. Menschen leben zusammen, und Menschen gehen auseinander. Sie versuchen es und merken irgendwann, dass es einfach nicht passt. Davon geht aber die Welt nicht unter. Ich hätte nach deiner Mama auch niemals geglaubt, mit jemandem zusammenleben zu wollen. Und ich hab mich getäuscht. Versuch's doch wenigstens. Grad jetzt, mit dem Buben. Was soll schon passieren?«

Ich frag mich jetzt ernsthaft, warum ich ausgerechnet dieses heikle Thema angesprochen hab. Hätten wir nicht einfach über Spanien reden können? Oder über die Milchstraße meinetwegen. Ganz abgesehen davon: Was kann schon passieren? Ein Brudermord eventuell.

»Aber das ist doch gar nicht der Punkt. Der Punkt ist der Leopold.«

»Jetzt hör aber auf und schieb deine eigenen Bindungsängste gefälligst nicht auf deinen Bruder. Der hat damit überhaupt nichts zu tun. Außerdem gibt es unzählige Doppelhausnachbarn, die sich mit dem Arsch nicht anschauen und sich in ihrem Zuhause trotzdem wohlfühlen. Das ist möglich, weil wie das Wort doppelt ja schon so schön sagt, sind es zwei Häuser mit zwei Eingängen und zwei Terrassen. Ganz abgesehen davon, dass der Leopold nicht der Verkehrteste ist und du durchaus ebenfalls die eine oder andere Macke hast.«

»Ich hab keine Bindungsängste, so ein Schmarrn …«

Ist das etwa die erste Spinne heuer dort an der Wand? Tatsächlich. Ein noch nicht so großes Exemplar. Eher mittel. Wie sie da so über den Christuswinkel wandert und ihr Netz sorgsam spinnt. Ganz filigran und irgendwie schön. Morgen dürfte sie allerdings wieder weg sein. Die Oma wird sie einfach fortwedeln bei ihrer täglichen Entstaubungsaktion. Dann war diese ganze Arbeit hier umsonst. Schade.

»Franz, was du da veranstaltest mit deiner Susi, das grenzt langsam, aber sicher an Grausamkeit. Trenn dich von ihr oder nimm sie endlich komplett. Also nicht nur so zum gelegentlichen Schnackseln, verstehst. Nimm sie mit Zahnweh und Pickeln, wenn sie meinetwegen Brechdurchfall hat oder ihre Tage.«

»Ja, du verstehst es, mir die Sache schmackhaft zu machen.«

»Was ich dir damit sagen will, halt sie fest, wenn es ihr schlecht geht, und freu dich mit ihr, wenn sie lacht. Herrschaftszeiten, sei doch endlich ein Mannsbild.«

»Spannst was, Papa?«

»Was?«

»Wir hocken noch keine Stunde beieinander, und schon gehst du mir auf den Sack.«

Er lacht leise und brummig und trinkt seinen Wein aus. Und ich steh auf und bring die leeren Gläser rüber zur Spüle. Wie ich anschließend zur Haustür rausgeh, da steht er davor und raucht einen Joint.

»Ah«, frohlockt er. »Was für ein Genuss. Das war tatsächlich das Einzige, was mir in Spanien abgegangen ist.«

»Hast nicht dürfen, oder was?«, frag ich und grinse.

»Nein, meine Herzdame, die mag das nicht gern. Aber nicht ihretwegen, verstehst? Sondern einfach, weil sie sich um meine Gesundheit sorgt. So was machen Leut, die sich liebhaben, Franz.«

»Gut Nacht, Papa«, sag ich und wandere mit dem Ludwig an meiner Seite dem Saustall entgegen.

»Ja, gut Nacht, Burschi.«

»Schön, dass du wieder da bist«, sag ich noch, und zwar möglichst leise. Und dennoch könnt ich schwören, er hat mich gehört. Er hat nämlich ein ganz sonderbares Lächeln im Gesicht, wie ich mich schließlich umdreh, um die Türe zu schließen. Einen Moment lang bleib ich noch so stehen, und wir schauen uns an. Dann drückt er seine Kippe aus und verschwindet im Wohnhaus.

Am nächsten Morgen hockt doch tatsächlich der Leopold mit am Frühstückstisch. Hat der nun vor, jeden einzelnen Tag bei uns abzuhängen, den der Papa in den nächsten Wochen hier am Hof verbringt? Und das sag ich ihm auch. Leopold, sag ich. Du warst doch gestern erst da. Wenn dir der Papa so fehlt, dann pack ihn doch einfach ein und nimm ihn mit. Aber er schlingt nur weiterhin seine Rühreier in sich hinein, als hätte er seit Wochen keine feste Nahrung mehr zu sich genommen.

»Prima«, ruft er nach dem letzten Bissen und wischt sich den Mund am Ärmel ab. »Deine Rühreier, die waren ganz prima, Oma!«

Ja, Rühreier sind nun auch wahrhaftig die höchste aller Klassen, was die Kochkünste betrifft.

Die Oma nickt kurz, steht dann auf und bringt frischen Kaffee zum Tisch rüber.

»Oma«, sag ich, während sie meine Tasse auffüllt. »Deine Rühreier, die sind einfach prima. Wollte ich dir schon lang einmal sagen.«

»Kindskopf«, schnauft sie mich an und nimmt wieder Platz. Und diesmal ist es der Papa, der aufsteht. Er geht rüber zur Arbeitsplatte, kramt dort in einer offensichtlich spanischen Basttasche rum und holt schließlich drei kleine Päckchen hervor. Die überreicht er uns dann der Reihe nach feierlich, und ich fang gleich mit Auspacken an. Eine Pfeife kommt dabei zum Vorschein. Also keine zum Pfeifen, sondern eher eine zum Rauchen.

»Olivenholz«, sagt der Papa nun ganz stolz. Dabei blickt er von mir rüber zum Leopold, der offensichtlich das gleiche Teil in den Händen hält, und wieder zurück. Bei der Oma ist es dann ein Mörser. Außerdem erfahren wir, dass er diese Präsente hier allesamt selbst geschnitzt hat. Und zwar ganz individuell für jeden von uns, und dass er bei allen einzelnen Schnitzern ganz tief bei uns gewesen ist. Übrigens würden diese Pfeifen und auch der Mörser nicht nur sentimentale oder gar dekorative Zwecke erfüllen, sondern durchaus funktionale. Der Leopold scheint nun tief berührt. Erst legt er die Hand auf die vom Papa, und dann schnäuzt er sich ausgiebig.

»Das hat mein Papa selber gemacht«, sagt er und schaut mich an wie ein Spinner.

»Ja, meiner auch«, entgegne ich.

»Und was, bitte schön, macht man mit so einem Trum?«, will die Oma jetzt wissen, und so erklär ich ihr halt kurz die dementsprechende Handhabung ihres Geschenkes.

»Wir können ja heut Abend vielleicht schon mal ein Pfeiferl rauchen«, schlägt der Papa dann vor.

»Heut Abend, da ist es eher schlecht«, sagt der Leopold. »Weil da haben wir unsere Schwangerschaftsgymnastik.«

»Ein Jammer«, sag ich und bring mein Geschirr rüber zur Spüle. Dann bin ich auch schon weg.

Kapitel 26

Übermorgen ist er also. Der dämliche Geburtstag vom Leopold, und zwar ausgerechnet bei uns am Hof. Ich glaub, zuletzt hat er dort seinen fünfzehnten gefeiert. Weiß der Geier, was ihn dazu getrieben hat, aber er hat alle meine Freunde eingeladen. Gut, vermutlich hat er keine eigenen, das ist schon möglich. Aber dass er sich nun an den meinen vergreift, das geht mir schon ziemlich auf den Senkel, erst recht, wo auch noch alle zugesagt haben. Doch erfahrungsgemäß sind die ohnehin immer dort zur Stelle, wo irgendwo eine kostenlose Verköstigung ansteht. Eh klar.

Und weil das Fernsehprogramm heute einfach nur jämmerlich ist und die Susi ihren Weiberabend hat, da mach ich mich noch auf ein schnelles Bierchen zum Wolfi rüber. Die Bude ist wieder mal voll, und allmählich frag ich mich, ob ich für meine Leucht-Frau eine Entschädigung rausschlagen soll. Heute ist es allerdings wieder der Wolfi, der hinter dem Tresen steht und noch nicht mal Zeit hat, Gläser zu polieren. Stattdessen zapft er Bier wie am Fließband, und zwischendurch schenkt er auch mal das eine oder andere Schnäpschen ein. Vor ihm hockt der Flötzinger, über ein Bierglas und einen Schnellhefter gebeugt. Und so nehm ich mal Platz.

»Was ist los?«, frag ich den Wirt, nachdem ich mir eins der vollen Biergläser geschnappt hab. »Hast die Sanni schon verschlissen, oder was?«

»Nein«, antwortet er zapfenderweise. »Die macht jetzt den Service. Weil ich besser im Zapfen bin und sie besser im Flirten. Dreh dich um, dann weißt, was ich mein.«

Und tatsächlich, da hinten, da ratscht die Sanni durch sämtliche Tische, verteilt eifrig Getränke und hat für jedermann einen flotten Spruch auf den Lippen.

»Dieses Flidscherl, die mach ich fertig!«, sagt plötzlich der Heizungspfuscher, nachdem er mit seinem Schädel aus den Akten gekommen ist.

»Halt bloß die Haxen still, Flötzinger«, knurrt der Wolfi gleich. »Die Sanni, die steht unter meinem ganz persönlichen Schutz, verstanden.«

»Ich red doch nicht von deiner Sanni, Mann. Ich red von meiner Alten.«

»Ex-Alten«, sag ich der Richtigkeit halber. Der Flötzinger sendet mir Blicke der morbidesten Sorte. Der Wolfi hat mittlerweile ein Tablett randvoll bestückt und wandert damit zu seiner neuen Mitarbeiterin hinter.

»Die Mary, die hat doch einen anderen, oder? Die muss einen anderen haben, diese Schlampe! Oder was meinst du, Franz? Was wär sonst der Grund für diese plötzliche Scheidung?«

»Sie wär also eine Schlampe, wenn sie einen anderen hätte?«

»Tsss, was ist denn das für eine Frage?«

»Ich mein ja bloß, Flötz. Weil du ja auch des Öfteren dazu neigst, eine andere zu haben.«

»Ich bin ein Mann, Franz. Das ist ja wohl ein Unterschied.«

Danach schweigen wir eine Weile. Er widmet sich erneut und äußerst konzentriert seinen Unterlagen, wobei ihm wieder einmal seine Brille beschlägt. Und ich werf derweil einen spionierenden Blick auf seine aktuelle Lektüre. Scheidungstipps für Männer. Soso.

Wenn ich da so an die Worte vom Papa denk, frag ich mich echt, ob der für sein Alter nicht reichlich naiv ist. Was hast du schon zu verlieren? Ha! Vielleicht sollte ich das meinen Sitznachbarn hier einmal fragen, wer weiß. Dazu aber kommt es gar nicht mehr, weil dann geht die Tür auf und nicht wieder zu. Jedenfalls nicht bevor die Susi mit ihrer ganzen Mädchenmannschaft im Lokal drinnen ist. Und das sind immerhin elf. Sie würden wohl grad vom Heimatwinkel kommen, wo's ja zu Anfang recht nett war. Dann aber wären diese unerträglichen Seminarteilnehmer einer renommierten Autofirma dort eingefallen wie die Husaren. Solche Schickimicki-Pfosten eben, total overdressed, und die haben die Mädchen in ihren Jeans von oben herab und so. Drum eben jetzt Wolfi.

»Soll ich hinfahren und alle abknallen?«, frag ich die Susi, gleich nachdem ich mein Bussi gekriegt hab.

»Ja, bitte«, sagt sie und kriegt ganz große Augen. »Aber bring mir bitte die Schuhe mit. Und zwar alle, die an Damenfüßen stecken.«

»Flötzinger«, können wir nun die Simmerl Gisela vernehmen. »Was liest denn da Schönes?«

»Nix«, sagt er, rollt seinen Hefter zusammen und zieht den Geldbeutel hervor. Danach zahlt er und verlässt fluchtartig das Lokal. Einige der Mädchen schauen sich kurz an, und vielsagend wird die eine oder andere Augenbraue gezückt.

»Was schenkst denn deinem Bruderherz?«, will die Gisela dann wissen, gleich nachdem der Wolfi die Bestellungen aufgenommen hat.

»Keine Ahnung«, sag ich ehrlicherweise.

»Ja, ein bisserl was Schönes soll es schon sein, wenn er sich schon so eine Mordsmühe macht mit diesem Fest. Er war ja auch schon bei uns im Laden und hat nur das Feinste vom Feinsten bestellt. Und zwar sowohl Fleisch- und Wurstwaren als auch allerhand beim Max in seinem neuen Gemüseeck«, sagt sie weiter und nimmt ihr Weinglas entgegen.

»Da hat sie recht, Franz«, stimmt die Susi nun zu. »Da musst dir schon was einfallen lassen.« Das hat mir jetzt grad noch gefehlt, dass ich mir Gedanken mach über ein Geschenk für den Leopold. Ausgerechnet.

»Und«, frag ich dann die Susi. »Fällt dir was ein?« Doch sie schüttelt den Kopf.

»Und dir?« Jetzt ist die Gisela dran. »Irgendwas Schönes?«

»Da fragst besser meinen Alten, Franz«, sagt sie. »Der hat nämlich einen deutlich besseren Geschmack als ich. Immerhin hat er ja mich ausgesucht und ich ihn, verstehst.«

Ich brauch ein Weilchen, bevor ich begreif, warum sich die Mädels jetzt so fett angrinsen, aber dann fällt der Groschen. Was mich ein weiteres Mal an einem glücklichen Zusammenleben zweifeln lässt.

»Und ihr zwei Hübschen bauts jetzt ein Haus«, fragt mich nun die Jessy und schaut mich auffordernd an.

»Geh, das weißt doch«, antwortet die Susi, noch ehe ich überhaupt reagieren kann. Und so nick ich nur halbherzig und trink mein Bier auf ex.

Jetzt kommt die Sanni nach vorne. Mein lieber Schwan! Heut ist es nicht nur ihr Ausschnitt, der ganz laut Hurra schreit. Auch der schwarze Lederminirock steht schwer in Konkurrenz zu ihrem Oberteil. Die Mädchen schauen. Nein, sie starren. Und dürften sich spätestens jetzt fragen, ob der Lokalwechsel tatsächlich notwendig war.

»Wer ist das?«, zischt mir die Susi ins Ohr.

»Das ist die Sanni«, entgegne ich artig.

»Genau, ich bin die Sanni, Süße«, übernimmt die prompt das Zepter, wirft ihr charmantestes Lächeln in die Runde und ihre Haare in den Nacken. »Nachschub?«, fragt sie nun und nimmt der Susi das Weinglas aus der Hand. Alle um mich herum scheinen in eine Art Schockstarre zu fallen. Keine hier bringt jetzt auch nur ein Wort über die blassen Lippen. Stattdessen glotzen sie einträchtig der Sanni hinterher, die arschwackelnd hinterm Tresen verschwindet und mit geschickten Handgriffen eine Weinflasche entkorkt.

»Magst noch ein Bier, Franz?«, fragt sie mich dann, während sie den Wein eingießt.

»Ja, bevorst mich erschlägst, machst mir noch eine Presshalbe«, sag ich.

»Er hat einen seltsamen Tonfall drauf«, sagt die Gisela scharf und meint damit offenbar mich.

»Und auch sein Gesichtsausdruck, schau mal, Susi«, hakt dann noch die Jessy nach. Und ich weiß gar nicht mehr, wo ich eigentlich hinschauen soll. Drum nehm ich noch einen ganz großen Schluck, zahl meine Zeche und verabschiede mich.

Kapitel 27

Geburtstage sind ja eh nicht so meins. Die vom Leopold am allerwenigsten. Dem lieben Gott geht's wohl ähnlich, jedenfalls ist das Wetter echt miserabel, und er lässt es heut ordentlich schiffen. Nach der Runde mit dem Ludwig jedenfalls triefen wir beide bis auf die Knochen runter, und so steht auf meiner aktuellen To-do-Liste zualleroberst eine heiße Dusche. Und zwar so lang, bis das komplette Badezimmer eingenebelt ist. Durch die Schwaden hindurch kann ich plötzlich einen sehr vagen Umriss erkennen. So lüpf ich mal den Duschvorhang und schau hinaus. Der Papa ist es, der jetzt dort auf meinem Klodeckel hockt.

»Was ist?«, frag ich, während ich den Wasserhahn abdreh.

»Wir haben geknobelt, und ich hab verloren«, sagt er und starrt auf den Fliesenboden runter. Ich hab keine Ahnung, wovon er eigentlich spricht.

»Handtuch!«, ruf ich hinaus, und er reicht mir eins rüber. Derweil ich mich abtrockne, beginnt er zu berichten. Und mit jedem einzelnen Satz sinkt meine Stimmung praktisch bis zum Nullpunkt runter. Unser Geburtstagskind, das hätte nämlich grad erfahren, dass das für heute gebuchte Partyzelt nun leider doch nicht geliefert werden kann. Hagelschaden, hat es geheißen. Ausgerechnet. Aufgrund der widrigen Wetterlage könnte man allerdings wohl unmöglich im Freien feiern, ganz klar. Und drüben im Wohnhaus sind einfach die Räumlichkeiten viel zu klein. Ja, so weit leuchtet das ein. Doch mittlerweile schwant mir schon Furchtbares. Und ja, ich soll recht behalten. Kurzerhand hätten die Oma, der Leopold und der Papa daher beschlossen, die Geburtstagsfeier bei mir im Saustall abzuhalten. Weil's quasi gar keine andere Möglichkeit gibt. Und den Übermittler dieser Botschaft, genauer Hiobsbotschaft, den hätten sie dann schließlich einfach ausgeknobelt. Und der Papa hat verloren.

»Schau, Burschi«, sagt der Papa abschließend und dreht sich dabei einen Joint. »Nur bei dir da herüben haben die ganzen Leut Platz. Das musst doch verstehen.«

»Du glaubst doch nicht im Ernst, dass ich meinen heiligen Saustall für dem Leopold seine Partygäste ausräum.«

»Doch!«, sagt er und steht auf. »Wir helfen dir auch dabei.«

Obwohl ich noch gar nicht richtig trocken bin, zieh ich meine Jeans an und danach die Lederjacke. Hol meinen Autoschlüssel hervor und dreh mich zum Gehen.

»Was hast du jetzt vor?«, fragt der Papa nun leicht irritiert und steckt sich den Joint hinters Ohr.

»Ich fahr jetzt weg«, entgegne ich. »Und morgen früh, wenn ich zurück bin, dann ist alles wieder auf Anfang hier, verstanden?«

»Aber das ist doch der Geburtstag von deinem Bruder!«

»Es ist ja noch nicht mal ein runder«, sag ich und bin auch schon draußen.

»Franzl«, ruft mir die Oma entgegen. Sie watschelt samt Gummistiefeln über den Hof, hält in der einen Hand einen Schirm und in der anderen eine Tortenplatte mit der Schwarzwälder drauf. Ein Jammer. Direkt dahinter ist der Held des Tages. Er trägt ein Käppi mit einem riesigen Schirm und stemmt ein Tragerl Bier durch die Gegend.

»Wo willst denn jetzt hin, Bub?«

»Weg«, sag ich und steig in den Wagen.

»Aber deine Haare sind ja ganz nass«, sagt sie weiter und bleibt an der Autotür stehen. Genauso wie der Leopold. Aus dem Saustall heraus kann man bereits das Verrücken diverser Möbelstücke vernehmen. Na bravo.

»Die trocknen schon wieder«, sag ich.

»Aber wann kommst denn wieder?«, fragt die Oma.

»Morgen früh«, antworte ich und starte den Motor. »Und dann ist alles wieder picobello hier, verstanden?«

»Aber …«, versucht es die Oma noch kurz.

»Lass ihn doch, Oma«, unterbricht sie der Leopold prompt. »Reisende soll man nicht aufhalten.«

Arschloch, denk ich noch, dann tret ich aufs Gas.

Am besten erst mal zum Simmerl und zum seelischen Ausgleich eine feine Brotzeit ordern. Der Wolfi, der ist auch da und ordert ebenfalls. Seit meiner Leuchtfrau geht sein Laden wie geschmiert, sagt er. Und so gibt's halt neuerdings auch diverse Schnittchen zum Bier. Allerhand, wirklich. Niemals im Leben hätt ich ihm die Süße für umsonst überlassen, wenn ich das im Vorfeld geahnt hätte. Aber gut.

»Also je ein Pfund Salami, Schinken einmal roh und einmal gekocht«, sagt der Metzger, während er einen Beutel bestückt. »Und zwanzig Fleischpflanzerl scharf und zwanzig extra scharf. War's sonst noch was?«

»Nein, nix«, sagt der Wolfi und nimmt seine Ware entgegen. »Aber was anderes, Simmerl. Pass auf, ich könnte dir da so eine Art Partnerschaft anbieten. Hast Interesse?«

»Eine Partnerschaft? Nein, echt nicht. Mir langt schon die eine nicht funktionierende, wo ich hab, weißt.«

Ja, der Wolfi weiß es wohl. Jedenfalls grinst er.

»Na, gut«, sagt er und dreht sich ab. »Dann schreibst es auf, wie immer. Servus, miteinander.«

»Servus«, entgegnen wir, und dann widme ich mich mal dem Sortiment hier. Wenig da heut. Und das sag ich ihm auch.

»Simmerl«, sag ich. »Deine Auswahl, die war aber auch schon mal größer.«

»Ja, du Spaßvogel«, brummt er mir übern Tresen. »Was glaubst du denn? Es ist Samstagmittag kurz vor Ladenschluss, und außerdem hat eh die Hälfte davon der Leopold aufgekauft. Aber schau doch mal rüber zum Max. Da dürfte schon noch was da sein.«

Und so schau ich halt mal rüber zum Max, der in rot-weiß gestreifter blitzsauberer Schürze samt passender Mütze dort in seiner Fresh-and-Healthy-Ecke steht und übers ganze Gesicht strahlt.

»Also, Max«, sag ich. »Was kannst mir denn Schönes empfehlen?«

»Für welchen Anlass?«, will er nun wissen.

»Ja, zum Essen halt.«

»Ja, ja, das schon«, lacht er ein bisschen überheblich. »Aber eher so als Powerfrühstück oder mehr für ein leichtes Abendessen? Soll es glutenfrei sein, oder stehst du vielleicht auf Chiasamen?«

»Auf was? Nein, ich mein, ich fahr jetzt zur Susi, und da hätt ich halt einfach gern eine Brotzeit mitgebracht.«

Nun huscht ein allwissendes Lächeln über sein kindliches Gesicht. Er dreht sich kurz um und zieht dann ein kleines verspieltes Papptablett aus dem Regal hinter sich.

»Da nehmen wir doch am besten den geilen Bio-Gouda hier, diesen milden Ziegenkäse aus der Region, ein paar Weintrauben und vielleicht etwas von der Wassermelone. Alles bio, versteht sich. Dazu die reschen Dinkel-Krusties und einen kleinen Piccolo aus Franken dazu, was meinst?«, schlägt er so vor, während er schon mal beginnt, das Tablett auszurüsten.

»Ja, von mir aus«, sag ich und zuck mit den Schultern. »Aus dem kleinen Piccolo kannst aber ruhig einen größeren machen.«

Achtundvierzig fünfundneunzig kostet mich dieser Spaß am Ende. Aber wurst. So zahl ich halt und verabschiede mich. Halsabschneider, sag ich noch kurz. Das schon. Und wie ich schließlich aus der Ladentür rauskomm, da ist das emsige Metzgerehepaar längst damit beschäftigt, Unmengen von in Alu verpackten Silberplatten in seinem BMW zu versenken. Offenbar alles für den Leopold.

»Ich fahr die erste Ladung schon mal hin«, ruft die Gisela und springt in ihrem quietschgelben Ostfriesennerz in den Wagen. Der Gatte sucht derweil fluchtartig Unterschlupf unterm hauseigenen Vordach, wo ich selber grad steh.

»Alles vom Feinsten. Ja, da hat er sich nicht lumpen lassen, dein Bruder. Gut, Franz, du, ich muss. Wir sehen uns ja eh später auf dem Fest, gell. Das wird bestimmt lustig«, sagt er noch so, und schon eilt er nach drinnen. Ich kann mich nicht erinnern, dass es irgendwann in meinem Leben lustig gewesen wär mit dem Leopold. Hab ich überhaupt schon ein einziges Mal mit ihm gelacht? Über ihn schon. Aber mit ihm?

Keine fünf Minuten später treff ich dann auch bei der Susi ein. Die hat den Paul auf dem Arm, Lockenwickler in den Haaren und auch noch Besuch am Küchentisch sitzen. Dabei handelt es sich offenbar um den Sohn ihres Vermieters, wie sie mich gleich augenrollenderweise wissen lässt und der auch tatsächlich so hässlich ist, wie alle immer behaupten. Und ziemlich schnell komm ich drauf, dass er nur aus einem einzigen Grund hier ist. Nämlich dem, auf einen möglichst schnellen Auszug hier zu pochen. Ich hör aufmerksam zu, pack derweil meine kulinarischen Mitbringsel aus und lass schließlich den Sektkorken knallen. Dann drück ich dem

Paulchen eins von diesen Krusties in die Hand, und der fängt auch gleich an, dran zu zutzeln. Bisher hab ich noch kein Wort gesagt, hole nun zwei Gläser aus dem Schrank und füll sie auf. Reich eins davon der Susi rüber, die mich leicht irritiert anschaut, und stoß dann mit ihr an. Der unangenehme Besucher scheint diese Situation hier jetzt nicht so recht einordnen zu können. Man merkt deutlich, dass er sich unwohler und unwohler fühlt. Dann entschuldigt er sich fahrig, weil er angeblich aufs Klo muss.

»Was soll das alles, Franz?«, fragt die Susi ganz leise, gleich wie er weg ist. »Mit dem … na, dem ganzen Sekt und allem anderen? Mir ist jetzt grad gar nicht nach feiern, verstehst du. Immerhin hab ich gleich kein Dach mehr überm Kopf. Und du … du tust, als wär nix. Und überhaupt, wieso sagst du kein einziges Wort?« Aber ich grins sie nur an und trinke mein Glas aus. Das Zeug ist gar nicht so schlecht.

»Frau Gmeinwieser«, sagt dieser Kerl dann, kaum, dass er zurück ist. »In Ihrem Badezimmer, da sind drei, ich wiederhole, drei Zahnbürsten. Eine Kinderzahnbürste und zwei für Erwachsene. Diese Wohnung hier aber, die wurde seinerzeit an eine Einzelperson vermietet. Und nun wohnen plötzlich drei hier. Das ist ganz und gar unmöglich, und Sie … Sie stehen hier rum und trinken Sekt. Also Ihre Nerven möchte ich haben.«

»So, du Hanswurst«, kommt nun mein Einsatz. Ich geh auf ihn zu und dräng ihn schon rein durch mein körperliches Auftreten direkt dem Ausgang entgegen. »Jetzt schaust, dass dich schleichst, gell. Sonst hast gleich eine Mistgabel im Kreuz.«

»Was? Moment mal! Ich … ich werde Sie anzeigen«, keift er, wie er letztendlich an der Wohnungstür lehnt. »Geben Sie mir sofort Ihren Namen!«

»Eberhofer«, sag ich und klatsche ihm dabei meine Visitenkarte direkt aufs Hirn. »Kommissar Eberhofer, wenn's recht ist. Ab Montag acht Uhr könnens kommen und Ihre Anzeige bei mir aufgeben. Und was die Frau Gmeinwieser betrifft, die wird zum nächsten Ersten aus diesem Drecksloch hier ausziehen, verstanden. Und jetzt Abflug, wir haben nämlich einen Grund zum Feiern!« Dann reiß ich die Tür auf, schubs das verwirrte Manschgerl durch die selbige und mach hinter ihm gleich wieder zu. Der Paul ist noch immer auf dem Arm von der Susi und hüpft dort ganz aufgeregt mit hochroten Wangen und juchzenderweise auf und ab. Grad so, als würd er mir Beifall bekunden.

»Franz?«, sagt die Susi jetzt. »Bist du jetzt wahnsinnig geworden, oder was? Du kannst doch nicht so mit dem umgehen! Und überhaupt, wo soll ich denn bitte schön hinziehen?«

»Zu mir«, antworte ich und schenk mir mein Glas noch mal voll. »Du ziehst zu mir, Zuckerschnute, und aus.«

»Und das bestimmst du so einfach, oder was?«

»Ja, das bestimm ich so einfach, weil irgendjemand muss ja schließlich mal Nägel mit Köpfen machen, gell. So, und jetzt, Paulchen, jetzt machen wir erst mal eine schöne Brotzeit mit vielen, vielen wertvollen Vitaminen«, sag ich noch so, während ich ihr den kleinen Kerl abnehm.

»Echt?«, fragt sie, legt ihren hübschen Kopf schief und verschränkt die Arme.

»Echt«, sag ich grinsenderweise.

Danach ist eigentlich alles ganz prima. Nachdem wir gemütlich und ziemlich ausgiebig gegessen haben, und ja, es war tatsächlich gar nicht so schlecht, da legen wir den Paul ein wenig zum Mittagsschlaf nieder. Danach machen wir selber auch einen kleinen Mittagsschlaf, zumindest später. Also viel später, um genau zu sein. Die Susi schläft dann in meiner Armbeuge ein und atmet ganz gleichmäßig und leise. Und bevor ich selber einschlafen kann, da hab ich meine Nase tief in ihren Haaren versenkt und schnuppere dran, weil sie einfach so wunderbar duften. Das ist schön. Ausgerechnet mein Telefon ist es dann, was mich aus meinen Träumen herausreißt. Der Rudi ist dran, und er will wissen, ob er denn zur Geburtstagsfeier auch jemanden mitbringen könnte. Ich hab ja noch nicht mal gewusst, dass er überhaupt eingeladen ist, und außerdem bin ich eh noch ein bisschen schlafdamisch. Drum grunz ich halt einfach ein Jaja in den Hörer. Prima, sagt er. Und dass er schon auf dem Weg wär und jetzt nur noch schnell seine Begleitung aufgabeln würde.

»Wer war dran?«, fragt die Susi anschließend leicht verschlafen aus ihren Kissen heraus.

»Der Rudi. Er wollte nur wissen, ob er jemanden zu dieser blöden Geburtstagsfeier mitbringen kann«, antworte ich, reib mir über die Augen und setz mich dann auf.

»Scheiße!«, ruft sie nun prompt und springt über meine Schultern hinweg aus dem Bett raus. »Wie spät ist es denn? Ich muss doch unbedingt noch einen Nudelsalat für den Leopold machen.«

Jetzt hat sie mir den Tag versaut. Nein, echt. Bis grad eben war doch alles paletti. Die Susi und der Paul und der Sekt und der Sex. Und jetzt kommt sie mir plötzlich mit Nudeln und Leopold. Herzlichen Dank auch!

Wie man sich wohl unschwer vorstellen kann, weigere ich mich zunächst weiterhin hartnäckig, auf dieses dämliche Fest mitzukommen. Doch nach einem Nachmittag wie diesem, da ist ein einfaches »Nein, beim besten Willen nicht« nicht möglich. Erst recht, wo sich die Susi so freut und sogar extra eine neue Bluse gekauft hat. Und wenn ich jetzt streike, da würd sie nämlich schmollen. Und zwar wochenlang. Und das wär halt blöd. Ganz besonders, wo sie ja demnächst bei mir einziehen soll. Schließlich und endlich ist es dann aber ein einziges Argument, das mich überzeugt. Nämlich jenes, dass ja außer dem Leopold selber immerhin auch noch andere Leute da sein werden, dass es gutes Essen dort gibt und Unmengen Bier. Und so erscheinen wir exakt in dem Moment auf dem Hof, wo auch der Rudi andüst. Seine Begleitung heißt übrigens Magda, ist schneidig, ausgesprochen fröhlich und wirkt ganz im Gegenteil zu ihm selber übrigens nicht im Entferntesten esoterisch. Nachdem wir uns bekannt gemacht haben, übernimmt sie auch prompt unser Paulchen dort in seinem Kinderwagen und wandert an der Seite von der Susi dem Saustall entgegen.

»Sie hätte mir doch einfach sagen können, dass sie heute einen auf schick macht«, brummt der Rudi, wie er da so in einer sehr rosafarbenen Pluderhose zwischen zwei riesigen Pfützen rumsteht. Wenigstens hat es aufgehört zu regnen.

»Hast du die von deinem seltsamen Seminar?«, frag ich, und mein Blick fällt auf den meterhohen Biertragerlturm direkt neben dem Eingang.

»Ja«, nickt der Rudi, und ich merke deutlich, dass er sich nicht recht wohlfühlt in seinem Outfit. »Sie ist ja auch immer so rumgelaufen dort. Aber jetzt befürchte ich ja fast, das war nur eine Verkleidung. Weil, weißt du, was sie beruflich macht?«

»Nein, bin ja kein Hellseher.«

»Sie analysiert Hobbys. Kannst du dir das vorstellen?«

Nein, will ich auch gar nicht. Was sie da bei mir wohl analysieren würde? Keine Ahnung. Kurz darauf aber schnappen wir zwei uns noch ein Bier und stoßen dann halt auch mitten in dieses Geschehen rein. Durch die lautstarken Akkorde eines glatzköpfigen Alleinunterhalters samt Hammondorgel versuchen wir uns einen kleinen Überblick zu verschaffen. Der Simmerl verteilt emsig sein Fleisch auf etliche Teller, und einige der Mädels befreien derweil die Salatschüsseln der Reihe nach von Folien und Deckeln. Auf meinem Kanapee quetschen sich minimum vierzehn Arschbacken aneinander, und auch zwei der drei Biergarnituren sind gut besucht. Dort kann ich auch die Susi und die Magda erkennen, die sich offensichtlich prächtig verstehen. Jedenfalls unterhalten sie sich aufs Eifrigste. Das Geburtstagskind selber brüllt alle seine Gäste der Reihe nach an und bedankt sich recht artig.

»Hey, Franz«, sagt der Flötzinger, gleich wie er plötzlich neben mir steht. »Was ist denn das für eine Wahnsinns-Granate, die wo da bei der Susi hockt?«

»Das ist dem Birkenberger seine Wahnsinns-Granate«, sag ich, während der Rudi ihn gar nicht beachtet und stattdessen schwer beschäftigt ist, seinen Teller aufzuladen.

»Unglaublich«, sagt er weiter, ohne dabei jedoch die Magda aus den Augen zu lassen. »Du, apropos, Rudi. Also der Simmerl und ich, wir haben da einmal nachgedacht …«

»Oh je!«, kommt es mir aus der Kehle.

»Nein, im Ernst, Franz. Pass auf. Wir haben uns halt gedacht, so als Entschädigung für seine äh, seine Unannehmlichkeiten mit uns, da haben wir uns halt gedacht, er kriegt einen feinen Fresskorb vom Simmerl, verstehst. Und eine Gutschrift von mir. Falls eben mal was mit seiner Heizung sein sollte, meinetwegen.«

»Aha. Und von welcher Höhe reden wir da?«, frag ich hier nach.

»Mei«, antwortet er und zuckt mit den Schultern. »Sagen wir halt so summa summarum fuchzig vielleicht? Pro Nase natürlich. Also jeweils vom Simmerl und von mir, weißt?«

»Da hängst hinten noch jeweils einen schönen Nuller dran, Flötzinger. Dann könnt aus dem Geschäft was werden. Summa summarum, versteht sich«, sag ich noch so und begeb mich gleich rüber zum Rudi, um ihm die gute Nachricht zu übermitteln. Der freut sich auch tatsächlich ein bisschen. Worüber er sich weniger freut, ist die Tatsache, dass ihn seine Granate irgendwie mit dem Arsch nicht anschaut. Im Gegenteil, sie ratscht mit der Susi, und die beiden werfen den einen oder anderen Blick zu uns rüber. Jedoch keinen freundlichen. Also nicht so einen, wo man das Gefühl hat, man könnte sich einfach dazuhocken, um einen netten Ratsch rauszuhauen. So hol ich mir halt auch was zum Essen, und dann setz ich mich mit dem Rudi an den Biertisch gegenüber. Die Musik geht mir echt auf die Eier. Einigen anderen hier geht es wohl ähnlich, jedenfalls stehen bald mehr vor meinem Saustall herum, als drin sind. Nur die Oma freut sich offenbar drüber und tanzt irgendwann ganz begeistert mit dem Paul und der Sushi um diesen nervigen Glatzkopf herum. Ein bisschen später geht die Magda aufs Klo, und diese Gelegenheit nutz ich, um ein paar Worte mit der Susi zu wechseln. Sie ist komisch. Nimmt einen großen Schluck Bier, stellt die Flasche ab und schaut mich nur an.

»Ist was?«, frag ich deswegen.

»Warum bestimmst du plötzlich so einfach, dass ich zu dir ziehe, hm? Ich bin ein eigenständiger Mensch, Franz, und kann Entscheidungen sehr gut für mich selber treffen. Außerdem hast du dich nun jahrelang geweigert, überhaupt irgendeine Form von Partnerschaft mit mir zu führen, und jetzt auf einmal das volle Programm?«, sagt sie wie auswendig gelernt. Was ist denn hier los? Hab ich was verpasst?

»Susimaus, wenn du nicht möchtest …«

»Susimaus! Das kannst du dir in Zukunft auch sparen«, sagt sie noch, dann tupft ihr die Oma auf die Schulter.

»Du, Susimaus«, sagt sie mit dem Paulchen auf dem Arm und der Sushi am Rocksaum. »Ich bring jetzt lieber mal die Kinder ins Bett. Denen fallen ja schon die Augen zu.«

»Ja, danke, Oma«, entgegnet die Susi lächelnd und gibt den zwei müden Kriegern noch jeweils ein Bussi auf die Backe. »Gute Nacht, ihr Schnecken.«

»Oma, darf ich bei dem Paulchen schlafen?«, hören wir die Sushi noch so im Weggehen.

»Ja, freilich«, sagt die Oma.

Aus den Augenwinkeln heraus kann ich nun diese Magda entdecken, wie sie direkt auf uns zukommt.

»Das Taxi müsste gleich da sein«, sagt sie zur Susi gerichtet. »Kommst du jetzt mit, oder willst du echt hier versauern?«

»Ja, ich weiß auch nicht«, antwortet sie unentschlossen und blickt sich kurz im Raum um. Ja, Begeisterung sieht anders aus. Und irgendwie kann ich das auch verstehen. Selten hab ich so eine beschissene Party erlebt.

»Du solltest echt mal auf deine eigenen Bedürfnisse hören, Susanne. Du bist für das Elend in diesem trostlosen Kaff hier nicht verantwortlich. Die leben ja noch in der Steinzeit, und ich wundere mich ernsthaft, dass ich hier überhaupt 'nen Handyempfang hab. Also befreie dich und komm mit und lass uns einfach nur Spaß haben«, sagt sie tief über den Tisch gebeugt, und es hört sich an wie eine Predigt. Die Augen von der Susi beginnen zu leuchten. Sie leuchten so, wie ich es fürchte. Furchtbar fürchte.

»Ich will dir mal was sagen, Magda«, antwortet sie dann ganz ruhig, während sie in ihren Trenchcoat schlüpft. »Dieses trostlose Kaff ist meine Heimat. Ich mag das so, sogar dieses Steinzeitflair, ob du das nun glaubst oder auch nicht. Und ich werde am nächsten Ersten zu diesem Macho hier ziehen, einfach weil er der Beste ist, den ich je hatte. Aber heute Abend, heute will ich einfach nur Spaß haben, also los!«

Dann gibt sie mir einen echt langen Kuss.

»Ein Taxi ist da«, schreit der Flötzinger dort mitten hinein von der Tür her durch den ganzen Raum. »Hat irgendjemand ein Taxi bestellt?«

»Ja, ich!«, kommt es prompt aus unzähligen Kehlen. Doch die zwei Mädels sind die schnellsten und schon auf dem Weg. Ein Weilchen schau ich dann dem abfahrenden Wagen noch hinterher und seh, dass mir die Susi winkt. Sie schaut durchs Rückfenster hindurch und winkt, bis sie außer Sichtweite ist. Und ich steh da und winke zurück. Dann werden die Scheinwerfer von der Dunkelheit verschluckt. Wie ich mich jetzt wieder umdreh, seh ich den Rudi auf einem der Bierkästen sitzen. Er starrt zu Boden, grad so, als würd er irgendwas suchen, und wirkt leicht irritiert.

»Hast du was verloren?«, frag ich deshalb zu ihm nach unten gerichtet.

»Ja«, nickt er kaum hörbar. »Meinen Verstand.«

Kapitel 28

Viele Überredungskünste muss der Rudi nicht aufbringen, um mich von dieser trostlosen Veranstaltung hier wegzuquatschen. Weil grad wie ich sag, dass ich jetzt sogar lieber auf einer einsamen Berghütte wär als hier, da hebt er den Kopf. Hebt den Kopf, steht dann von seinem Bierkasten auf und tauscht schließlich seine Trauermiene gegen einen zugegebenermaßen schon eher dämlichen Gesichtsausdruck.

»Eine Berghütte, sagst du?«, fragt er im Anschluss, wirft einen Blick auf die Uhr und beginnt dabei ganz breit zu grinsen. »Eine Berghütte hätt ich schon im Angebot, Franz. Kurz vor der österreichischen Grenze, um genau zu sein. Wenn wir jetzt losfahren, dann sind wir in guten zwei Stunden dort und könnten bis morgen Abend bleiben, was meinst?«

Was meine ich? Ich werf noch einen letzten prüfenden Blick über das ganze Szenario hier, schnapp mir dann einen der vollen Bierträger, werf ein paar Teile in meine Reisetasche und verfrachte alles in den Kofferraum. Und keine zehn Minuten später sind wir auch schon auf dem Weg, obwohl ich weder Lust habe, Niederkaltenkirchen zu verlassen, noch die Nacht mit dem Rudi zu verbringen. Als Alternative aber bleiben mir nur der Leopold samt seinen Gästen und ein besetzter Saustall. Genau genommen also nichts. Wir sind noch nicht mal auf der Landstraße, da fängt mein Sozius auch schon an, sein Klagelied zu singen.

Herrje, das hat mir grad noch gefehlt.

Er versteht die Weiber einfach nicht, sagt er. Diese Magda zum Beispiel, die ist während der Esoteriktage doch so umgänglich gewesen. Sie waren ja zusammen auf mehreren Seminaren oder gemeinsam im Gym, und auch die eine oder andere Mahlzeit wurde sehr harmonisch miteinander verspeist. Sogar auch nach der Abreise aus dem »Heimatwinkel« ist der Kontakt nicht abgebrochen, ganz im Gegenteil. Und heute plötzlich diese Kehrtwende. Das soll verstehen, wer will, er jedenfalls nicht.

»Die hätte doch eh nicht zu dir gepasst, Rudi«, sag ich, schon allein um seine Stimmung zu heben.

»Woher willst du das wissen? Also rein anatomisch haben wir wunderbar zusammengepasst. Zum Beispiel beim …«

»Stopp«, muss ich hier aber gleich unterbrechen. »Bitte verschon mich mit Einzelheiten. Und sei froh, dass sie weg ist. Sie ist eine Zicke.«

»Nur, weil sie weiß, was sie will?«, fragt er und klingt leicht beleidigt.

»Sie weiß eben nicht, was sie will. Die Susi zum Beispiel, die weiß, was sie will.«

»Das mag schon sein, dafür weißt aber du nicht …«

»Rudi, können wir vielleicht einfach das Thema wechseln? Wir sind jetzt noch nicht mal über Landshut raus, und ich befürchte, ich werde dich vor Rosenheim noch töten müssen.«

»Tzzz«, sagt er jetzt nur noch, verschränkt seine Arme und schaut aus dem Seitenfenster. Ich glaube, Frauen mögen keine weibischen Männer. Generell nicht. Was jetzt nicht heißen soll, dass der Rudi ständig nur zum Weibischen neigt. Aber wenn es Meinungsverschiedenheiten gibt, dann ist die Tendenz dahin doch ziemlich ausgeprägt.

»Rudi, jetzt entspann dich. Wir wollen uns einfach ein paar

nette Stunden machen, die Kiste hinten aussaufen und relaxen, okay?«

»Ich glaub ja, dass es wegen deiner Mutter ist, Franz. Nein, wirklich. Deine Mutter war tot, und dein Vater, der war halt mehr für den Leopold da. Drum ist dein kleines Herzchen verkümmert, und nun bist du eben so, wie du bist. Schau mal, der Leopold, der hat ja sogar eine Pfeife von eurem Vater bekommen. Eine selbstgeschnitzte sogar. Er hat sie mir selbst gezeigt.«

»Er hat sie allen gezeigt, Rudi. Übrigens hab ich die gleiche Pfeife auch bekommen. Ebenfalls selbstgeschnitzt. Und ehrlich gesagt, glaub ich nicht, dass bei mir im Oberstübchen einiges schlackert, sondern eher bei dir.«

Schweigen.

Arme verschränken.

»Am vierundzwanzigsten ist übrigens die Gerichtsverhandlung von der Degen«, versuch ich einen weiteren Neustart. »Was, denkst du, wird sie kriegen?«

Er zuckt mit den Schultern und starrt aus seinem Fenster. Wie ein bockiges Kind. Wirklich. So leg ich mal eine Vollbremsung hin, dass wir beide bis an die Frontscheibe schnalzen.

»Bist du des Wahnsinns, oder was?«, schreit er mich jetzt an.

»Steig aus«, sag ich, greif über ihn drüber und öffne die Tür.

»Nein!«, schreit er weiter und knallt sie wieder zu.

»Rudi, ich kann mit dir unmöglich vierundzwanzig Stunden verbringen, wenn du in den ersten zehn Minuten schon so dermaßen rumzickst.«

»Schon gut. Ich zick nicht mehr rum.«

»Versprochen?«, frag ich und schau zu ihm rüber. Er schaut retour.

»Versprochen«, antwortet er kleinlaut, und so tret ich aufs Gas. Es hat wieder zu regnen begonnen, die Scheibenwischer quietschen vor sich hin, und die Fenster beschlagen langsam, aber sicher. Mit dem Ärmel meiner Jacke versuch ich die Sicht zu erhalten. Im Radio laufen die Stones, und mein Beifahrer klopft sich im Takt auf die Schenkel. Ob vor guter Laune oder eher vor Wut, vermag ich nicht auszumachen.

»Sie wird nicht viel kriegen, die Degen, sie war ja geständig. Außerdem war es ja auch ein Unfall, und ihr Anwalt ist auf solchen Gebieten ein ausgemachter Fuchs«, sagt er nach einer Weile trommelnderweise.

»Das denk ich auch, vermutlich kommt sie sogar mit Bewährung davon.«

»Trotzdem, die Mädchen tun mir leid.«

»Mir tut auch die Frau Degen leid«, sag ich. »Denn ich glaub, der Verlust von ihrem Mann ist schon Horror genug, und im Grunde ist sie eine echt ganz feine Frau.«

»Sagt der Fachmann, ich weiß. Du, ich würde gern ein kleines Nickerchen machen, kannst du mal ein bisschen runter vom Gas?«

Und bevor ich die nächste Krise heraufbeschwör, geh ich halt ein bisschen runter vom Gas. Und ein klein wenig später, wie sein tiefes, ruhiges Atmen schließlich in ein Schnarchen übergegangen ist, da tret ich wieder aufs Pedal, und zwar bis zum Anschlag.

Schön ist das jetzt. Die fast leere Fahrbahn, die Ruhe im Wagen und die gute Musik. Sind das da vorne echt schon die Berge? Tatsächlich. So weit kann es also gar nicht mehr sein. Was auch bedeutet, dass ich den Rudi bald aufwecken muss. Schließlich ist er ja mein Lotse, weil ich selbst noch nie in dieser Berghütte war. Auf meine feinfühligen »Rudi, Ruuudi!«-Versuche schlägt er gar nicht erst an. Erst als ich aus vollem Halse RUDOLF brülle, da wacht er auf. Dann aber richtig.

»Was ist?«, schreit er zunächst retour und will mir sogar ins Lenkrad reingreifen, was ich grad noch verhindern kann. »Warum rast du denn so?«

»Ich rase nicht, ich fahr hundertvierzig«, sag ich wahrheitsgemäß, und er wirft einen Kontrollblick auf den Tacho.

»Trotzdem. Und überhaupt, du musst die nächste runter, und dann kommen auch gleich die Serpentinen. Da musst du höllisch aufpassen, Franz. Die sind sehr eng, und es geht ewig weit runter. Und das bei diesem beschissenen Wetter. Da musst du echt aufpassen!«

»Das sagtest du bereits. Hast du Angst vor Serpentinen?«

»Nein«, sagt er, versinkt aber im selben Moment noch tiefer in seinem Sitz.

Ein kurzes Stück nach der Ausfahrt geht es dann tatsächlich auch schon los. Die ersten Kurven sind noch relativ kommod, danach aber wird's schlagartig deutlich steiler und enger. Der Sitz vom Rudi droht ihn gleich zu verschlucken, wie ich grinsenderweise zur Kenntnis nehmen muss.

»Könntest du jetzt endlich mal ein bisschen langsamer fahren?«, sagt er, während er durchs Fenster hindurch in die Abgründe starrt.

»Nein, weil mir sonst der Motor abstirbt.«

»Du bist so ein gottverdammter Macho, weißt du das eigentlich, Franz?«, knurrt er nun aus seinem Polster heraus. »Bei Frauen kommt so was übrigens gar nicht gut an. Die mögen nämlich keine Machos.«

»Mir ist meine aktuelle Freundin aber nicht grad abhandengekommen.«

»Das liegt einfach daran, Franz, dass es keine aktuelle Freundin gibt. Die Susi, die hast du ja quasi schon seit dem Kindergarten. Und ich wette meinen Arsch drauf, keiner von euch beiden hat auch nur die geringste Ahnung, wie eine echte Partnerschaft auszusehen hat.«

Warum hab ich mir das nur angetan? Diese Trauergesellschaft daheim dürfte sich mittlerweile schon längst in Luft aufgelöst und den Saustall geräumt haben. Ich würd bereits auf meinem Kanapee liegen, und der Ludwig hätte den Kopf auf meinem Schenkel. Der Fernseher würde laufen und wohl auch die eine oder andere Halbe. Aber nein, ich hock jetzt hier mit meinem hyperphobischen Beifahrer, der ganz obendrein auch noch zur Klugscheißerei neigt. Wunderbar, wirklich!

»Fahr langsamer, Franz!«

»Greif mir gefälligst nicht ins Lenkrad, verdammt!«

»Fahr sofort langsamer, Franz, oder bleib stehen!«

Wenn ich hier stehen bleib, dann kommen wir nie wieder weg. Da würde nur eins übrig bleiben, rückwärts den ganzen Weg nach unten zu rollen. Bei diesen Kurven und in stockfinsterer Nacht schlichtweg ein Ding der Unmöglichkeit.

»Es geht nicht, Rudi«, schrei ich zurück, weil's mir jetzt wirklich langsam reicht.

»Würdest du dann wenigstens aufhören, mit den Händen zu fuchteln, und dich auf die Straße konzentrieren! Da vorne kommt eine ganz enge Stelle, Franz«

»Wenn du die Güte hättest, mir verdammt noch mal nicht immer ins Lenkrad …«, sag ich grad noch, dann haben wir plötzlich keinen Boden mehr unter den Rädern. Ich merk das sofort. Noch nie in meinem Leben hab ich mir jemals Gedanken darüber gemacht, ob man das merkt, wenn man die Straße verlässt und irgendwelche Klippen runterstürzt oder nicht. Wozu auch? Aber jetzt, in dieser Situation, da muss ich echt sagen, man merkt es ganz deutlich.

»Franz«, kann ich den Rudi wie durch einen dichten Nebel vernehmen, während wir an unzähligen Baumkronen vorbeizuschweben scheinen.

»Ja, Rudi?«, frag ich, und der Regen kommt nun auf einmal von seitlich. Auch die Scheiben beschlagen nun schneller und schneller, und gleich ist gar nichts mehr zu sehen.

»Ich liebe dich, Franz«, hör ich dann von ganz, ganz weit weg.

»Ich liebe dich au…«

Glossar

Dreck im Schachterl	Einen Dreck im Schachterl hat zum Beispiel der Flötzinger, wenn er inflagranti von seiner Mary beim Fremdrammeln erwischt wird. Es ist also etwas, das man einfach nicht haben will. Ums Verrecken nicht.
Flaggen	Liegen, jedoch vielleicht nicht auf die eleganteste aller Arten. Nach dem Genuss des hammermäßigen Schweinsbratens von der Oma oder einer durchzechten Nacht beim Wolfi die einzige Möglichkeit, sich fallen zu lassen.
Goscherl	Ein kleiner Mund, meistens ein recht süßer. Die Susi macht manchmal ein Goscherl, wenn sie nämlich schmollt. Der Paul macht ständig ein Goscherl, jedoch sieht man das nur, wenn er Hunger hat, weil ansonsten ein Schnuller die Sicht auf dasselbe verdeckt.
Griabig	Gemütlich
Gspusi	Eine Art Verhältnis. Nix Ernstes, eher eins von der schlampigen Sorte, so wie's der Flöt-

zinger halt immer hat. Oder gelegentlich auch der Simmerl.

Hallodri Siehe Flötzinger und Simmerl

Hausl Ist im Positiven wohl am ehesten mit »Mädchen für alles« zu übersetzen. Wenn's ins Negative abdriftet, dann kann's schon auch mal ein Trottel sein.

Klapperl Sandalen. Wohltuende Schuhe, die sommers dafür sorgen, dass der Fuß atmen kann. Nach der langen Winterzeit jedoch sollte man tunlichst darauf achten, dass die Zehennägel ordentlich geschnitten sind. Ich persönlich würde niemals Klapperl tragen. Ums Verrecken nicht.

Nackert Unbekleidet, nackt. Ein Idealzustand in der Sauna beispielsweise. Nicht jedoch, wenn man in Italien sauniert. Da kann's dir nämlich passieren, dass du der allereinzige Nackerte in der Sauna bist. Und das ist dann halt blöd, gell.

Schlafdamisch schlaftrunken, noch nicht ganz kontaktfähig oder einfach, wenn man sich noch krampfhaft am Bettzipfel festklammert. Meistens erwischt's mich das grad, wenn wieder mal das Telefon läutet. Das dienstliche freilich. Und zwar mitten in der Nacht. Ein Scheiß ist das, ein echter.

Schoaß Furz, Gase aus dem Darm. Besonders unangenehm nach hartgekochten Eiern oder übermäßig Bier. Gasalarm quasi.

Zutzeln Nuckeln, lutschen oder saugen. Auch Knutschflecken entstehen auf diese Weise.

Zwölfe läuten Ist zum einen das Mittagsläuten um zwölf Uhr, das einst den fleißigen Bauern und Arbeitern die wohlverdiente Mittagspause angekündigt hat. Zum anderen durften Weißwürste eben genau dieses Läuten nicht »hören«, weil das empfindliche Brät seinerzeit mangels Kühlmöglichkeiten bereits ab mittags verdorben war. Heutzutage könnte das »Mittagsläuten« dank Gleitzeit und Kühlungen komplett aus unserem Wortschatz gestrichen werden, wird es aber nicht. Schon rein traditionell nicht.

Aus dem Kochbuch von der Oma, anno 1937

Rühreier mit Speck (Frühstücksvariante)

Einen Teelöffel Butter in einer Pfanne schmelzen lassen und 50 Gramm Speck kurz anbraten.

In der Zwischenzeit 4 Eier mit etwas Salz, Pfeffer, Muskat, frischem Schnittlauch und einem guten Schuss Milch oder Sahne verquirlen. Die fertige Masse in die Pfanne zugeben, mit dem Speck vermengen, auf mittlerer Hitze zum Stocken bringen und in Teile reißen. Das fertige Rührei am besten auf einem vorgewärmten Teller servieren.

Ein Frühstück ohne Rühreier mit Speck ist möglich, aber es hängt dir den ganzen Tag lang nach.

Gulaschsuppe

10 bis 12 Zwiebeln schälen und in kleine Würfel schneiden. 500 Gramm Rindfleisch ebenfalls in kleine Würfel schneiden und dabei alle Sehnen und Häutchen entfernen. Einen Esslöffel Schmalz in einem Topf zerlassen und die Zwiebelwürfel darin von allen Seiten goldbraun anbraten. Anschließend die Fleischwürfel, 1 Esslöffel Paprikapulver scharf und 2 edelsüß zugeben, durchmengen und 5 Minuten unter ständigem Umwenden scharf anbraten. Mit 1 Liter Fleischbrühe ablöschen und köcheln lassen. Währenddessen je 2 Kartoffeln, schälen, waschen und würfeln, 2 rote Paprikaschoten waschen und in Streifen schneiden und 2 Tomaten waschen und würfeln. Nach etwa eineinhalb Stunden Kochzeit diese Zutaten gemeinsam mit 1 gehackten Knoblauchzehe und etwas Kümmel und Majoran dem Topf zugegeben und umrühren. 100 ml Rotwein zugießen und noch einmal kräftig durchrühren. Weitere 30 bis 40 Minuten zugedeckt köcheln lassen. Mit Salz und Pfeffer abschmecken und vor dem Servieren einen Schuss Schmand zugeben.

Seltsamerweise schmeckt die Gulaschsuppe immer am besten, wenn sie eine Nacht lang ziehen konnte, weiß der Geier, warum. Wer mich aber kennt, der weiß auch, dass ich nur äußerst selten in diesen göttlichen Genuss komm.

Rehragout

750 Gramm Rehschulter, Hals oder Brust von Häuten und Sehnen befreien und in Würfel schneiden. 5 Schalotten würfeln. Etwa 100 g Butter in einem Topf schmelzen lassen und einen kleinen Teelöffel Puderzucker zugeben. Nun das Fleisch beifügen und etwa 10 Minuten lang von allen Seiten kräftig anbraten. Mit 100 ml Rotwein ablöschen und die Schalotten zugeben. Mit Salz, Pfeffer und etwas Thymian würzen. Wer möchte, kann Lorbeerblätter und/oder Wacholderblätter zufügen. Mit Brühe aufgießen, bis das Fleisch komplett bedeckt ist - und nun das Ragout für etwa 50 Minuten schmoren lassen. Je 1 Esslöffel Tomatenmark und Johannisbeergelee einrühren und mit Salz, Zitronensaft und Worcestersauce abschmecken. Die Hitze runterschalten und zugedeckt noch 5 Minuten ziehen lassen, aber nicht mehr kochen. Vor dem Servieren einen Spritzer Sahne zugeben.

Dazu Kartoffelpüree oder Knödel und einen schönen Salat.

Das Rehragout ist der Hammer, wie alles, was die Oma so kocht. Warum ich aber trotzdem nicht besonders scharf drauf bin, ist die Tatsache, dass die Oma vor, nach und sogar während des Essens ständig singt: »Heit gibt's a Rehragout, a Rehragout ...« Und ich hinterher diese scheiß Melodie ums Verrecken nicht mehr aus dem Schädel krieg. Ganz egal, ob ich im Streifenwagen, in meinem Büro oder beim Wolfi hock ...« Und jeder, der sowas schon mal erlebt hat, wird verstehen, warum ich da nicht wirklich scharf drauf bin.

Rinderschmorbraten

1 Bund Wurzelgemüse waschen und jeweils 5 Zwiebeln und Knoblauchzehen schälen. Alles nun in kleine Stücke schneiden. 2 Esslöffel Rapsöl sehr heiß werden lassen und 1 kg Rindfleisch ringsum gut darin anbraten. Anschließend aus dem Topf entfernen und nun das Wurzelgemüse, die Zwiebeln und den Knoblauch darin kurz anbraten. 1 Esslöffel Tomatenmark hinzugeben und mit ¼ l Rotwein ablöschen. 2 Lorbeerblätter, einige Nelken und 5 Wacholderbeeren zufügen und mit Brühe aufgießen. Eine Prise Zucker unterrühren und das Fleisch wieder zurückgeben. Nun für 3 bis 3,5 Stunden köcheln lassen und immer wieder mit Brühe aufgießen.

Am Ende das Fleisch herausnehmen und die Soße durchpassieren. Mit Salz und Pfeffer abschmecken.

Als Beilage eignen sich Spätzle, Nudeln und grüner Salat.

Obwohl ich zugegebenermaßen ein ausgeprägter Fleischfresser bin, könnte ich in diesem Fall komplett auf Fleisch verzichten. Einfach nur Ärmel hochkrempeln, eine Schöpfkelle nehmen und die Soße in sich reinschaufeln. Perfekt!

Apfelkuchen

125 Gramm weiche Butter, 150 Gramm Zucker und 1 Päckchen Vanillezucker in eine Schüssel geben, schaumig schlagen und nach und nach 4 Eier unterrühren. 250 Gramm Mehl sieben und gemeinsam mit ½ Päckchen Backpulver zugeben.

Den Teig auf einem gefetteten Backblech verteilen.

1½kg Äpfel schälen und das Kerngehäuse entfernen. Anschließend die Äpfel in Scheiben schneiden und auf dem Teig verteilen.

Die Streusel bestehen aus 150 Gramm weicher Butter, 200 Gramm Zucker, 1 Päckchen Vanillezucker und 250 Gramm Mehl. Alles miteinander verkneten, zerbröseln und gleichmäßig auf den Äpfeln verteilen.

Der Apfelkuchen wird nun im vorgeheizten Ofen bei 175 Grad O/U auf der 2. Schiene von unten etwa 45 Minuten gebacken.

Abkühlen lassen und am besten mit Schlagrahm servieren.

Also für mich persönlich gibt's beim Apfelkuchen nur zwei Varianten. Entweder man genießt ihn noch heiß und direkt vom Blech runter. Oder aber zwei Tage warten, bis er richtig durchgezogen ist. Und einen Schlagrahm brauch ich dazu eh keinen nicht.

Und weil so viele nachfragen: Die Brotzeit

Kann man den ganzen Tag über verzehren, der Bayer an sich tut dies aber bevorzugt am Vormittag. Sie kann von einer einfachen Leberkässemmel oder zwei oder drei bis hin zur delikaten kalten Platte reichen. Resches Bauernbrot, frischgehobelter Radi, feiner Presssack und ein eiskaltes Radler runden die ganze Sache großartig ab.

Liebe Eberhofer-Fans,
diese kleine Episode möchte ich euch nicht vorenthalten.

Im Zug von Berlin zurück nach München. Mit mir sitzen zwei Geschäftsleute im Abteil, die sich anderthalb Stunden lang über ihren ach so stressigen Business-Alltag unterhalten, während sie abwechselnd in ihr Smartphone und in ihren Blackberry trommeln. Ich schau aus dem Fenster, und mir brummt der Schädel. In Fulda steigt der Blackberry schließlich aus und nimmt zum Glück auch seinen nervigen Besitzer mit. Und für einige Momente werde ich von einer wohltuenden Ruhe umhüllt. Doch die Freude darüber hält nicht lange. Das Smartphone spricht mich nämlich nun an.

»Und, Gnädigste, in was machen Sie denn so, wenn man fragen darf?«

»Ich mach in Würstchen«, sag ich und zieh mal schon rein profihalber mein Handy hervor.

»Ach?«

»Ja, ja.«

»Und wie sind Sie dazu gekommen?«, will mein Visavis jetzt wissen und hebt eine seiner Augenbrauen.

»Das hat sich halt einfach so ergeben. Früher hab ich auch mal in Dampfnudeln gemacht.«

»Unglaublich! Aber wie fällt einem so was denn ein?«

»Mei, angefangen hat alles mit Knödeln. Mit Winterkartoffelknödeln, um genau zu sein«, sag ich und check derweil meine Mails. Alles nur Werbung.

»Nein, nicht wahr, oder? Winterkartoffelknödel, herrlich!«, schwärmt er nun und lacht ein knöchriges Lachen.

»Doch, doch, auch in Schweinsköpfen hab ich schon gemacht, ob Sie's glauben oder nicht.«

»Das ist ja unfassbar. Und … und warum haben Sie immer wieder umgesattelt? Lief's nicht oder was?«

»Nein, lief alles ganz prima. Aber wie soll ich sagen, es gab einige mysteriöse Todesfälle, verstehen's. Auch in der Familie«, sag ich nun und schau ihm direkt in die Augen.

»Großer Gott!«

»Ja, das können Sie laut sagen. Wurde aber alles restlos aufgeklärt.«

»Aufgeklärt, soso. Äh, ja … äh … glücklicherweise …" Räusper. »Und jetzt?«

»Jetzt ist alles gut. Wir leben ja jetzt auf dem Land, gell.«

»Ähm, ja. Ich muss dann auch mal. Gute Fahrt noch.«

»Ja, ja«, sag ich noch so und muss grinsen.

Herzlichen Dank, euch allen da draußen!
Bis zum nächsten Mal,
eure Rita!

www.rita-falk.de